Zu diesem Buch

«Butcher Boys» nannte die Öffentlichkeit jene beiden Jungen, die vor einiger Zeit in der Nähe von Liverpool einen Säugling ermordeten. Francie Bradie ist auch ein solcher Schlächterbursche. Er lebt mit seinen Eltern in einer irischen Kleinstadt. Der Vater besäuft sich unentwegt, die schwermütige Mutter trällert makabre Balladen und muß zeitweise in die Irrenanstalt. Als Francie von zu Hause abhaut, geht seine geliebte Mutter ins Wasser. Von da an ist der fatale Lauf der Ereignisse nicht mehr zu stoppen.

Aus der angsteinflößenden Perspektive des jugendlichen Mörders Francie Bradie erzählt der Ire Patrick McCabe temporeich und mit schwarzem Humor einen modernen Schauerroman, eine Geschichte, die ebenso erschreckend wie komisch ist. Das Buch wurde von Neal Jordan verfilmt und ist in Irland und Großbritannien auch in einer Theaterfassung sehr erfolgreich.

«‹Der Schlächterbursche› wird durch sprachliche Verve und Vielschichtigkeit zum Meisterwerk.» («Süddeutsche Zeitung»)

«Patrick McCabe ist das Risiko geradezu halsbrecherisch angegangen, aus Verzweiflung und Wut, Gossensprache und Songzitaten, Klage und Anklage ein Stück stimmiger Literatur zu erschaffen. ‹Der Schlächterbursche› ist am Ende ein bemerkenswert authentisches Kunstwerk. Und ein Beweis dafür, daß sich Schmunzeln, Stirnrunzeln und Gänsehaut nicht ausschließen müssen.» («Focus»)

«Ein hochkomplexes, actiongeladenes Meisterwerk.» («Szene», Hamburg)

Patrick McCabe, geboren 1955 in der irischen Provinz, lebt nach einer längeren Zeit in London mit seiner Familie wieder in Dublin. 1979 erhielt er den Hennessy Award für Kurzgeschichten. «Der Schlächterbursche» ist sein dritter Roman.

Patrick McCabe

Der SchlächteR-burSche

Roman

Deutsch von
Hans-Christian Oeser

Rowohlt

Die Originalausgabe erschien 1992 unter dem Titel
«The Butcher Boy» bei Picador, London

Veröffentlicht im
Rowohlt Taschenbuch Verlag GmbH,
Reinbek bei Hamburg, August 1997

Umschlaggestaltung und Fotos:
Barbara Thoben
Gesamtherstellung Clausen & Bosse, Leck
Printed in Germany
1490-ISBN 3 499 13701 1

Für die McCabes,
Brian, Eugene, Mary und Dympna

Wie ich ein junger Bursche war, vor zwanzig, dreißig oder vierzig Jahren, da hab ich in einer kleinen Stadt gewohnt, da waren sie alle hinter mir her von wegen, was ich mit Mrs. Nugent angestellt hatte. Ich hab mich am Fluß verkrochen, in einem Erdloch unter Dornengestrüpp. Das war ein Versteck, das hatten ich und Joe angelegt. Tod allen Hunden, die ihre Nase hier reinstekken, haben wir gesagt. Außer uns natürlich.

Sehen konnte einen da drin keiner. Aber von innen konnte man eine ganze Menge sehen. Tang und Treibholz und alles, was unter dem dunklen Brückenbogen flußabwärts geschwommen ist. Davongesegelt nach Timbuktu. Viel Glück, Tang, hab ich gesagt.

Dann hab ich meine Nase rausgesteckt, mal sehen was los ist. Pflatsch – es pißt, wenn du nichts dagegen hast!

Aber ich hab mich nicht beklagt. Ich mag Regen. Das Plitschplatsch von dem Wasser; die Erde so weich; neben dir supergrüne Pflanzen, die sind aus dem Boden fast rausgeschossen. So laß ich's mir gefallen, hab ich gesagt. Ich bin dagesessen und hab einen Wassertropfen am Ende von einem Blatt angestiert. Der konnte sich nicht entscheiden, ob er nun fallen wollte oder nicht. War mir doch schnurz – ich war ja nicht in Eile. Laß dir nur Zeit, du Tropfen, hab ich gesagt, wir haben so viel Zeit, wie wir nur wollen.

Wir haben alle Zeit der Welt.

Weit weg hab ich das Dröhnen von einem Flieger gehört. Einmal sind wir auf dem Weg hinter den Häusern gestanden und haben gegen die Sonne gelinst, und Joe sagt: Hast du den Flieger gesehen, Francie? Ich: Ja, hab ich. Es war ein winziger Silbervogel in der Ferne. Was ich gern wissen möchte, hat er gesagt, wie schaffen die das bloß: einen Mann finden, der klein genug ist, daß er da reinpaßt? Ich hab gesagt, das weiß ich auch nicht. Damals hab ich mich mit Flugzeugen nicht so ausgekannt.

Ich hab an Mrs. Nugent gedacht: wie sie dasteht und sich die Augen ausheult. Ich hab gesagt, was soll denn jetzt das Flennen, Nugent, das haben Sie sich doch alles selber eingebrockt. Wenn Sie nicht immer Ihre Nase in alles reingesteckt hätten, wär doch alles in Butter. Und das hat auch gestimmt. Weshalb hätte ich ihrem Sohn Philip denn was antun sollen – ich hab ihn doch gemocht. Am ersten Tag, an dem der in die Schule gekommen ist, sagt Joe zu mir: Hast du schon den Neuen gesehen? Philip Nugent heißt er. Oh, sag ich, den muß ich mir mal aus der Nähe anschauen. Der war auf einer Privatschule gewesen und hatte so einen Blazer an mit goldner Litze und einem Wappen auf der Brusttasche und eine marineblaue Mütze mit Abzeichen und graue Socken. Was hältst du denn davon? fragt Joe. Junge, Junge, sag ich, Philip Nugent. Das ist Philip Nugent, hat der Lehrer gesagt. Der kommt jetzt in unsere Klasse. Philip hat früher in London gewohnt. Aber seine Eltern stammen hier aus der Stadt, und jetzt sind sie zurückgekehrt, um hier zu leben. Ich will, daß er sich bei euch wohl fühlt, verstanden? In seinen Klamotten hat er ausgesehen wie Winker Watson aus dem *Dandy*. Nur war Winker immer zu bösen Streichen aufgelegt und Philip das genaue Gegenteil. Immer wenn man den gesehen hat, hat er Insekten unter den Steinen untersucht oder so einer Bauernrotznase den Siedepunkt von Wasser erklärt. Ich und Joe haben ihn immerzu nach dieser Schule ausgefragt. Wir haben gesagt: Wie war das denn mit diesen Geheimtreffen und den Parolen? Erzähl doch mal vom Kiosk, von dem Schleckzeug – nun mach schon, Philip. Aber ich glaub, der hat gar nicht gewußt, wovon wir geredet haben. Das Beste an ihm war seine Comic-Sammlung. Ich kann's einfach nicht fassen, hat Joe gemeint, so was hab ich noch nie gesehen. Er hatte sie alle fein säuberlich in Hemdschachteln aufgehoben, weit und breit kein Knick und keine Eselsohren. Die haben ausgesehen, als wären sie direkt aus dem Laden gekommen. Da waren Comics, die hatten wir in unserm ganzen Leben noch nicht gesehen. Dabei haben wir uns eingebildet, über Comics ziemlich gut Bescheid zu wissen. Mrs. Nugent hat gesagt: Gebt acht, daß ihr mir die nicht kaputtmacht, die haben eine Stange Geld gekostet. Wir: *Machen wir!* Aber danach hat Joe zu mir gesagt: Francie, die müssen wir ihm abluchsen. Man könnte also sagen, mit dem Ganzen hat er angefangen und nicht ich. Wir haben lange darüber gesprochen, dann hat unser Entschluß festgestanden.

Wir mußten sie einfach lesen, und damit basta!

Wir haben bei Philip vorbeigeschaut und ein kleines Tauschgeschäft gemacht.

Wir haben ihn regelrecht ausgenommen. Ich geb's ja zu. Aber es war doch nur zum Spaß. Wir hätten sie ihm ja zurückgegeben, wenn er es verlangt hätte. Er hätte nur sagen brauchen: Schaut mal her, Jungs, ich glaub, ich will meine Comics wiederhaben – und wir hätten gesagt: Klar doch, Phil.

Aber so lange konnte die Nugent natürlich nicht warten. Jedenfalls haben wir Philip auf einem Haufen Schrott sitzen lassen, sind zu unserm Versteck gerannt und konnten uns gar nicht mehr einkriegen, bis uns die Tränen übers Gesicht gelaufen sind. Hör dir bloß mal den an, hat Joe gesagt, ein Floh sagt zum andern, was meinst denn du: Sollen wir laufen oder einen Hund nehmen? Er hat mir die ganzen Witze vorgelesen, und ich hab vor Lachen nicht mehr an mich halten können, beinah wär ich erstickt. Es wurde so arg, ich hab mit den Fäusten aufs Gras getrommelt und geschrien: Hör auf, Joe, hör auf! Aber am nächsten Tag ist uns die Nugent auf die Schliche gekommen, da ist uns das Lachen aber vergangen.

Ich hab Joe getroffen, wie er über den Platz gelaufen kam, und er sagt zu mir: Paß auf, Francie, wir haben Krieg mit der Nugent. Die ist bei uns vorbeigekommen, und euch wird sie auch noch einen Besuch abstatten. Und wirklich, ich lieg gerade oben auf meinem Bett, da klopft's auch schon an die Haustür. Ich konnte Ma brummeln hören und das Schlurfen ihrer Pantoffeln auf dem Linoleum. Ah, hallo, Mrs. Nugent, kommen Sie doch herein. Aber die Nugent war nicht aufgelegt zu: Ah, hallo, kommen Sie doch herein oder so was. Sie hat Ma zusammengestaucht wegen den Comics und dem ganzen Zeugs, und ich hab gehört, wie Ma gesagt hat: *Jaja, ich weiß, ja natürlich!*, und ich hab drauf gewartet, daß sie die Treppe hochgesaust kommt, mich am Ohr packt und die Stufen runterschubst, der Nugent vor die Füße, und genau das hätte sie auch, wenn die Nugent nicht mit der Sache von den Schweinen angefangen hätte. Die hat gesagt, unsereins hat sie schon gekannt, bevor sie nach England gegangen ist, und sie hätte sich ja denken können, daß es verkehrt ist, ihren Sohn in meine Nähe zu lassen. Was kann man schon von einer Familie erwarten, wo der Vater nie zu Hause ist und sich von morgens bis abends in den Kneipen rumtreibt – der treibt's ja ärger als ein Schwein! Bilden Sie sich bloß nicht ein, wir wüßten nicht, was in dem Haus hier vor sich geht – oh, das wissen wir nur zu gut! Kein Wunder, daß der Junge so ist, wie er ist. Was hat er auch für Chancen, wenn er den ganzen Tag in der Stadt rumrennt, und die Kleider schlottern ihm nur so am Leibe. So viel Geld kostet es ja nun auch wieder nicht, ein Kind anzuziehen. Der arme Kleine – ist ja nicht seine Schuld, aber wenn er sich noch mal in der Nähe von unserem Philip blicken läßt, dann gibt's Zoff. Dann gibt's richtig Zoff, daß Sie's nur wissen!

Da hat Ma sich auf meine Seite geschlagen, und ich hab nur noch gehört, wie die Nugent den Weg langgelaufen ist und uns zugerufen hat: *lauter Schweine – das weiß doch die ganze Stadt!*

Ma hat mich die Treppe runtergezogen und mir eine gehörige Tracht Prügel verpaßt. Aber für sie war's viel schlimmer als für mich, denn ihre Hände haben gezittert wie Espenlaub. Sie hat den Stock weggeworfen, und in der Küche hat sie sich beruhigt und immer wieder gesagt, wie leid es ihr tut. Sie hat gemeint, in der ganzen Welt gibt's niemanden, der ihr mehr bedeutet als ich. Dann hat sie die Arme um mich geschlungen und gesagt, es wären ihre Nerven, die wären an allem schuld. Für deinen Vater und mich ist es nicht immer so gewesen, hat sie gemeint. Dann hat sie mir in die Augen geblickt und gesagt: Francie – du würdest mich doch nie im Stich lassen, oder?

Gemeint hat sie: Du würdest mich doch nie im Stich lassen wie Pa, und ich hab gesagt, nein, ich würd sie in hundert Millionen Jahren nicht im Stich lassen, ganz egal, wie oft sie mit dem Stock auf mich einprügelt. Sie hat gesagt, es tät ihr leid, daß sie's getan hat, und sie würd's nie wieder tun, solange sie lebt.

Sie hat gesagt, was andres gibt's in dieser Welt nicht, nur Leute, die einen sitzenlassen, als Mrs. Nugent das erstemal in die Stadt gezogen ist, war keine so wie sie. Ich bin jeden Tag mit ihr in die Stadt gegangen, hat sie gesagt. Dann hat sie angefangen zu weinen und gesagt, dieser schauderhafte Ort, und hat sich mit einem winzigen Tempotaschentuch aus ihrer Küchenschürze die Augen getupft. Aber es war sinnlos, es hat sich bloß in kleine Fetzen aufgelöst.

Das Licht ist schräg durchs Fenster gefallen, und draußen auf dem Weg hat man die Kinder spielen hören. Die hatten einen Laden aufgemacht und haben für ihre Lebensmittel mit Kieseln bezahlt. Sie hatten leere Seifenpulverkartons und Konservendosen. Nö, ich bin dran, hat eins von ihnen gesagt. Grouse Armstrong hat sich am Ohr gekratzt und ist jaulend zwischen ihnen rumgelaufen.

Ich hab gedacht, wie recht Ma doch hat – immer wenn Mrs. Nugent uns begegnet ist, hat sie übers ganze Gesicht gestrahlt: Wie geht's uns denn so, gute Frau, und dem kleinen Francis, sind Sie beide wohlauf? Es war kaum zu glauben, daß sie eigentlich die ganze Zeit über was ganz andres gemeint hat: *Ah, hallo, Frau Sau, wie geht's denn so, und schau nur, Philip, wer da kommt – die Schweinefamilie!*

Aber es hat mir nichts ausgemacht, denn danach waren ich und Ma dicke Kumpel, und wann immer ich konnte, hab ich zu ihr gesagt: Na, Ma, brauchst du irgendwas aus der Stadt, und manchmal hat sie was gebraucht und manchmal nicht. Jedenfalls hab ich darauf geachtet, daß ich sie frage. Sie hat mir mein Essen gebracht und gesagt: Francie, wenn du mal einen Schatz hast, wirst du ihm dann auch immer schön die Wahrheit sagen und ihn nie im Stich lassen, ja?

Sag ich: Ja doch, Ma, und sie sagt: Ich glaub dir, mein Junge, und dann haben wir manchmal stundenlang dagesessen und auf den Feuerrost gestiert. Nur, daß es nie ein Feuer gab. Ma hat sich nie die Mühe gemacht, eins anzuzünden, und ich wußte nicht, wie ich's anstellen sollte. Ich hab gesagt, wozu brauchen wir denn ein Feuer. Wir können genausogut auch so dasitzen und in die Asche starren.

Ich weiß nicht, an welchem Abend es war, ich glaub, es war an dem Abend, an dem die Stadt den Pokal gewonnen hat. Pa mußte zu Hause abgeliefert werden, einer von den Eisenbahnern hat ihn vor der Tür abgesetzt. Ich bin auf dem Treppenabsatz gestanden, aber das einzige, was ich hören konnte, war ein Grummeln und auf den Boden fallende Münzen. Ich bin wieder auf mein Zimmer gegangen, da hab ich gehört, wie was zersplittert. Ich war mir nicht sicher, was es war, aber es hat wie Glas geklungen. Dann hab ich gehört, wie Pa die Stadt und alle Menschen in ihr verflucht hat. Er hat gesagt, er hätt's zu was bringen können, hatte er nicht Eddie Calvert kennengelernt? Wer sonst in der Stadt hatte Eddie Calvert kennengelernt? Wer sonst in in der Stadt *wußte* überhaupt, wer Eddie Calvert war? Wer? fragt er, *wer?* Und schreit Ma an: Hörst du nicht? Ich rede mit dir!

Sie konnte nichts gesagt haben, denn als nächstes hat er wieder seine Rede vom Stapel gelassen: Wie sein Vater sie verlassen hat, als er sieben war, und daß niemand ihn je verstanden hat. Er hat gesagt, sie hätte schon seit langem das Interesse an seiner Musik verloren, und ihr wär's gleichgültig – war doch nicht seine Schuld, wenn's ihr so geht wie damals ihm. Du bist genauso verrückt wie alle Magees, hast vom ersten Tag unsrer Ehe an im Haus rumgetrödelt und nie einen Handschlag getan. Wie soll ich da nicht in die Kneipe gehen, du hast mir doch noch nie in meinem Leben was zu essen gekocht.

Wieder ist irgendwas zerdeppert, Geschirr oder was weiß ich, und dann hat Ma geschrien: Schieb die Schuld bloß nicht mir in die Schuhe, du kannst ja die Wahrheit über dich nicht vertragen – die Chancen, die du gehabt hast, versoffen hast du die!

Es hat noch lange gedauert. Ich bin nur dagestanden und hab alles mitangehört. Ich hab gewußt, ich hätte runtergehen sollen, aber das hat ja nun keinen Zweck mehr – oder? Ich bin ja nicht gegangen – oder? Ich bin nicht runtergegangen, und damit hat sich's. Ich hab versucht, den Autos zuzuhören, wie sie auf der Newton Road vorbeigefahren sind, und hab mir gesagt: In der Küche ist nichts mehr zu hören, es muß alles vorbei sein.

Aber es war noch längst nicht vorbei, und so wie ich nicht mehr den Autos zugehört hab, hab ich ihn sagen hören: Verflucht sei der gottverdammte Tag, an dem ich dich zum erstenmal gesehen hab!

Am nächsten Tag sind wir früher aus der Schule gekommen, denn die Stadt hatte doch den Pokal gewonnen, und als Ma mich an der Hintertür gesehen hat, war sie komplett durcheinander und hat angefangen, Witze zu reißen und all so was. Dann holt sie ihren

Geldbeutel vom Fensterbrett und sagt: Hier, Francis, da hast du einen Sixpence – warum gehst du nicht um die Ecke zu Marys Süßwarenladen und kaufst dir ein Viertel Lakritze? Nö, Ma, sag ich, ich mag keine Lakritze nicht, aber ich kauf mir zwei Nappos und einen Makronenriegel, wenn ich darf, ja? Natürlich darfst du, sagt sie. Jetzt mach schon, mach zu, und ihr Gesicht war rot und fleckig und heiß, wie wenn sie übers Kaminfeuer gebeugt dagesessen hätt – nur daß da kein Feuer war. Schade, Mary hatte geschlossen, und ich mußte zurück und Ma Bescheid geben. Ich wollte wissen, ob ich das Sixpence-Stück trotzdem behalten darf. Aber wie ich die Tür aufmachen wollte, ist sie nicht aufgegangen. Ich hab ans Fenster geklopft, doch ich konnte nur den Wasserhahn hören: ssss. Ma muß oben sein, sag ich pfeifend, drehe die Münze in der Hand und frag mich, ob ich die Nappos trotzdem kriege oder vielleicht lieber sechs Lakritzstangen. Da höre ich ein Getöse und denk, kletterst du lieber mal durchs Fenster und schaust nach, was los ist. Ich denk, vielleicht ist Grouse Armstrong oder sonst jemand in der Küche und stibitzt wieder Würstchen. Aber wie ich in der Küche lande, wer anders steht da als Ma – und seitlich auf dem Tisch ist ein Stuhl. Was ist denn das da oben, Ma? frag ich. Es ist ein Sicherungsdraht, der Pa gehört, der baumelt einfach runter. Aber sie sagt nicht, was der da soll. Sie steht nur da und knipst an ihrem Fingernagel und will was sagen – und dann sagt sie's doch nicht. Ich sag zu ihr, Mary hat geschlossen, kann ich den Sixpence trotzdem behalten? Sie sagt ja. *Juchhe!* sag ich und stürme hinaus zum Laden an der Grenze, sechs Lakritzstangen kaufen, aber wie ich ankomme, sag ich: zwei Nappos und einen Makronenriegel bitte. Wie ich zurück bin, sitzt Ma zusammengekrümmt vor dem kalten Feuer. Einen Moment denke ich, sie zittert wegen der Kälte, aber dann sieht sie mich an und sagt: Weißt du, daß du bei deiner Geburt nur 2300 Gramm gewogen hast, Francie?

Nicht lange danach ist Ma in die Werkstatt gebracht worden. Sagt sie zu mir: Ich muß jetzt in die Stadt, Francie, ich muß endlich mit der Backerei für Onkel Alos Weihnachtsparty anfangen. Fein, sag ich, bleib ich halt hier und seh fern, und sie ist losgezogen. Ich hab gar nicht gemerkt, wie die Zeit vergeht, bis ich an der Tür Mrs.

Connolly mit Pa und einigen andern Frauen gehört hab. Die hat gesagt, Ma hätte zwei Stunden lang ins Schaufenster vom Anglergeschäft gestiert, die Tasche wär auf dem Boden gelegen, und auf dem Bürgersteig wär eine Dose Bohnen rumgekullert. Pa war ganz rot im Gesicht, und als die Frauen gesagt haben, sie müßten nach einem Nachthemd suchen, ist er noch röter geworden. Da hat Mrs. Connolly gesagt, schon gut, Benny, ich kümmer mich drum, und hat ihm mütterlich auf die Schulter geklopft. Dann hat sie ihre Röcke hochgerafft und ist singend nach oben gestapft. Pa ist in die Spülküche, und ich hab gehört, wie er unter seinem Mantel Whiskey runtergekippt hat. Er hat drauf gewartet, daß sie ihm durch eine Flüstertüte zurufen: *Halt! Keine falsche Bewegung! Stehenbleiben, oder ich schieße! Den Whiskey hübsch ordentlich abgestellt und keine Mätzchen!* Ein paar Frauen sind noch dazugekommen, die haben sich tuschelnd vor den Kamin gestellt. Ich hab gesehen, wie Mrs. Connolly den Reißverschluß von ihrem Morgenrock auf- und zugemacht hat. Dauernd hat sie gesagt: Schrecklich, schrecklich, aber ich hab mich nicht drum geschert. *Bringt sie nach Missouri!* hat John Wayne gesagt, und *Hüah!* ist er auf und davon geritten mit donnerndem Hufgetrappel. Sie haben noch eine Weile rumgelungert und von diesem und jenem geredet – Sachen, von denen sie meinten, daß sie Pa interessieren würden, von der Stadtkapelle und wie die Regierung das Land ins Verderben stürzt. Aber sein Interesse war auch nicht größer als ihrs, er hat nur immerzu genickt. Er hätte bei allem genickt, egal, was sie von sich geben. Wenn sie gesagt hätten: War die Sache mit Mrs. Laverys Tochter nicht furchtbar, mitten auf dem Platz von Wölfen gefressen zu werden, hätt er auch genickt und gesagt, ja so was aber auch. Mrs. Connolly sagte: Also, ich mach mich jetzt besser auf den Weg, ich hab sein Essen auf dem Herd stehen. Sie wissen ja, wie Männer so sind, wenn man sie nicht umsorgt. Na, na, haben sie gesagt und ihr einen Schubs gegeben, wem sagen Sie das – Ihr Mann ißt wenigstens, meiner rührt ja nicht mal an, was ich ihm vorsetze. Ach, was sind sie doch für eine Plage, diese Männer, eine richtige Landplage. Von John war nur noch eine Staubwolke zu sehen, und die von Hufabdrücken gestanzte Wüste. Ich hab noch was Geschäftliches zu erledigen, hat Pa gesagt, du wirst schon zurechtkommen, und hat mir zwei Schilling gegeben. Dann ist er losgezogen, um seine Geschäfte zu erledigen, das heißt, seine Geschäfte in der Tower Bar. Ich hab gar nicht gewußt, was denn nun eigentlich los war mit Ma, aber Joe hat's mir verklickert. Ich hatte mitgekriegt, daß Mrs. Connolly was von einem Schaden gesagt hatte. Was ist denn das, ein Schaden, Joe, sag ich. Ach, das ist, wenn du in die Werkstatt gebracht wirst, erklärt mir Joe, wenn der Wagen kommt und dich abschleppt. Feine Sache, denk ich, Ma wird die Straße hinaufgeschleppt und hat ihren Mantel an. Wer ist denn das, fragen die Leute. Ach, das ist Mrs. Brady, die wird gerade in die Werkstatt gebracht.

Joe hat gesagt, ist doch schwer was los in der Stadt, und das war ja auch wirklich so. Gib mir doch mal den Schraubenschlüssel, ich glaub, bei Mrs. Brady sitzt eine Schraube locker. Ha ha, sag ich, das ist ja zum Schießen!

Damals gab's eine Menge zu lachen, ich und Joe am Fluß, mit den Nasen im Wasser, so haben wir über den Rand gehangen. Man konnt die Zielscheibenaugen und die *Was-wollt-ihr-von-mir-*Gesichter von den Fischen sehen. He, Fische, hat Joe dann gesagt, Fische, zieht Leine! Was haltet ihr denn davon, Fische? haben wir gefragt.

Dann haben wir uns auf Erkundungsfahrt gemacht.

Es ist auch alles wunderbar gelaufen, bis eines Tages die Glotze futschgegangen ist. Boing!

Das war's dann also, eine leere graue Mattscheibe, die zurückglotzt. Ich hab dran rumgefummelt, aber nur einen Schneesturm zustande gekriegt, und so hab ich denn dagesessen und nur hingeschaut, in der Hoffnung, daß irgendwas kommt. Tat's aber nicht, und wie Pa heimgekommen ist, hat sich immer noch nichts getan. Wie ist denn das passiert, fragt er, und ich erzähl's ihm. Ich hab einfach nur dagesessen und bums! – das war's. Er hat sich den Mantel ausgezogen und auf den Boden fallen lassen. Also dann, sagt er ganz geschäftsmäßig, wollen wir doch mal schauen. Kreuzfidel hat er vor sich hingesummt. Dann sagt er, weißt du, diese Kisten machen nicht so viel her, wie Mickey Traynor und das ganze Gesocks immer tun. Pa hatte den Fernseher bei Mickey Traynor, dem heiligen Fernsehfritzen, gekauft, heilig, weil nebenher hat er Heiligenbildchen verkauft. Eine Weile hat Pa sich dran zu schaffen gemacht, aber es hat sich nichts gerührt. Da hat er das Ding zum Fenster getragen und gesagt, es kann an der Antenne liegen, aber da ist es nur noch schlimmer geworden. Er hat mit der Faust draufgehauen, da war auch noch der Schnee weg. Daraufhin hat er angefangen zu toben und sich über Mickey zu beschweren. Er hat gesagt, hätt er sich doch denken können, jemand wie Traynor ist nicht zu trauen. Auf den und seine Heiligenbildchen fall ich nicht rein. Der dreht mir keine Niete von Fernseher an und kommt ungestraft davon. Solche fuchsschlauen Maschen ziehen bei Benny Brady nicht. Jemand wie Mickey Traynor bin ich allemal gewachsen, darauf kannst du Gift nehmen. Er hat mit der Hand draufgeschlagen. *Nun mach schon!* hat er geschrien. Schau dir nur das an – hätt ich wissen sollen, daß das Ding nichts taugt. Mach jetzt! Wie lange haben wir das Ding schon? Sechs Monate, so lang haben wir's schon, gekauft und abgestottert mit meinem schwerverdienten Geld. Aber das eine sag ich dir: Traynor wird mir jeden Cent zurückgeben, den ich gezahlt hab, jeden Cent – bei Gott, das wird er!

Er hat ausgeholt und den Schuh durch die Scheibe gestoßen, daß das Glas überall hingesplittert ist. Das krieg ich schon hin, hat er gesagt, verdammt - und wie ich das hinkriege.

Dann ist er auf dem Sofa eingeschlafen, und ein Schuh baumelte runter.

Ich hab nicht viel zu tun gehabt und hab's bald sattgekriegt, immer nur zuzusehen, wie die Vögel auf der Gartenmauer rumhopsen. Da bin ich rausgelaufen und die Straße hoch. Ich hab mir gesagt, na bitte, das ist das Ende von John Wayne. Ich wußte, das Ding würde rumliegen mitsamt dem Glas und allem, und niemand würde je kommen und sich die Mühe machen, es zu reparieren. Na ja, hab ich gesagt, kann mir ja Joe erzählen, was sich so tut, und grad wie ich das gedacht hab, seh ich Philip und Mrs. Nugent kommen. Ich hat gewußt, die hat gedacht, ich würde kehrtmachen, sobald ich sie seh. Sie hat sich über Philip gebeugt und ihm was zugeflüstert. Ich hab genau gewußt, was sie gesagt hat, aber ich glaube, sie hat nicht gewußt, daß ich es gewußt hab. Die hat die Nase gerümpft und in einem dumpfen Flüsterton gesagt: *Steht einfach da auf dem Treppenabsatz und läßt seinen Vater mit ihr machen, was er will. So etwas würdest du doch nie tun, Philip – oder? Du würdest immer zu mir halten, nicht?*

Philip hat genickt und gelacht. Sie hat glücklich gelächelt, aber dann hat sich ihr Lächeln ein bißchen verzerrt, und sie hat wieder die Hand vor den Mund gehalten und gesagt: *Du weißt doch, was sie mit dem Sicherungsdraht vorgehabt hat, Philip – oder?*

Die hat wohl geglaubt, ich würde rot anlaufen und umkehren, wenn sie das sagt. Bin ich aber nicht. Ich bin einfach weiter auf sie zu. Ah sieh einer an, Mrs. Nugent und Philip, sag ich mit einem breiten Grinsen. Sie hat einfach durch mit hindurchgesehen. Das war einer von diesen Blicken, bei denen man zusammenschrumpfen und eingehen soll, aber ich hab nur noch mehr grinsen müssen. Hab mich mitten auf den Bürgersteig gestellt. Mit der einen Hand hat Mrs. Nugent ihren Hut festgehalten, mit der anderen hat sie sich Philip gegriffen. Würdest du mich bitte vorbeilassen, hat sie gesagt.

O nein, das kann ich nicht, hab ich gesagt. Wenn Sie vorbeiwollen, müssen Sie schon zahlen. Die Nervenenden auf ihrer Nase waren alle aufgeplatzt, und ihre Augenbrauen haben sich so weit nach oben gezogen, daß sie fast ihre Haare berührt haben. Was soll denn das heißen, was in aller Welt willst du damit sagen, hat sie gemeint. Ich konnte sehen, wie Philip sein Professorengesicht in Falten gelegt und sich gefragt hat, ob es mir womöglich ernst war, vielleicht etwas zum Untersuchen oder Projektemachen. Na, das sollte er getrost, mir hat das nichts gemacht, solange er nur bezahlt. Ich hab's den Schweinewegzoll genannt. Ja, Mrs. Nugent, hab ich gesagt, das ist der Schweinewegzoll, und jedesmal, wenn Sie passieren wollen, kostet's ein Schilling. Ihre Lippen sind so dünn geworden, man hat wirklich denken können, die wären mit dem Bleistift gezogen; und ihre Stirnhaut war so straff, daß ich gedacht hab, vielleicht platzen gleich die Knochen hervor. Taten sie aber nicht, und ich hab zu Philip gesagt: Ich will dir was sagen, Philip, du kommst schon für die Hälfte durch. So, das macht also einen Schilling für Mrs. Nooge, sagte ich, und zweieinhalb Pence für Philip. Ich weiß nicht, wieso ich sie Mrs. Nooge genannt hab, es war mir bloß so in den Sinn gekommen. Ich fand, das paßte gut zu ihr. Fand sie aber gar nicht. Sie ist rot angelaufen wie eine Tomate. Jaja, hab ich wieder gesagt, die olle Steuer müssen Sie schon berappen, Mrs. Nooge, und hab dagestanden, die Daumen in die Hosenträger gehakt wie ein alter Hase aus dem Western. Da wurde sie ganz heftig, o ja, aufgebracht und wütend. Philip hat nicht gewußt, was er tun soll. Die Idee, hinter den Schweinewegzoll zu kommen, hatte er aufgegeben. Ich glaube, der wollte sich einfach nur aus dem Staub machen, aber das durfte ich nicht zulassen, solange wie der Schweinewegzoll nicht bezahlt war. So lauten nun mal die Vorschriften von Schweineland, hab ich zu ihnen gesagt. Tut mir leid, hab ich gesagt, wie sie das immer tun, wenn sie Geld von einem verlangen, wenn Sie mich fragen, ist es viel zuviel, aber ich fürchte, so stehen die Aktien nun mal. Er muß abkassiert werden, *irgend jemand muß es schließlich tun, hahaha.* Da hat sie versucht, sich an mir vorbeizudrängen, aber ich hab sie am Mantelärmel erwischt, und damit ist sie nun überhaupt nicht zurechtgekommen. Sie hat nicht gesehen, was sie da festgehalten hat. Ihr Hut war seitlich verrutscht, und eine Zitrone hat ihr über die Krempe gehangen. Sie hat versucht, sich loszureißen, aber ich hab den Ärmel fest im Griff gehabt, und sie hat's nicht geschafft.

Scheißsteuern, hab ich gesagt, immer trifft's die Kleinen. Als ich sie wieder angeblickt hab, da hat ihr eine Träne im Auge gestanden, aber den Gefallen hat sie mir nicht tun wollen, daß sie sie runterrollen läßt. Wie ich das gesehen hab, hab ich ihren Ärmel losgelassen und gefeixt. Also gut, sag ich, ich will euch was sagen: Diesmal laß ich euch noch mal so durch, Leute, aber in Zukunft denkt daran – sorgt dafür, daß ihr immer den Schweinewegzoll bereit habt. Ich bin stehengeblieben und hab ihnen nachgestarrt. Sie ist schneller gegangen als Philip, sie hat versucht, ihre Zitrone festzumachen und ihn zugleich zur Eile anzutreiben. Wie sie am

Kino vorbeigegangen sind, hab ich geschrien: Ich mein es ernst, Mrs. Nooge, aber ich weiß nicht, ob sie mich noch gehört hat. Als letztes hab ich gesehen, wie Philip sich umgedreht hat, aber sie hat ihn weitergezerrt.

Ein Kerl ist vorbeigekommen, und ich sag zu ihm: Wissen Sie was, es steht schon ganz schön schlimm, wenn die Leute ihre Steuer nicht entrichten, wo sie doch vorbeiwollen. Wer bist denn du, fragt er. Brady, sag ich.

Er hat ein schwarzes Fahrrad geschoben, über die Lenkstange hatte er einen Mantel geworfen. Er hat angehalten und es gegen einen Pfahl gelehnt. Dann hat er tief in seiner Hosentasche gewühlt und eine Pfeife und eine Dose Tabak hervorgekramt. Brady? sagte er, könnte das der Brady aus der Siedlung sein? Genau der, sag ich. Oh, sagt er, verstehe. Was verstehen Sie, sag ich. Dein Vater war mal ein toller Hecht, sagt er. Einer der besten Musiker überhaupt in dieser Stadt. Der ist losgezogen, um Eddie Calvert zu sehen, sagt er darauf. Ich sag, ich will nichts mehr hören von Eddie Calvert. Magst wohl keine Musik, sagt er. Meinst du, die Stadt wird am Samstag wieder gewinnen? Ich sag ihm, daß ich auch vom Fußball nichts mehr hören will. Findest du's denn nicht große Klasse, daß die Stadt den Pokal gewonnen hat? fragt er. Nö, sag ich, schade, daß sie nicht verloren haben. Verstehe, sagt er, was ist denn das für eine Steuer, von der du da redest, für die interessierst du dich ja anscheinend. Er war ganz erpicht auf eine Diskussion über die Regierung und wie alles den Bach runter ist. Ein Geruch von Torffeuer und Buttermilch ist von ihm ausgegangen. Er hat seinen Pfeifenkopf am Schenkel ausgeklopft und gesagt: Um was für eine Steuer handelt sich's denn?

Der hat gedacht, es wär irgend so eine unverschämte Steuer, die die Regierung eingeführt hätte, und wollte gerade sagen, höchste Zeit, daß sich das aufhört, oder die stürzen noch das ganze Land ins Verderben, da hab ich gesagt, aber nein doch, es geht gar nicht um die Regierung. Die hab ich erfunden, und es ist nur das Volk, sag ich.

Und wer bist du? fragt er.

Francie Schwein, der Mann vom Zoll, vom Schweinewegzoll,

sag ich, und er schüttelt den Kopf und klopft von neuem seine Pfeife aus. Das ist ja der letzte Heuler, sagt er.

Der letzte Heuler, sag ich, ich weiß gar nicht, woher Sie den Eindruck haben, daß das zum Lachen ist. Da sagt er: tztz, du bist mir ja ein ganz Schlimmer. Er hat an seiner Pfeife gezogen. Schweinewegzoll, sagt er, so was hör ich heut zum erstenmal. Dauernd hat er um den braunen Pfeifenstiel den Mund auf und zu gemacht, wie ein Fisch, der raucht. Ach, zerbrechen Sie sich mal nur nicht den Kopf darüber, sag ich, mit Ihnen hat das gar nichts zu schaffen. Eigentlich hätte es die Mrs.-Nugent-und-sonst-überhaupt-gar-niemand-Steuer heißen müssen, aber das hab ich ihm nicht verraten. Verstehe, sagt er, na, in dem Fall mach ich mich mal auf den Weg.

Sein Zeigefinger ist ihm von der Stirn gesprungen: *Na dann, viel Glück,* hat er gesagt und ist mit einem Affenzahn auf und davon gefahren in Richtung Stadt – klick-klick, haben die Speichen gemacht.

Ich bin in den Laden gegangen. Die Schinkenschneidemaschine hat gewimmert, die Verkäuferin hat an einem Bleistiftstummel gelutscht, und auf der Rückseite von einer Papiertüte ist sie einen wackligen Zahlenturm rauf und runter gesaust. Drüben bei den Cornflakes haben die Frauen gestanden und geschimpft, wie teuer alles geworden ist. Sehr schwer auszukommen heut, ach ja, genauso ist es, wissen Sie, wieviel ich für Peters Schuhe oben im Geschäft bezahlt hab? Als sie mich gesehen haben, sind sie alle verstummt. Eine von ihnen ist zurückgewichen, dabei ist sie gegen die Vitrine gestoßen. Na, die Damen, sag ich, und alle machen einen Schritt zurück. Was haben wir denn da, sag ich, die Frau mit den drei Köpfen? Wie ich das gesagt hab, sind sie aufgetaut. Knips – stellt sich das Lächeln wieder ein. Ah, Francie, sagen sie, da bist du ja. Da bin ich, sag ich. Sie haben sich zu mir herübergebeugt und mit leiser «streng geheim»-Stimme gesagt: Wie geht's deiner Mutter, Francie? Oh, sag ich, große Klasse, die ist oben in der Werkstatt, und es dauert nicht mehr lang, dann kommt sie raus. Die führen eine Inspektion durch, sag ich, reich mir doch eben mal den Schraubenschlüssel, Mike! Haha, haben sie gelacht, das ist gut. Jawoll, sag ich, sie muß bald nach Hause kommen, um feste zu backen für Onkel Alos Party. Dein Onkel Alo kommt wohl heim? haben sie gefragt. Heiligabend, sag ich, geradewegs von London. Ja, ist denn das die Möglichkeit, sagt Mrs. Connolly mit einem leichten, warmen Schauer, und wird er lange bleiben? Zwei Wochen, sag ich. Zwei Wochen, sagt sie und lächelt. Ich wollte schon sagen: Glauben Sie mir etwa nicht, oder was, Mrs. Connolly? Tat ich aber nicht. Ich hatte genug am Hals mit Mrs. Nugent, da mußte es mit Mrs. Connolly nicht auch noch anfangen. Mit dem ist es aber vorangegangen in London, Francie, mit deinem Onkel Alo, sagt die andere Frau. Da haben sie alle losgelegt. Oh, mit dem ist es aber vorangegangen, und zwar wie, in der Tat, prima Job und viel Glück damit, es ist nicht leicht in Großstädten wie London. Ist es wahrhaftig nicht, sagt Mrs. Connolly, und dann sagt jemand anders das gleiche noch mal von vorn. Es war wie in einer Fernsehsendung: *Alos Geschichte*. Aber mich hat's nicht gejuckt. Ich hab nur gemeint: Sie sagen es, und all so was. Mrs. Connolly hat gesagt: Ich hab ihn gesehen, wie er das letztemal daheim war, mit einem wunderhübschen roten Tüchlein in der Brusttasche und einem herrlichen blauen Anzug.

Ich hab ihn auch gesehen, der hat ausgesehen wie einer von der Regierung, hat er.

Genau so. Da muß man schon Brady heißen, haben sie gesagt.

Aber immer, hab ich gesagt.

Bist ein braver Kerl, Francie, haben die Frauen gesagt.

Ich werd Alo bitten, bei Ihnen vorbeizuschauen, wenn er nach Haus kommt, hab ich gesagt, da können Sie mit ihm ein Schwätzchen halten über London und so.

Tu das nur, Francie, haben sie gesagt. Mach ich. Dann hab ich gesagt: Ich fürchte, ich kann nicht länger bleiben, die Damen, ich muß mich vom Acker machen.

Oje, oje, du bist wirklich goldrichtig, Francie, haben sie gesagt.

Ich hab in der Stadt was Geschäftliches zu erledigen. Hat zu tun mit dem Wegzoll.

Mit dem Wegzoll? Davon hab ich ja noch gar nichts gehört, Francie. Was hat's denn damit auf sich?

Ach, der ist von mir erfunden, hab ich ihnen erzählt. Aber die

Nugent will natürlich nicht zahlen. Genausogut kann man versuchen, aus einem Stein Blut rauszuquetschen.

Die Nugent? hat Mrs. Connolly gefragt, *Mrs.* Nugent?

Ja, hab ich gesagt. Na ja, hat sie sich selbst zuzuschreiben. Das nächstemal kommt sie mir nicht so ungeschoren vorbei.

Als sie gehört haben, daß es mit ihr zu tun hat, waren sie alle ganz Ohr. Vorbeikommen? Aber *wo* denn vorbeikommen, Francie? haben sie immer wieder aufs neue gefragt.

Auf dem Gehsteig, hab ich gesagt, was glauben Sie denn – wo will man denn sonst vorbeikommen?

Auf dem Gehsteig? haben sie gefragt.

Ja, habe ich wiederholt, *auf dem Gehsteig*. Man hätte denken können, die drei wären plötzlich übergeschnappt, so wie die mich angestarrt haben.

Ich konnte sehen, wie Mrs. Connolly an ihrer Brosche herumgenestelt und etwas aus dem Mundwinkel heraus gesagt hat.

Dann hat sie gemeint: Man muß schon sagen, Francie, du bist mir vielleicht ein Schlawiner!

Die beiden andern haben sich jetzt hinter ihr versteckt. Ich glaub, die haben gedacht, ich will ihnen auch noch ein paar Schilling Steuer aufbrummen.

O wei, hab ich gesagt und bin zur Tür rausgelaufen. Als ich am Schaufenster vorbeigegangen bin, hab ich gesehen, wie Mrs. Connolly was gesagt hat. Die andern Frauen haben genickt und die Augen zum Himmel verdreht.

Ich bin auf dem Platz gestanden. Ein Trecker mit einem Anhänger voll Dung ist furzend nach Haus in die Berge gefahren. Wer ist denn das? Kein anderer als Vater Dominic – schwirr schwirr – und das Knarzen seiner gewienerten Schuhe. Na, Francis, sagt er, wie geht's dir denn heut – drrrumm drrrumm. Bei Gott, Hochwürden, heut haben wir's aber kalt, sag ich und reib mir die Hände so richtig nach Bauernart. Hmm, sagt er, das kann man wohl sagen, wartest du auf jemand?

Nö, sag ich, ich hab ein bißchen was Geschäftliches zu erledigen.

Was Geschäftliches, sagt er, was für eine Art Geschäft mag das wohl sein?

Ich hab gewußt, was der sagen würde, wenn ich ihm vom Schweinewegzoll erzähle. Wegzoll, hmm, das ist aber interessant. Jaja, wir müssen zusehen, daß wir dem ein Ende machen. Also hab ich ihm gar nichts erzählt. Ich warte auf Joe Purcell, sag ich. Hab ich aber gar nicht getan. Joe war zu Besuch bei seinem Onkel.

Ah, verstehe, sagt Father Dom, und seine beiden Daumen waren wie Gnome, die um seine kleinen schwarzen Knöpfe einen alten Walzer tanzten.

Wie geht's deinem Vater, sagt er.

Bestens, sag ich, könnt nicht besser stehen.

Schön schön, sagt er, und deine Mutter wird bald heimkommen?

Wird sie. Weihnachten ist sie wieder verkehrstüchtig.

Weihnachten, na, das sind ja wunderbare Neuigkeiten, sagt er.

Ja, sag ich. Alo kommt nach Haus.

Über Alo wollte er alles ganz genau wissen.

Alo, sagt er. Auf den mußt du aber stolz sein.

Bin ich auch, sag ich.

Heiligabend, sagst du?

So ist es, sag ich.

Mit einem bißchen Glück lauf ich deinem Onkel Alo über den Weg. Die Stadt kann stolz auf ihn sein. Deine Mutter hat mir alles über ihn erzählt und über den großartigen Job, den er drüben in London hat.

Zehn Mann unter sich, hab ich gesagt. Da hat er mir zugelächelt und mich von oben bis unten gemustert. Als er gehen wollte, hat er sich so nahe zu mir rübergebeugt, daß ich die drahtigen braunen Haare in seinen Nasenlöchern sehen konnte – wie das Innere einer Matratze. Sagt er: Willst du jetzt nicht hübsch brav sein und nach Haus laufen, Francis, hm?

So wie er's gesagt hat, hat sich's fast so angehört, als würde er mir ein paar Schillinge dafür geben. Ich hätte ja sagen sollen. Klar doch, mach ich, Hochwürden, wenn Sie nur mal eben so freundlich wären und mir den Gefallen einer kleinen Gebühr von fünf Schilling Heimgehsteuer tun würden. Tat ich aber nicht. Ich hab bloß gesagt: Freilich, Hochwürden, das will ich tun. Hab ich aber nicht getan. Ich bin die Straße runtergegangen, und sowie ich ihn ins Pfarrhaus hab gehen sehen, bin ich über die Newtown Road wieder zurückgeschlüpft. Im Eingang zur Tower Bar hat ein besoffener Bursche mit einem zerschlissenen Mantel gelegen, der hat *I wonder who's kissing her now* in eine Flasche hineingesungen. Dann hat er eine Weile aufgehört, und wieder nach einer Weile hat er gesagt *Uh! Uh!*, und sein Kopf hat genickt wie eine Stoffpuppe, wie man sie hinten in Autos sieht. Er hat zu mir rübergerufen: *Kennst du mich, kennst du mich?* Ich bin einfach nur dagestanden und hab ihn angesehen. Nach Haus wollte ich nicht, aber da stehenbleiben wollte ich auch nicht. Er hat's immer wieder gesagt, und die Augen in seinem Kopf haben wild geflackert: Kennst du mich? Es ist dunkel geworden, und als ich aufgeblickt hab, war da einer von diesen Monden, wo man nicht sicher ist, ob er da ist oder nicht, und die ersten staubigen Schneeflocken sind gefallen. Wir sind früh dran, dies Jahr, haben sie gesagt, aber um so besser. Stimmt, hab ich gesagt, wie ich eine von ihnen mit der Zunge erwischt und geschmolzen hab.

Leck mich, hat Joe gesagt, guck dir bloß mal die Visage an, es war ein Äffchen in der Auslage vom Geschenkwarenladen, das hat die Trommel geschlagen. Das Kinn war größer als der Kopf. Bauern sind in die Berge gefahren, auf den Dachgepäckträgern waren große blonde Puppen festgezurrt, die *Mama* sagen. Die Straßen waren von einem Netz aus Reifenspuren im Schneematsch überzogen, und im Obergeschoß der Tower Bar gab's den ganzen Abend über Musik. Jemand hat Nat King Cole zuschanden gesungen, und ein Akkordeon hat halb erstickt um Hilfe geschnauft. Auf dem weißen Rummelplatz waren Kinder und ein Hund, und die Stadtkapelle ist zum viertenmal durch die Stadt marschiert, als wär sie dazu verdammt, in alle Ewigkeit weiterzuwandern, bis endlich alle Melodien stimmen. Es war ein gepudertes Land, und auf dem gefrorenen Fluß schwankten die Eisschollen.

Was wollt ihr jetzt bloß machen, Fische, hat Joe gesagt, jetzt habt ihr euer Fett weg!

Wir haben unsre Nasen reingesteckt, aber es war kein einziges Zielscheibenauge zu sehen. Bedauern sehr, sind abgereist, gezeichnet: Fisch. Unsere Zwillingsangelruten haben tagelang rumgelegen, ohne angerührt zu werden.

Als sie aus der Werkstatt gekommen ist, hat's für Ma kein Halten mehr gegeben. Sie hat gequasselt wie ein Wasserfall, ist – schwuppdich – einen Augenblick hierhin, den nächsten dorthin gesaust. Nicht nur im Fußboden konnte man sein Gesicht spiegeln, sondern überall. Einen Moment war sie oben, im nächsten hat sie neben einem gestanden und geschwatzt, und dann war sie schon wieder woanders. Sie hat gesagt, in dieser Stadt macht uns keiner mehr schlecht, denen beweisen wir, daß wir genausoviel taugen wie die. Sie hat mir in die Augen geschaut und gesagt: Wir wollen nicht so sein wie die Nugents. Wir wollen wie keiner von denen sein! Denen zeigen wir's noch – nicht wahr, Francie? Die werden noch erblassen vor Neid! Wir sind die Bradys, Francie! Die Bradys!

Ich hab gesagt: und ob wir das sind. Ich war stolz wie ein Spanier. Wir haben wieder von vorn angefangen, aber diesmal würde es gutgehen. Schau nur, schau, sagt sie zu mir, schau nur, was ich gekauft hab, sagt sie, es ist eine Schallplatte, die beste Platte von der Welt. Wetten, daß du noch nie so eine gute Scheibe gehört hast, Francie, sagt sie. Wie heißt sie denn, Ma, sag ich. Die heißt *Der Schlächterbursche*, sagt sie. Komm, laß uns tanzen. Sie hat sie aufgelegt – kratz, quietsch –, und schon ging's los. Juhu, sind wir im Zimmer rumgetollt, Ma hat den Text auswendig gekannt. Je mehr sie gesungen hat, desto röter ist ihr Gesicht angelaufen. Jetzt machen wir Schluß, Ma, hab ich gesagt, aber da haben wir auch schon weitergetanzt.

Ach, hätt' ich doch mein Kindlein bloß,
Und wär' mein armes Leben los –
Es lächelte auf Vaters Schoß,
Und ich läg' unter grünem Moos.

Er stieg die Treppe, eng und steil,
Er brach die Türe mit dem Beil,
Er schnitt sie los vom rauhen Seil
Und las die Worte, Zeil' für Zeil':

Macht weit mein Grab, grabt tief mich ein,
Zu Kopf und Füßen Marmorstein,
Ein Turteltäubchen setzt hinein,
Das singt vom Tod aus Liebespein.

Es war ein schönes Lied, aber verstanden hab ich nicht, worum es darin geht. Als es aus war, sagt sie, wie gefällt dir das, Francie – *Er stieg die Treppe, eng und steil, er brach die Türe mit dem Beil, er schnitt sie los vom rauhen Seil.* Der war aber nicht sehr gescheit, der Schlächterbursche, was? Sie fängt an, mir alles darüber zu erzählen, aber ich will nichts mehr davon hören. Dann geht sie – schwuppdich – in die Spülküche und singt irgendein andres Lied. O nein, sagt sie, die Zeiten sind vorbei, das gehört alles der Vergangenheit an. Die Annie Brady wird keiner mehr sitzenlassen, Francie!

Eine Weile hat sie die Platte in Ruhe gelassen, aber dann ist sie reingegangen und hat sie wieder aufgelegt. Jedesmal wenn ich heimgekommen bin, ob von der Schule oder von sonstwo, ist die Platte gelaufen. Und in der Spülküche hat Ma sich eins gesungen.

Nach alledem hätte sie Ma Schwuppdich heißen sollen. Den einen Moment hat sie gesagt, ich sehe, Mrs. Connolly hat einen hübschen Mantel, aber bevor man Zeit gehabt hat zu antworten, hat sie gesagt, drehen uns doch die von der Stadt das Wasser ab – oder irgendwas über das Krankenhaus, in dem ich geboren bin. Dann wieder ist sie Kuchenteig ausrollen gegangen und hat auf ein Blech nach dem andern Biskuittörtchen gehäuft.

Das Haus war voller Kuchen.

Voller Kuchen für Onkel Alo, sag ich.

Stimmt, sagt sie, Alo liebt Kuchen. Wenn er was mag, dein Onkel, dann Kuchen.

Und Biskuittörtchen, sag ich.

Da hast du recht, sagt sie, ich back noch welche.

Es ist so schlimm geworden, daß man sich fast einen Tunnel ins Haus hat graben müssen vor lauter Kuchen. Ein paarmal wußte ich, daß Pa drauf und dran war zu sagen: *Hör endlich auf, dieses verfluchte Lied zu singen!* Hat er aber nicht getan – für den Fall, daß sie – schwuppdich – wieder in die Werkstatt mußte. Statt dessen ist er in die Tower Bar gegangen und erst nach der Sperrstunde wieder heimgekommen.

Ich hab Philip Nugent mit seiner krokodilledernen Notenmappe getroffen. Er war auf dem Weg zur Musikstunde. Vor der Hausbäckerei hat er angehalten und eine Minute gewartet. Dann ist sie herausgekommen, und ich hab gesehen, wie sie zu mir rüberschielt. Philip hat sie eine weiße Pappschachtel gegeben, wie man sie für Kuchen verwendet. Sie hat sie ihm absichtlich ganz langsam überreicht. Arme alte Nugent – bildet die sich doch wirklich ein, ich würd mir was machen aus ihr und ihrem Kuchen! Ich mußte lachen. Wo wir doch genug Kuchen hatten, um eine ganze Armee zu füttern!

Es schien viele, viele Jahre her zu sein, daß ich mir irgendwas daraus gemacht hatte, was mit der Nugent zu tun hatte. Ich hab mir nicht mal die Mühe gemacht, auf sie zuzugehen. Ich hab mich einfach auf dem Absatz umgedreht und bin immer noch lachend davongegangen. Da muß Mrs. Nugent aber lange warten, bis sie mich dabei ertappt, daß ich mir über jemand wie sie noch mal den Kopf zerbreche.

Zehn Mann unter sich, sag ich zu Joe.

Joe pfeift durch die Zähne und läßt einen flachen Kieselstein den Fluß hinunterhüpfen.

Zehn, sagt er, volle zehn Mann. Das ist schwer zu überbieten, Francie.

An dem Abend wird's bei uns zu Hause eine Party geben, Joe, sag ich.

Die Alo-Party, sagt Joe.

Die Mutter aller Partys, sag ich.

Juhu! hat Joe gerufen, und wenn man mit den Augendeckeln geklappert hat, ist ein ganzer Hagel spitzer Pfeile aus Sonnenlicht durch die Baumlücken geflogen.

In den Nächten vor Alos Heimkehr hab ich kein Auge zugekriegt, so sehr hab ich an ihn denken müssen. Wir würden die Straße runtergehen, und da würde die Nugent stehen. Sie wäre ganz versessen drauf, sich mit uns zu unterhalten. Wer ist denn die Schachtel da, würde Alo in seinem englischen Akzent zu mir sagen, die schielt dauernd zu uns rüber. Weiß nicht, würde ich sagen, noch nie in meinem Leben gesehen. Dann würden wir weitergehen, bis sie nur noch ein Pünktchen wär in der Fermanagh Street. Dann würde alles wieder von vorn anfangen, ich und Alo auf dem Platz, wie wir Anstalten machen, noch mal die Straße langzulaufen, und Mrs. Nugent, die alles dransetzt, um uns auf sich aufmerksam zu machen. Bitte, Francie, ich geb dir auch, was du willst, würd sie sagen. Tut mir leid, würd ich sagen, zu spät. Dann würd ich ihr das Wort abschneiden und sagen: Was hast du eben noch gemeint, Onkel Alo?

Nach Kneipenschluß war die Stadt still. Das einzige, was man hören konnte, war Grouse Armstrong, der vor sich hin gejault hat.

Verstehst du, was er sagen will, wenn er so jault, fragt Joe.

Nö, sag ich, was denn?

Wie zum Teufel soll ich das wissen, versteh ich etwa Hundesprache, sagt Joe.

Ich konnte Stimmen hören. Draußen vor dem Versteck, da war jemand. Es war Buttsy aus den Bergen. Mrs. Nugent war seine Schwester. Er war übel dran, der arme alte Buttsy. Mit seinen Sommersprossen und den roten Haaren, die ihm in die Augen fielen, hat er ausgesehen wie ein Priester auf dem Umschlag von einem Missionsheft über Afrika. Liiiebe Gemeiiinde, bitte helft mir, mein Krankenhaus bauen. Aber das einzige, was Buttsy in diesem Augenblick bei dem Wort Krankenhaus eingefallen ist, war, mich einzuweisen. Fortwährend hat er gezetert: *Brady!* Dann hat er sich eine Kippe angezündet, und ich hab gesehen, wie seine Hand gezittert hat. Devlin hat dauernd zu ihm gesagt: Keine Bange, Buttsy, den finden wir schon noch, der kann nicht weit gekommen sein. Er hatte Kopfweh. Das konnte ich daran sehen, wie er sich ständig das Auge gerieben hat. Bald haben wir ihn, hat Delvin gesagt, dann können wir Hackfleisch aus ihm machen. Die ganze Stadt will, daß er seine gerechte Strafe abkriegt. Wenn wir ihn noch vor der Polizei zu fassen kriegen, weiß ich schon, was wir mit ihm machen. Den ersäufen wir, Buttsy, was hältst du davon? hat Devlin gesagt. Aber Buttsy war vernünftiger. Der hat gewußt, daß sie nur ihre Zeit vergeuden. Wenn sie mich jetzt noch nicht gefunden hatten, dann würden sie's nie, weder sie noch die Polente. Er hat einfach dagesessen am Fluß, den Ellbogen aufs Knie gestützt, und von seiner Kippe hat ein Fingerbreit Asche gehangen. Der Sauhund muß hier langgekommen sein, hat Devlin gesagt und mit einem Stecken im Gebüsch rumgestochert. *He, Brady!* hat er gerufen wieder. Von den Bergen kommt ein dreifaches Echo. *Wenn du hier im Wald steckst, Brady, dann komm lieber raus.* Aber es hatte keinen Zweck, und schließlich sind sie wieder abgezogen, zurück zur Stadt.

Als sie verschwunden waren, bin ich rausgekrochen und hab mein Gesicht in den Fluß getaucht. He, Fische, hab ich gesagt, seid ihr da? Huhu!

Kommt raus, ihr Ärsche!

die Kuchen haben sich auf den Stühlen getürmt. Es hat welche auf dem Kleiderschrank gegeben und welche auf der Waschmaschine. Welche mit Zuckerguß und welche ohne, aber alle verziert mit Liebesperlen und Marzipan und verschiedenen Mustern. Ich hatte ganz schön damit zu tun, die Fliegen fernzuhalten. Mit der zusammengerollten *Irish Press* bin ich auf sie losgegangen. Zurück, ihr Hunde! hab ich gesagt. Ich mußte achtgeben, daß sie auch ja nicht auf dem Zuckerguß landen, denn wenn ihnen das gelingt, kann man nicht mehr draufklatschen, oder man zermanscht den ganzen Kuchen. Magst du noch ein Stück Kuchen, Francis? hat Ma von der Spülküche her gerufen. Mochte ich nicht. Ich hatte schon acht verputzt. Ich bin in die Stadt gestiefelt, und allen, denen ich begegnet bin, hab ich von Alo erzählt. Dann bin ich wieder zurückgekommen: Immer noch nichts zu sehen? Schwuppdich – und wieder auf und davon. Es war seit langem meine schönste Zeit in der Stadt. Der Brotmann ist mit einem Blech frischgebackener, in Weihnachtspapier eingewickelter Brotlaibe ins Geschäft gehopst. Gören haben mit Steinen nach dem Brunnen geworfen und zugesehen, wie die Steine von dem großen weißen Eiskrokus abgeprallt sind. Bitte, geben Sie ein wenig, es könnte soviel helfen, haben sie im Radio gesagt. Wie ich nach Haus gekommen bin, hat Ma weiße Handschuhe aus Mehl angehabt und noch mehr Teig ausgerollt. Nur für den Fall, daß wir nicht genug haben, hat sie gemeint. Dann ist der Wagen draußen vorgefahren, und sie sind hereinspaziert, Mary vom Süßwarenladen und all die. Sie haben Korken knallen lassen und sich den Schnee vom Kragen geschüttelt. Ich konnte mich nicht sattsehen an Alo. Der hat tatsächlich das rote Taschentuch in seiner Brusttasche gehabt, und die Bügelfalten auf seiner blauen Nadelstreifenhose sind so scharf gewesen, daß man sich die Hand dran schneiden konnte. Sein strahlgraues Haar war fein säuberlich gekämmt – zwei säuberliche Flügelchen hinter den Ohren. Stolz ist er am Kamin gestanden. Ich hab bei mir gedacht: Die Nugent? Ha! Die Nugent hat *keinen* wie den. Ich hätte jubeln können. Willkommen im Pfefferkuchenhaus, hat Ma gesagt und sich die Hände an ihrer Schürze abgewischt, so heißt nämlich unser Haus. Nenn's, wie du willst, ich nenn's Daheim, hat Alo gelächelt und sie kräftig umarmt. Pa war noch nicht gekommen, aber die Party ist trotzdem gestiegen. Auf Weihnachten und auf das Wohl aller Anwesenden – Alo hat gestrahlt und sein Whiskeyglas erhoben.

Du sagst es, Alo, auf den Chef persönlich, auf Alo Brady.

Ah ja, hat Alo gesagt, in der Tat, und hat den Whiskey in seinem Glas geschwenkt.

Wie die Zeit verfliegt! Wo fliegt sie bloß hin?

Diesen Winter sind's nun schon zwanzig Jahre in Camden Town. Ist das denn die Möglichkeit?

Jetzt wirst du gar nie mehr zurückkommen, Alo.

Zurückkommen? Weswegen sollte er denn zurückkommen, hab ich recht, Alo? Drüben hat er's doch viel zu gut.

Zehn Mann unter sich, rief Ma aus der Spülküche.

Gott segne alle hier, sagte Alo, Gesundheit und ein langes Leben.

Ich mußte Alo immer noch anstarren, die goldene Krawattennadel und seine manikürten Fingernägel, der englische Akzent. Nugents Akzent war nur halb englisch. Je mehr man drüber nachgedacht hat, um so weniger konnte man verstehen, daß die Nugent je der Rede wert gewesen war. Ach ja, fuhr er fort, ich werd's nie vergessen. Euston Station, London Town!

Eine Riesenstadt, Alo, ganz schön fern der Heimat.

Nichts außer meinem Mantel und meinem Koffer! Worauf hab ich mich da nur eingelassen, hab ich mich gefragt.

Die Straßen von Piccadilly, Alo!

Du sagst es. Hab im CVJM übernachtet. Mir kann keiner was vormachen!

Aus aller Herren Länder, sagt er!

Du sagst es!

Ja, man sollte es nicht für möglich halten!

Jungejunge!

Auf den Tag genau vor zwanzig Jahren, sagt er!

Na, jetzt bist du jedenfalls hier – also auf dein Wohlsein und auf das Wohlsein aller Anwesenden!

Prosit, haben sie gesagt. Ich hab gehört, wie die Haustür zuklickt, und da ist Pa gestanden. Sie haben fast gar keine Notiz von ihm genommen. Seine Augen waren wie kleine Kugellager. Er hat sich an der Wand entlanggedrückt, sich was zu trinken geholt und nichts gesagt. Darauf haben sie gesagt: Da bist du ja, Benny, und wieder von der guten alten Zeit angefangen.

Ach, wenn doch nur der Pete hier wäre.

Einer der besten Kumpel in der Stadt, der arme Pete.

Musik? Es gibt kein Lied, das er nicht gekannt hat.

Dont's sit under the apple tree with anyone else but me!

Das war sein Lied!

So früh schon unter der Erde, wer hätte das gedacht?

Der Herrgott hält seine Ernte und läßt keinen aus!

Bing Crosby! Was konnte der Bing Crosby singen! *Dear Hearts and Gentle People!*

Das hat ihm so leicht keiner nachgemacht!

So Gott will, ist er glücklich, wo er jetzt ist!

Alos Augen flammten auf: Wie wär's mit einem Liedchen, hat er gesagt, und wir sind ins Wohnzimmer gegangen. Er hat den Ellbogen aufs Klavier gestützt, und wie sie *White Christmas* gesungen haben, hat man ihn unter allen raushören können, weil er sein ganzes Gefühl da reingelegt hat. Wenn er sich die hohen Töne abgerungen hat, konnte man seine Stirnadern hervortreten sehen. Als das Lied aus war, sind sie in Schweigen verfallen, und ihre Augen sind glasig geworden.

Mary, haben sie gesagt, so gut hast du noch nie gespielt.

Ach geh, hat Mary gesagt, ich hab doch seit Jahren nicht mehr gespielt.

Seit Alo weg ist, haben sie gelacht.

Immer sachte, sonst spielt sie gar nicht mehr!

Alo hat *Tyrone among the Bushes* gesungen. Auf seinem Rükken hat sich ein dunkler Schweißfleck ausgebreitet. Er hat sein Glas erhoben und sich verbeugt.

Du hast's noch nicht verlernt, Alo, haben sie gerufen, *Tyrone among the Bushes*, da geht doch nichts drüber!

Wer muß als nächstes Federn lassen?

Dann hat's Rezitationen gegeben: *Dangerous Dan McGrew* und *Sam McGee tsok tsok in the Arctic Snow.*

Bei Gott, das ist ja besser als im Theater!

Alo, ich frag euch, wer braucht da noch das West End? Hab ich recht, Alo?

Und ob! hat Alo gelacht.

Ma ist mit einer silbernen Teekanne reingekommen. Auf dem Teller hatte sie eine Burg aus Biskuittörtchen. Die Türmchen drohten jeden Moment einzustürzen.

Wer mag ein paar Biskuittörtchen, hat sie gesagt, oder vielleicht möchtet ihr lieber Kuchen? Ich geh welchen holen. Ich hab ihn schon aufgeschnitten.

Nein, so ist's prima, wir sind zum Platzen voll. Nun setz dich mal her und ruh dich aus, mach doch nicht so einen Aufstand.

Was sind wir doch für eine furchtbare Bande!

Alo ist hinter Mary gestanden, er hatte ihr die Hände auf die Schultern gelegt und hat *When you were sweet sixteen* gesungen.

Der Beifall hat länger als eine Minute angehalten, und sie hat nicht gewußt, wohin sie schauen soll.

Das sollst du nicht singen, hat sie gesagt.

Alos Gesicht ist rot geworden wie ein Puter, und seine Augen haben wild geleuchtet. Er hat gelacht, dann ist er in die Hocke gegangen und hat sich niedergekauert – bereit zum Sprung über einen Abgrund. Ich konnte sehen, wie er alle Gesichter im Raum gemustert hat, und als er sich überzeugt hatte, daß alles in Ordnung ist, hat er eine Art Knurren hervorgestoßen und sie auf einmal am Arm gepackt. Sie ist völlig verdutzt gewesen und wäre fast von ihrem Hocker gefallen.

Und warum nicht, mein Liebling?

Er ist ihr in den Schoß gesunken und hat die Beine in die Luft gekickt.

Ma hat gequiekt, und alles hat gejubelt.

Sollen wir den Priester holen? haben sie gerufen.

Für den Bruchteil einer Sekunde habe ich gedacht, Mary würde ihre Arme um Alo schlingen und in Tränen ausbrechen. Sie hat fortwährend an den Nägeln gekaut, und ihre Unterlippe hat gezittert – wie bei einem Kind, das hingefallen ist, und alle fragen, hast du dir weh getan, hast du dir weh getan?

Aber sie ist nicht in Tränen ausgebrochen. Als das Gelächter sich gelegt hat, versucht Alo sich mit einer Hand aufzurichten und mit der andern seine Krawatte geradezurücken. Während er sich so aufgerappelt hat, haben seine Finger leicht ihre Wange gestreift, und sie hat den Kopf gesenkt. Jemand hat was sagen wollen, hat es aber unterlassen. Danach hat Stille geherrscht, aber Alo hat keine Stille gewollt. Er ist zur Anrichte gestürzt und hat sich eingeschenkt. Er hat nach einem neuen Lied gerufen.

Wie wär's mit dem Abwasserinspektor aus County Roscommon? Unserem ureigenen Percy French!

Mary hat sich über die Tasten gekrümmt, damit niemand sieht, wie ihre Hände zittern. Die Fliegen sind wieder über den Kuchen hergefallen, und wo Alo mit dem Ellbogen einen Teller umgestoßen hatte, war der Boden von Krümeln übersät. Aber niemand hat darauf geachtet. An der dreieckigen Spitze seines roten Taschentuchs hat ein Sahneklecks von den Biskuittörtchen geklebt. Es war schon lange nach zwei, und alle haben verschiedene Lieder durcheinandergesungen. Wißt ihr eigentlich, wieviel Uhr es ist, hat jemand gesagt, und ein langes, leises Pfeifen ist durch den Raum gehallt.

Die Messe morgen früh schaffen wir nie.

Wird Zeit, daß wir aufbrechen, haben sie gesagt.

Nun bleibt doch bitte noch ein bißchen! hat Alo gesagt.

Es gibt ja noch mehr Nächte, haben sie gesagt, mein lieber Mann, war großartig, dich wiederzusehen, Alo!

Laßt mich nur, hat Ma gesagt und ist in die Diele gegangen, um die Mäntel zu holen.

So, da wären wir, hat Pa gesagt und sich in die Tür gestellt. Mit der Handkante hat er sich die Haare aus der Stirn gestrichen.

Jetzt geht's uns gut, haben sie gesagt, so gut wie nur irgendwann!

Alo hat jedem die Hand geschüttelt und auf Wiedersehen gesagt. Er wollte ihre Hände gar nicht mehr loslassen. Als sie sich angeschickt haben, zum Auto zu gehen, hat er sie immer noch gehalten. Vom Auto haben sie gerufen: Bis zum nächsten Mal dauert's aber nicht so lange, so Gott will.

Mary hat versucht wegzuschauen, aber ein Magnet hat ihren Blick angezogen, bis er auf Alos traf. Der hatte die Hand ausgestreckt, um sie an der Schulter zu berühren, aber dann hat er sie wieder zurückgezogen wie ein Ladendieb, der im letzten Augenblick die Nerven verliert. Da hat er nicht gewußt, was er tun soll, und einfach nur dagestanden. Er hat fast auf den Zehenspitzen gestanden. Wenn's nicht so spät gewesen wäre, hätten sie vielleicht alle gepfiffen oder gesummt, um das Schweigen zu durchbrechen. Jetzt haben sie nur mit Münzen geklimpert und sich die Mäntel zugeknöpft. Was anderes ist ihnen nicht eingefallen. Mary hat die Lippen geöffnet, wie um zu sprechen. Ich hab gewußt, was sie sagen wollte. Sie wollte sagen: *War schön, dich zu sehen*, aber das war genau das, was Alo gesagt hat, und die beiden Sätze sind mitten in der Luft aufeinandergeprallt. Mary hat einen neuen Anlauf genommen. Alo ebenso. Dann ist Alo blaß geworden und hat sich vorgebeugt. Er hat sie sanft aufs Haar geküßt, und als sie wieder aufgeblickt hat, war er verschwunden. Wieder im Haus bei der Whiskeyflasche. Pa hat was vor sich hin gemurmelt, ich weiß nicht, was, und die Kugellageraugen in seinem Kopf waren kalter Stahl. Der Ventilator im Hühnerhaus hat gesurrt, und die Hennen in ihrer warmen Holzspänewelt mit gackernden Schnäbeln und rieselnden Saatkörnern haben sich gefreut wie die Schneekönige. Als ob sie sagen wollten: Also, uns geht's gut. Uns erwischt ihr nicht dabei, daß wir uns Sorgen machen! Wir sind viel zu sehr damit beschäftigt, zu gackern und auf unser Futter zu warten!

Mary ist bereits im Auto gesessen. Ich weiß nicht, ob sie geweint hat oder was. Das einzige, was ich sehen konnte, waren diese verschwommenen Gesichter, die sich auf dem Rücksitz über sie gebeugt haben.

Es geht ihr alles immer so nahe, hat Pa gesagt, in ihrem Alter hat's eine Frau nicht leicht. Man sollte meinen, er hätte ein bißchen mehr Grips – ein Mann in seinem Alter.

Er hat es nur so vor sich hin gesagt, aber ich hab gewußt, er hat von Alo gesprochen. Ma hat nichts gesagt und so getan, als hätte sie nichts gehört. Hatte sie aber doch, denn als er gesprochen hat, hat er genau zu ihr rübergesehen.

Tuckernd ist der Motor angesprungen. Bei der Aschengrube ist der Wagen ums Eck in die Hauptstraße eingebogen, und alles ist wieder in einem schweigenden Weiß versunken.

Pa ist dagestanden wie in einer Art Trance. Er hat immerzu den Daumen gegen den Zeigefinger geschnipst. Ich wollte zu ihm sagen: Hör auf, laß das doch. Aber ich hab gesagt: Das ist der schönste Abend meines Lebens gewesen.

Jetzt aber marsch ins Bett, hat er gesagt.

Drinnen hatte Alo eine neue Whiskeyflasche aufgemacht. Er hat gezögert und die silbernen Kringel von dem eingerissenen Verschluß auf seinem Handteller angestarrt. Pa hat gesagt, ich könnte auf dem Sofa schlafen, und so hab ich denn mit geschlossenen Augen dagelegen, aber es ist viel zuviel los gewesen, um zu schlafen, es war wie ein Feuerwerk von allem, was sie gesagt hatten. Düsternis hat den Raum verschlungen. Ein letztes Lied noch, hat Alo gesagt, und einen Schlaftrunk, um die Sache abzurunden, was meinst du dazu, Benny?

Keine Lieder mehr. Es ist genug gesungen worden.

Ach geh, Benny, lacht Alo, nun sei doch nicht so. Ein bißchen Gesinge hat noch keinem geschadet, hab ich recht, Mrs.?

Er hat *The Old Bog Road* angestimmt. Er hat gesagt, das wär das Lied, das ihnen der Priester im Heim beigebracht hätte vor all den Jahren. Ich hab gewußt, das Wort *Heim* hat er bedauert, sowie er es ausgesprochen hatte. Wenn man es in den Mund genommen hat, auch wenn von Waisenhäusern gar nicht die Rede war, ist Pa manchmal ganz bleich geworden. Dann ist er sogar aufgestanden und aus dem Zimmer gegangen. Alo hat versucht, es zu überspielen, indem er gesagt hat: Erinnerst du dich noch daran, wie wir den Pfarrgarten ausgeplündert haben?

Er hat gelacht. Dann hat er wieder gelacht. Aber es war alles verkehrt. Es war wie der Augenblick, kurz bevor ein gesprungenes Glas zerbricht. Als Pa nicht geantwortet hat, hat er nur noch alle möglichen Fragen gestellt.

Er hat noch mehr Geschichten erzählt. Danach hat er wieder gesungen. Er hat aus voller Kehle gesungen. Was mein Blut stokken ließ, war die Stille um Pa. Dann hat Ma geweint. Auch das hat er nicht beachtet. Er hat nur dagesessen hinter einer gläsernen

Mauer aus Schweigen. Alo hat mit dem Rücken zum Kamin gesessen, wie vorher, als er angekommen ist. Er hat immer noch darauf gewartet, daß Pa was sagt. Er wollte nichts sehnlicher, als daß Pa was sagt. Aber Pa hat erst gesprochen, als er innerlich soweit war. Dann hab ich gesehen, wie er Alo anblickt. Diesen Blick kannte ich. Jetzt würde er den Blick nicht eher von ihm abwenden, als bis er mit ihm fertig war. Genauso hatte er es immer mit Ma gemacht. Mit diesen Augen konnte er einen durchbohren wie mit einem Messer. Dann hat er es ausgesprochen: Wen willst du eigentlich zum Narren halten, Alo? Willst du dich weiter zum Gespött der Leute machen, oder wirst du's endlich schnallen? Denkst du wirklich, das Gewäsch, das du den ganzen Abend von dir gegeben hast, nimmt dir auch nur einer ab?

Um Gottes willen, Benny, laß mir den Mann in Frieden, hat Ma gerufen.

Kommst nach Haus, um mit Camden Town zu protzen – willst du uns zum Gespött der Stadt machen? Schau ihn dir doch an mit seinem roten Taschentuch. Hat dir das etwa deine Frau gebügelt?

Nicht schon wieder, hat Ma gerufen, nicht schon wieder, bitte, Benny!

Ich habe ihn gewarnt! Ich hab ihm gesagt, ich will davon nichts mehr hören! Aber nein, wir haben's uns anhören müssen, und dann noch dieses Techtelmechtel mit ihr wie ein Halbtrottel von einem Schuljungen. Das weiß auch schon die ganze Stadt. Hat sich zum Hanswurst gemacht mit ihr. Hatte nie den Schneid, mit ihr auszugehen, bis es zu spät war. O ja, Camden Town ist eine tolle Stadt, Alo, das wissen wir alle. Camden Town ist die Stadt, wo er der einzigen Frau begegnet ist, die er je unter die Finger gekriegt hat. Die hat er zum Altar geführt, weil er Schiß gehabt hat, eine andre zu fragen. Zwanzig Jahre älter als er, ach du lieber Himmel! Halbblind – und hat ihn vom ersten Tag der Ehe an gehaßt!

Ich hab gewußt, Ma wollte dem Ganzen einen Riegel vorschieben. Sie wollte nicht, daß es schon wieder damit losgeht. Ich hab gewußt, wovor sie Angst hatte, sie hatte Angst vor der Werkstatt. Aber Alo im Stich lassen wollte sie auch nicht, nie würde sie jemanden im Stich lassen. Sie mußte einfach heraus damit. O Gott, es tut mir ja so leid, Alo, hat sie gesagt.

Aber Pa war noch nicht fertig. Ich wußte, er war noch längst nicht fertig, aber ich bin einfach liegengeblieben und hab nichts gesagt, das war alles. Ich bin einfach nur dagelegen mit geschlossenen Augen und hab so getan, als würde ich schlafen.

Zehn Mann unter sich, hat Pa gesagt, von wegen. Das Tor zugemacht in einer Klitsche von Fabrik hat er, vom ersten Tag an, bei den Vorgesetzten sich grüßend an die Mütze getippt, in seiner blauen Pförtneruniform. Oh, der Alo, der hat's weit gebracht, das kann man wohl sagen!

Ma hat Alo am Arm berührt. Er hat ausgesehen wie ein Kind, das sich die Hose vollgemacht hat.

Auf Pas Oberlippe hatte sich Schweiß gebildet, der hat geglänzt wie Nadeln. Er hat gesagt: So war er doch schon immer – vom ersten Augenblick an, als sie uns in Belfast in diesem Dreckloch von Schule abgeladen haben. Immer dieselbe Knalltüte, derselbe Lackel, der den Nonnen in den Arsch kriecht und im Korridor Trübsal bläst. Weißt du, was er denen immer weisgemacht hat? Morgen kommt unser Pa, um uns nach Haus zu holen! Tag und Nacht hab ich mir das anhören müssen! Wenn man darauf gewartet hat, daß Andy Brady kommt und einen nach Haus holt, konnte man aber lange warten! Ich hab ihm gesagt, halt's Maul! Was schert das uns, hab ich gesagt, wir schaffen's auch allein, wir brauchen niemand. Ich hab ihm gesagt, jetzt wär alles vorbei. Aber er wollte nicht hören! Konnte den Rand nicht halten, der mit seinem Gefasel! Und die andern haben ihn verdroschen, sooft sie nur konnten!

Da ist Ma aber aus der Haut gefahren. Ich hatte noch nie gesehen, daß sie Pa die Stirn geboten hat. Schieb's bloß nicht deinem Bruder in die Schuhe, daß ihr ins Heim gesteckt worden seid! Herrje, Benny, wirst du dich denn nie damit abfinden? Nach all der Zeit – soll das denn nie ein Ende nehmen?

Alos Gesicht hat gezuckt, und eine Sekunde lang hatte es den Anschein, als wär er drauf und dran, was richtig Bekloopptes zu sagen wie: Glaubt ihr, es wird regnen? Oder: *Wo habt ihr das Tischtuch gekauft?*

Hat er aber nicht getan. Statt dessen hat er gesagt: Es wird allmählich spät. Vielleicht sollte ich lieber ins Bett gehen.

Dann hat er gesagt: Vor meiner Abfahrt werd ich euch wohl kaum noch sehen.

Er hat Ma gefragt, ob der Bus noch von der Ecke abfährt. Sie hat ja gesagt.

Pa hat ein Whiskeyglas in der Hand gehalten. Es hat ein bißchen gezittert. Ich hab gedacht: Vielleicht wird er's gleich in die Ecke schleudern, die Arme um Alo schlingen und aus voller Kehle rufen: Wie findest du das, Alo? Da hab ich dich aber mächtig reingelegt! Bist richtig drauf reingefallen! Ich und Alo – die Jahre, die wir in Belfast verbracht haben! Das Heim? Ein wunderbares Heim! Die besten Jahre unseres Lebens! Ich und Alo – jede Minute da drinnen haben wir ausgekostet! Stimmt's oder hab ich recht, alter Kumpel?

Wie mir das alles in den Sinn gekommen ist, wollte ich aufspringen und juhu brüllen. Ich wollte rufen: Laßt uns noch eine Party geben, ich geh Mary holen, und diesmal klappt die Sache. Was sagst du dazu, Alo, ist das nicht eine tolle Idee?

Aber es war ja nur ich, der phantasierte, und es ist nicht dazu gekommen, und als nächstes hab ich gehört, wie die Haustür geht, man hat's kaum gehört. Jetzt war Ma aber ganz schön in Fahrt. Das hat dich kaputtgemacht, das Heim, verstehst du denn nicht? hat sie gesagt. Du kannst ja nicht mal darüber reden, oder? Nicht mal nach all den Jahren! Das ist doch keine Schande, Benny, daß sie dich da reingesteckt haben! Und selbst wenn's so wäre – keine Schande darf dich dazu bringen, daß du dich an deinem Bruder vergreifen tust wie ein Hund!

Das hat ihm aber gar nicht gepaßt, und jetzt hat er sich gegen sie gewandt. Er hat gesagt: Wenigstens hab ich nie ins Irrenhaus gemußt und Schande über die ganze Familie gebracht. Da hab ich gemerkt, daß Ma gar nicht in der Werkstatt gewesen war, aber gewußt hatte ich das eigentlich schon immer. Ich hab gewußt, daß es ein Irrenhaus war, ich wollte nur nicht, daß die Nugent oder sonst jemand es hört. Deswegen hab ich gesagt, es wär eine Werkstatt. Ich hab auch gewußt, daß die Nugent genau Bescheid wußte. Mrs. Connolly und die Frauen hatten's ihr bestimmt gesteckt. Eigentlich weiß ich nicht, warum ich überhaupt was von einer Werkstatt gesagt hab. Ich hab die Nugent schon sagen hören: Denken Sie nur – hat der sich doch tatsächlich eingebildet, er könnte mir ein X für ein U vormachen!

Als Pa das gesagt hat, ist sie aus dem Zimmer gerannt, und ich hab nicht gewußt, was tun. Pa hat vor sich hin gelacht und gemeint, ihm wär alles schnuppe. Er hat das Whiskeyglas umklammert wie eine Waffe und sich von neuem eingeschenkt. Er ist mitten in der Küche gestanden.

Immer bin ich meinen eigenen Weg gegangen, hat er geschrien. Hab alles auf eigne Faust unternommen – ob mit oder ohne Vater! Ich schulde keinem Dank, weder Andy Brady noch sonst jemand! Hast du gehört?

Er hat einfach dagestanden und darauf gewartet, daß es wieder Streit gibt. Er hat Streit gesucht, aber da war niemand, mit dem er Streit anfangen konnte. Als nichts geschehen ist, hat er nichts mit sich anzufangen gewußt. Er ist einfach schwankend in der Zimmermitte gestanden und hat sein Glas gehalten wie ein betäubter Riese. *Hast du gehört?* hat er wieder gebrüllt und etwas Whiskey verschüttet. Er hat zugesehen, wie ihm der Whiskey am Hosenbein runtergelaufen ist, bis er auf den Boden tröpfelte und sich auf dem Linoleum in zwei Zwillingsflüsse aufteilte. Er sickerte fort bis zur Türkante. Pa hat das Rinnsal angestarrt, als würde dem Muster, das er gebildet hat, eine geheime Bedeutung zukommen. Dann hat er zu weinen angefangen – mit jedem Schluchzer ist ein Schauer über seinen ganzen Leib gelaufen.

Ich hab abgewartet, bis er im Sessel eingeschlafen ist, dann hab ich die Haustür geöffnet und bin hinausgegangen in den Morgen.

Ich hatte Angst, denn geplant hatte ich es nicht, und von zu

Hause ausgebüxt war ich noch nie. Ich hätte eine Tasche oder so was mitnehmen sollen. Hab ich aber nicht getan. Sowie ich zur Tür raus war, fing ich einfach an zu laufen. Ich wollte nichts als laufen, bis meine Schuhsohlen durchgetreten waren und ich nicht mehr konnte. Ich war wie der Junge auf der Rückseite eines Mahlhefts, das ich hatte. Seine Backen waren dicke rote Pflaumen, und wie er auf der einen Seite vom Erdball raufgelaufen ist und auf der andern wieder runter, hat er eine Dampfwolke Atem aus dem Mund geblasen. Ich hab einen Namen für ihn gehabt. Ich hab ihn den Jungen-der-für-immer-laufen-konnte genannt, und genau das wollte ich jetzt tun – ein für allemal der sein.

Ich hab die Stadt weit hinter mir gelassen und bin auf die offene Landstraße gelangt. Die weißen Wolken sind über das klare blaue Glas des Himmels gesegelt. Ich mußte an Pa denken und an Alo, wie sie vor all den Jahren draußen vor dem Eingangstor zum Heim gestanden waren. Wie viele Fenster glaubst du, sind das wohl, sagt Pa. Fünfundsiebzig, sagt Alo. Ich würd sagen, mindestens hundert, sagt Pa. Der Priester hat sie durch lange gebohnerte Korridore geführt. Die Aula war proppenvoll. Alle haben den beiden neuen Jungs zugejubelt. Der Priester hat sich geräuspert und gesagt: Ruhe, bitte! Ich möchte euch unsere beiden neuen Jungen vorstellen, Bernard und Alo. Bernard und Alo wie weiter? haben die ganzen andern Jungs gefragt. Der Priester hat geschmunzelt und sich die schlaffen Hände gerieben. Ich hab drauf gewartet, daß er sagt: *Brady*, und dann fertig wär. Er hat aber nicht Brady gesagt. Er hat *Schwein* gesagt.

Jeden Tag bin ich gewandert, bis es dunkel geworden ist. Ich hab unter Büschen geschlafen und einmal in einem Reifen. Ich hab nicht gewußt, welcher Tag es ist, als ich in der Stadt angekommen bin. Ich war so erschöpft, daß ich mich an das große Schild gelehnt hab. Darauf hat gestanden: WILLKOMMEN IN DUBLIN.

Die Busse waren so grün wie Stachelbeeren, und eine Steinsäule hat den Himmel zerschnitten. Das ist Dublin, hab ich zu einem Kerl gesagt. Na klar ist das Dublin, du Dussel, was hast du denn gedacht? Mir hat die Art gefallen, wie er das gesagt hat, und ich hab versucht, es selber auszuprobieren: du Duzzel! Wer ist denn das da drüben, sag ich zu einer Frau, und sie gafft mich an mit offnem Maul. Ein großes, graues Standbild mitten auf der Straße schwatzt irgendwas daher, und die Vögel scheißen ihm den Kopf voll. Ich hab gedacht, das wäre der Präsident, aber da hat sie mir erklärt, das ist Daniel O'Connell. Über den hab ich nichts weiter gewußt, außer daß er irgendwas mit den Engländern zu tun gehabt hat oder so. So wie die über die Brücke gerast sind, hätte man denken können, daß jemand gesagt hatte: Tut mir leid, aber wir lassen jeden Augenblick eine Atombombe hochgehen. Fahrräder sind zu Dutzenden vorbeigefahren – tick-tick-tick. Wohin die wohl alle gefahren sind? Falls die alle zur Arbeit gefahren sind, hat's in Dublin aber eine Menge Arbeit gegeben! Es ist acht Uhr in der Früh gewesen. Es hat Lichtspielhäuser und alles mögliche gegeben. Ich gleich rüber. Da steht in unbeleuchteten Neonlettern: Korinthisches Kino. Was ist denn hier los, sag ich. Die Wesen sind gekommen, um den Planeten Erde zu erobern, denn ihr eigener war futsch, da war nichts von übrig. Die zittrige Schrift hat gesagt, daß sie von jenseits der Sterne kommen und Tod und Verderben bringen. Wenn das Kino aufmacht, muß ich unbedingt hin und mir mal diese Außerirdischen begucken. Ich bin in eine Imbißhalle gegangen. Da ist eine Frau mit Einkaufstaschen und einem halben Bart gestanden, die hat was vor sich hin gebrummelt und ihren Tee auf die Untertasse schwappen lassen. Sie hat gesagt, sie hofft, daß die Kommunisten gewinnen. Sie hat gemeint, schlimmer als die andern sind die auch nicht. Sie hat zu mir rübergelinst und mir erzählt, sie hätte zwei Söhne, und keiner von beiden taugt was. Ich hab ihr nicht zugehört. Ich hab mir überlegt, wie ich an Geld kommen kann, um mir die Außerirdischen anzusehen. Die Verkäuferin fragt mich, was ich möchte. Ich sag: Fritten. Wo hast du dich denn rumgetrieben, sagt sie, du siehst ja aus, als hätte man dich rückwärts durch einen Graben geschleift. Ach, ich bin nur so spazierengegangen, sag ich. Da brauchst du aber ein paar Pommes extra, sagt sie, und gibt mir eine Riesenportion. Ich hab gesehen, wie sie hinter der Theke Geld abzählt. Dann ist sie in die Küche verschwunden, hinter ihr schwingt die Tür, und ich höre, wie sie was vom Tanzen labert. Ich hab gewünscht, die Alte würde sich beeilen und endlich abzischen, die mit ihren Söhnen und ihren Taschen. Sobald sie davongewatschelt war, hab ich abgewartet, bis die Verkäuferin wieder in die Küche geht. Wie der geölte Blitz war ich hinter der Theke und hab mir so viele Scheine in die Tasche gestopft, wie ich nur konnte. Dann bin ich wie verrückt losgewetzt. Den ganzen Weg die Straße runter hab ich immer nur gedacht: Von Stadt zu Stadt gejagt wegen eines Verbrechens, das er nicht begangen hat: Francie Brady – Auf der Flucht!

Mit dem einzigen Unterschied – ich hatte es ja begangen. Als erstes bin ich in einen Süßwarenladen gegangen mit Lutschbonbons und dem ganzen Zeugs. Drin ist eine Frau gestanden mit einer Kette an der Brille. Was hat die sich bloß dabei gedacht – daß jemand versucht, ihr die Brille von der Nase zu stehlen? Dreißig Nappos, hab ich gesagt. Ich hab mir die Taschen damit vollgestopft und so viele gegessen wie ich konnte.

In der Luft hat ein Geruch nach Stout gehangen, und ein großes Schiff ist ins Hafenbecken eingelaufen. Ich hab überlegt, ob's schon Zeit für die Außerirdischen ist. Aber woher! Ich bin ins Gresham Hotel und hab mir ein Essen mit allen Schikanen bestellt! Und wer soll das bezahlen? fragt der Ober und kaut an seinem Bleistift – hmm hmm. Ich komm schon dafür auf, sag ich, schließlich bin ich Mr. Algernon Carruthers. Das hatte ich in einem von Philips Comics gelesen. Algernon Carruthers war immer auf diesen Schiffen, ist rund um die Welt gesegelt und hat große Mahlzeiten zu sich genommen. Aber gewiß doch, Käpt'n Carruthers, sagt er. Ich hab gewußt, was der gedacht hat: daß ich eins von diesen Millionärssöhnchen bin. Da hat eine Frau gesessen, die hat mir zugelächelt. Guten Tag, Madam, hab ich gesagt. Meine Fresse!

Ich hab mir Kaugummibildchen gekauft und sie alle auf einer Parkbank ausgelegt. Ich hatte Frankie Avalon, John Wayne, Elvis und eine ganze Menge andre, von denen ich nicht gewußt hab, wer sie sind. Ich hab mich von Bussen durch die Gegend kutschieren lassen. Schwups – sind Busse vorübergeflitzt, pfeilschnell. Das ist vielleicht eine Stadt, dieses Dublin, hab ich gesagt. Dann war's

Zeit für die Außerirdischen. Am Kiosk hab ich mich noch mal eingedeckt. Willst du das etwa alles selber essen, fragt der Verkäufer. O nein, sag ich, meine Geschwister sind schon drin, die ganze Sippschaft, Ma und Pa auch, und ich hab gesehen, wie er mir nachblickt. Ich glaub, der hat nur zu gut gewußt, daß da sonst niemand dringewesen ist. Nun macht schon, ihr Außerirdischen, ihr Sauknochen! hab ich gedacht, während ich mir einen Malteser nach dem andern in den Mund gestopft hab.

Der Bürgermeister hat sich vor dem Führer der Außerirdischen aufgepflanzt und ihm mit blecherner Stimme gesagt: So leicht kommt ihr mir nicht davon. Jede Armee auf Erden wird euch bekämpfen. Aber der Außerirdische, der hat nur gelacht. Er hatte einen menschlichen Körper. Den hatte er irgendeinem Bauerndeppen abgeknöpft, der ihn mal mitgenommen hatte. Aber an seinem verzerrten Grinsen hat man gemerkt, daß er innen drin ein fettes, grünes, formloses Etwas mit Krakenarmen war und sein Gesicht ganz aus Schuppen bestand. Daß wir uns nur verstehen, sagt er, wir werden die Welt beherrschen, und weder du noch sonst irgend jemand in dieser Stadt wird uns daran hindern. Daß er gesagt hat: *in dieser Stadt,* hat mich an die Frauen und an Mrs. Nugent denken lassen – die haben das auch immer gesagt. Mrs. Nugent hat gemeint: Ich sag Ihnen eines – unser Philip würde so etwas nie tun. Kein Sohn, der was auf sich hält, würde das tun – sich von seiner eigenen Familie lossagen.

Sie hat die Frauen angesehen und gesagt: Egal, was sie sonst sind – sie sind immer noch sein eigen Fleisch und Blut!

Mrs. Connolly hat geseufzt: Ach, Gott sei's geklagt, es ist ja so jammerschade. Neulich hab ich sie noch gesehen. Mit ihrem Latein war sie am Ende. Als ob sie nicht genug am Hals hätte! Da muß er ihr auch noch einfach davonrennen!

Sie sagen es, gute Frau.

Es hat in Strömen geregnet. Ich bin an der Straßenecke gestanden und hab die Leuchtreklame angestiert. Da war ein großer glatzköpfiger Neonmann. Immer wenn die Reklame nicht erleuchtet war, hatte er eine Glatze. Aber sobald sie aufgeflammt ist, hatte er schönes volles Haar. Das war eine tolle Reklame. Warum Haarausfall? hat's immer wieder geheißen, in den verschiedensten Farben. Ich hätte sie immerzu betrachten können. Da hörte ich ein Mädchen singen, es kam aus einer Kirche, ich also rein. Es hat ein weißes Kleid angehabt und ein Lied über irgendwelche Gärten gesungen. So hatte ich noch nie jemand singen hören. Die Klänge des Klaviers waren so rein wie Quellwasser, das einen Felsen herabströmt, und ich mußte an Joe denken. Das erstemal, daß ich ihm begegnet bin, war auf dem Weg hinter unserm Haus. Wir waren bestimmt höchsten vier oder fünf. Er hat vor einer großen Pfütze neben dem Hühnerhaus gekauert. Die war seit Wochen zugefroren, und mit einem Stockende hat er auf dem Eis rumgehackt. Ich bin stehengeblieben und hab ihm ein Weilchen zugeschaut, und dann hab ich zu ihm gesagt: Was würdest du denn tun, wenn du hundert Millionen, Billionen, Trillionen Dollar gewinnen tätst? Er hat nicht aufgeblickt, er hat einfach weitergehackt. Dann hat er mir gesagt, was er tun würde, und damit hatten wir lange Gesprächsstoff. So hab ich Joe Purcell kennengelernt.

An dem Tag hat am Straßenrand ein Schneeglöckchen geblüht. Ich erinnere mich noch, denn es hat nur eins gegeben. Es war einer von diesen Tagen, wo man von der Stadt her jedes Geräusch fast so klar hören kann wie das Mädchen, das gerade gesungen hat. Das waren die schönsten Tage – die Tage mit Joe. Das waren die schönsten Tage meines Lebens, bevor Ma und Nugent und der ganze Schlamassel angefangen hat.

Ich bin lange sitzengeblieben, ich weiß nicht, wie lange. Dann ist der Küster gekommen und hat das Klavier weggerollt. Als ich wieder aufgesehen hab, war das Mädchen in dem weißen Kleid verschwunden. Aber wenn man genau hingehorcht hat, konnte man das Lied noch hören. *Down by the Salley Gardens* – so hat es geheißen. Ich wollte sitzenbleiben, bis auch das letzte Echo verklungen war. Mir war, als schwebte ich in dem farbigen Lichtbündel der Abendsonne, die durchs Fenster flutete.

Ich hab gewußt: Eines Tages würde ich zurückblicken und mich fragen, ob ich wirklich je in dieser Kirche gewesen bin oder mir das alles nur eingebildet habe.

So habe ich auch über die Tage mit Joe gedacht, damals auf dem Weg. Vielleicht hatten wir die überhaupt nicht so erlebt. Der Priester ist herbeigekommen und hat mir die Hand auf die Schulter gelegt. Fragt er: Kenn ich dich?

Sag ich: nein. Fragt er: Warum weinst du, mein Kind?

Ich hab gesagt, ich wein ja gar nicht, hab mich losgerissen und bin auf die Straße gerannt. Ich hab mich am Kanal rumgetrieben. Ratte, sag ich, verpiß dich!

Ich hab mich über die Kaimauer gelehnt. Das braune Wasser war mit orangenen und gelben Streifen gemustert. Ich weiß nicht, warum ich's getan hab, Ma, hab ich gesagt. Ein alter Knacker ist stehengeblieben und hat zu mir gesagt: Ist dir nicht gut? Du zitterst ja am ganzen Leib. Da hat Ma gelächelt und gesagt, sie versteht mich, sie weiß, daß ich nichts dafür kann. Komm heim, Francie, sagt sie. Es tut mir leid, Ma, sag ich wieder, da hat sie gesagt, nun komm nach Haus, ich warte auf dich.

Ich komme, sag ich und bin froh, daß jetzt alles vorbei ist. Ich würde es nie wieder tun, nie, nie wieder so was tun.

Ich hatte immer noch was über von dem Frittengeld. Der Mann hinterm Tresen sagt: Das hier kostet zwei Schilling sechs Pence, und das auf dem obersten Regal – das ist ein bißchen teurer, aber dafür bessere Qualität. Da machst du ein gutes Geschäft!

Was soll's denn kosten? frag ich.

Drei Schilling, sagt er.

Es war so eine Scheibe aus einem Baumstamm rausgeschnitten. In das Holz war ein Vers geschnitzt und der Rand rundum mit grünen Kleeblättern verziert. Unten war eine alte Frau mit einem roten Umhängetuch, die vor einem Kamin im Schaukelstuhl saß.

Von denen verkaufen wir eine Menge, hat der Verkäufer gesagt und mich über den Rand der Brille angeblickt.

Ich hab mir den Spruch mehrmals durchgelesen. *Reist du auch durch die ganze Welt, der Mutter Liebe sich erhält!*

Ich hab das Ding in die Tasche gesteckt und bin gegangen. Die Namen der Städte, durch die ich gekommen bin, weiß ich nicht mehr. Mir war nichts dran gelegen, wie die hießen. Ich wollte nur noch nach Haus. Es hat mir leid getan, daß ich je ausgerissen war, aber ich würde es ja nie wieder tun.

Grouse Armstrong hat unter einem Traktor gedöst, aber wie er mich über den Platz kommen sah, hat er keinen Kommentar von sich gegeben. Es waren nicht viele Leute zu sehen – die waren alle zu Haus zum Abendessen. In den Wohnzimmern hab ich das graue Flimmern der Mattscheiben gesehen. Draußen vor dem Laden hat das Esso-Schild wie immer i-ah gejammert. Von dem betrunkenen Burschen im Eingang der Tower Bar war nichts zu sehen. Wahrscheinlich war er drinnen und hat die Leute gefragt, ob sie ihn kennen. Ich hab dauernd meine Tasche befühlt, um zu prüfen, ob das Geschenk noch da ist. Ich weiß nicht, wie ich auf die Idee gekommen bin, es könnte mir verlorengehen, es würde ja wohl kaum aus meiner Tasche herausspringen. Jedenfalls hab ich genau das befürchtet und dauernd nachgeprüft. Mit den Fingern hab ich die Kerben der Buchstaben betastet. Wie ich um die Hotelecke gebogen bin, war ich so damit beschäftigt, daß ich zuerst gar nicht gemerkt hab, daß Mrs. Nugent vor mir stand. Bums – da war ich auch schon mit ihr zusammengestoßen. Beinahe hätte sie ihre Handtasche fallenlassen, aber sie hat sich nicht darum geschert, sie hat's gar nicht beachtet. O Francis, sagt sie und legt mir doch wahrhaftig die Hand auf den Arm. Ich hab gar nicht gewußt, worauf sie hinauswill. O Francis, sagt sie wieder, ist es nicht schade, daß du die Beerdigung verpaßt hast, und bekreuzigt sich. Beerdigung, sag ich, was denn für eine Beerdigung, und blicke umher, um zu sehen, ob sie jemand bei sich hat. Die wollte mir doch bestimmt einen Streich spielen. Aber da war nichts außer der menschenleeren Straße und Grouse, der am Bahnübergang vorüberhumpelte. Ich wollte sagen, was wollen Sie von mir, Nugent, was soll denn Ihre Hand auf meinem Arm, aber ich bin gar nicht zu Wort gekommen. Sie hat gequatscht wie ein Wasserfall – deine Mutter dies, deine Mutter das. Sie wollte die Klappe nicht halten über Ma. Was wissen Sie denn schon von Ma, wollte ich sagen, doch höchstens, wie Sie ihr mitgespielt haben mir Ihrem Gerede hinter ihrem Rücken. Sie halten die Klappe, Nugent. Aber ich hab nicht die geringste Chance gehabt, so sehr hat sie drauflos geredet. Wenn man's nicht anders gewußt hätte, hätte man denken können, ich wär ein uralter Freund von ihr. Beugt sie sich doch wahrhaftig zu mir rüber. Sie war so nah, daß ich die drahtigen Haare auf ihrem Kinn und die rosa Schminke und den Puder auf ihren Backen sehen konnte. Bei dem Geruch hat sich mir der Magen umgedreht. Ich konnte kaum hören, was sie gesagt hat, so tief hat sie die Stimme gesenkt. Sie hat mich angestarrt, um rauszufinden, was ich tun würde. Nichts hab ich getan. Ich hab versucht, ihren strichartigen Mund nicht anzusehen und ihren Puder nicht zu riechen. Ich hab mir gesagt: Tu nichts, Francie. Ich hab das Geschenk in meiner Tasche gespürt und gesagt: Ist ja schon gut. Jetzt wird alles wieder gut.

Ich hab die Kante des Holzstücks gegen meinen Handteller gepreßt. Wieder hat sie gelächelt und Wiedersehen gesagt, dann hat sie mit der Einkaufstasche unterm Arm die Straße überquert. Vor dem Lebensmittelladen hat sie haltgemacht, sie ist einfach stehengeblieben und hat zu mir rübergeschaut. Die Hintertür ist offengestanden, und das Spülbecken war voller Sardinendosen. Pa hat immer Sardinen gegessen, wenn er eine Sauftour hinter sich hatte. Drum herum sind die Fliegen geschwirrt. Das ist geronnene Milch gestanden, überall lagen Bücher verstreut, und aus den Schränken sind die Sachen rausgequollen – da mußten die Hunde drin rumgewühlt haben. Ich weiß nicht, wie lange Pa dagestanden und mich angestiert hat. Er hatte rote Ringe um die Augen, und ich konnte ihn riechen. *Du*, war alles, was er gesagt hat. Ich hab nicht gewußt, was das zu bedeuten hatte. Aber er hat's mir gesagt. Es hat bedeutet: Das hast *du* verbrochen, was mit Ma passiert ist. Ich sag: Wovon redest du überhaupt, was ist denn passiert mit Ma?

Ja, hast du denn nicht gehört? fragt er mit einem bitteren Lächeln. Dann erzählt er mir, daß sie den See bei der Werkstatt mit Schleppnetzen abgesucht haben. Auf dem Grund haben sie sie gefunden. Er sagt: Ich geh in die Tower Bar, vielleicht komm ich zurück, vielleicht aber auch nicht.

Ich weiß nicht, wieviel Uhr es war, als ich in Nugents Hinterhof gegangen bin. Von der Stadt ist kein Laut herübergedrungen. Drinnen hat eine kleine Lampe gebrannt, und man konnte in die Küche blicken. Die war warm und hell. Es gab einen Tisch mit Büchern und einer Brille drauf. Der Tisch war gedeckt fürs Frühstück am nächsten Morgen. Die hatten eine Butterschale mit einem besonderen Messer, einen blaugestreiften Krug mit passenden Tassen – was die nicht alles hatten. Es war, als würde alles nur zusammenkommen, weil sie die Nugents waren – wie durch Hexerei alles am richtigen Platz. Ich bin die Dachrinne hochgeklettert. Drinnen hat eine Nachtleuchte gebrannt, das Zimmer war voller Schatten. Ich glaub, Mr. Nugent war nicht zu Haus. Manchmal ist er auf Geschäftsreisen gegangen. Philip hat bei seiner Mutter im Bett geschlafen. Sein Kopf auf dem Kissen war nach hinten geneigt, und sein Mund hat offengestanden. Sie hat tief und fest geschlafen. Ihre Brust hat sich gehoben und gesenkt, als wollte sie sagen: In meinen Träumen gibt's nicht die geringsten Sorgen, neben mir liegt mein Sohn, und mein lieber Mann ist morgen auch wieder daheim. Philips Mund war ein kleines pfeifendes o. Wenn aus seinem Mund eine Sprechblase gekommen wär, weiß ich schon, was da dringestanden hätte: Ich liebe meine Mutter mehr als alles andre auf der Welt, und ich werde nie was tun, womit ich ihr Kummer bereite. Ich liebe meine Eltern, und ich liebe mein gemütliches Daheim. Ich konnte den Comic auf seinem Nachttisch lesen. Er hieß: Adam Eterno, Herr über die Zeit.

Ich hätte nichts dagegen gehabt, mir den Comic mal durchzulesen. Aber Comics hatten schon genug Ärger gemacht – oder?

Ich bin die Dachrinne runtergerutscht und wieder im Garten gestanden. Der Himmel war mit Sternen übersät. Eins hab ich gewußt: Solange ich die Straßen unter diesen Sternen entlanggehe, wird jeder über mich nur eins zu sagen haben, und zwar: Ich hoffe, jetzt ist er stolz auf sich, nach allem, was er seiner armen Mutter angetan hat, das Schwein.

Ich war mir nicht sicher, ob Philip Nugent an dem Tag zum Musikunterricht gehen würde, aber ich hab eine Weile an der Ecke gewartet, und tatsächlich ist er mit seiner krokodilledernen Notenmappe dahergekommen, die hat er geistesabwesend gegen seine Knie geschlenkert, wie's seine Art war. Wie er mich gesehen hat, ist er in Trab verfallen, aber ich hinter ihm her und gerufen: Philip, da bist du ja. Ich bin neben ihm hergelaufen und hab über alles mögliche geredet. Ich hab ihm gesagt: Deine Notenmappe ist eine der schönsten, die ich je gesehen hab. Ich würde meinen, sie ist eine der schönsten in der Stadt, sag ich. Philip sagt: Danke. Aber ich hab gewußt, er wollte einen Zahn zulegen, ohne daß ich es merke. Ich hab noch mal gesagt: Ich würde meinen, sie ist eine der schönsten in der Stadt, und dann bin ich stehengeblieben und hab ihn am Arm gepackt. Nein, sag ich, sie ist *die* schönste in der Stadt! Wie ich das gesagt hab, hat er ein bißchen gegrinst und halb gelacht, und seine Backen haben sich rosa verfärbt. Dann hat er gesagt, er wär froh, daß sie mir gefällt. Ich hab einen Augenblick nachgedacht, dann hab ich gesagt: Philip, meinst du, ich könnt sie mir mal anschauen?

Er wußte nicht, was er sagen sollte, aber ich hab ihn unverwandt angeblickt mit meinen großen, strahlenden, hoffnungsfrohen Augen, und da hat er gesagt: Jaja, natürlich. Er hat sie mir gereicht, und ich hab die Augen geschlossen und meine Hände über die glänzend geschuppte Oberfläche gleiten lassen. Es war wirklich eine gute Notenmappe. Dann hab ich was über die Noten darin gesagt. Was ist mit denen, Philip? sag ich. Kann ich mir die auch ansehen? Ja, natürlich, sagt er. Er hat mir andauernd über die Schulter geschaut und die Seitentasche von seinem Blazer gezwirbelt. Ich hab die Noten rausgenommen. Die waren genau wie seine Comics – nicht ein einziger Fleck drauf. Man hätte meinen können, die wären nagelneu, direkt aus dem Geschäft. Mann o Mann, hab ich gesagt. Auf dem Umschlag von einem Heft war ein Eselkarren abgebildet, der in grüne Berge hinausfuhr. *Musikalische Kleinodien Irlands*, hat's geheißen. Ich hab's durchgeblättert. Das kenn ich doch! hab ich gerufen. Das singt doch mein Pa immer! *I dreamt that I dwelt in marble halls!* Wie findest du denn das, Philip? Stehen da noch andre so tolle Sachen drin? Philip – kannst du die singen? Wirst du mir ein paar davon beibringen? Da stehen ja wirklich ein paar tolle Lieder drin, Philip, ungelogen, hab ich gesagt. Ich hab das Heft zugeklappt und zu ihm gesagt: Philip wieviel würde das Notenheft kosten, wenn du es im Geschäft neu kaufen würdest? Er hat die Stirn gerunzelt und wollte schon sagen, das weiß ich nicht, das hat mir meine Mutter gekauft. Aber bevor er das herausbringen konnte, hab ich gesagt: Ja, aber was *schätzt* du denn?

Er hat eine Weile nachgedacht, dann hat er gesagt: zwei Pfund. Das ist aber teuer, hab ich gesagt, aber das ist es auch wirklich wert. Ich hab noch ein bißchen über die Noten geredet, und dann hab ich sie ihm zurückgegeben. Die besten Noten in der Stadt – mit Abstand! hab ich gesagt. Dann sind wir noch ein Stück gegangen und haben immer noch über Musik geredet. Ich hab ihm erzählt, Pa hat irrsinnig viele Platten. Der hat Hunderte, denn die hatte er wirklich. Kauft ihr auch Platten, Philip? frag ich. Er sagt: ja. Wer kauft sie denn? frag ich, und er sagt, sein Pa. Kauft denn deine Mutter keine? frag ich. Er hat den Kopf geschüttelt und nein gesagt. Wenn sich's um Schallplatten gedreht hat, hat sein Pa alle Einkäufe besorgt, der hat sich am meisten dafür interessiert. Oh, sag ich, und dann: Wetten, daß sich deine Ma nie die Platte *Der Schlächterbursche* gekauft hat, Philip? Er sagt, hätte sie nicht. Nö, sag ich, weswegen sollte sie auch, wozu die kaufen? Hast du die schon mal gehört, Philip? frag ich. Er sagt: nein. Nicht mal im Radio? frag ich. Er sagt nein. Da hast du nicht gerade viel verpaßt, Philip. Das ist das blödeste Lied von der Welt. Ich hab angefangen zu lachen. Weißt du, wovon das handelt? frag ich ihn, aber er sagt, das weiß er nicht und hat den Kopf geschüttelt. Wenn ich's dir sage, wirst du mich für bekloppt halten, Philip, sag ich und hab ihn angesehen und mir die Tränen aus den Augen gewischt, denn jedesmal, wenn ich daran gedacht hab, wie blöd es war, hab ich wieder von neuem lachen müssen. Nö, werd ich nicht, sagt Philip. Wirst du aber doch, sag ich, das weiß ich. Nö, werd ich nicht, sagt er. Weißt du, wovon es handelt, Philip, sag ich, das handelt von einer Frau, die baumelt an einem Strick, nur weil dieser Schlächterbursche sie angelogen hat. Hast du so was schon mal gehört, sag ich, und jetzt hat sich das so bescheuert angehört, daß ich mich an der Eisenbahnmauer abstützen mußte.

Klingt nicht gerade vielversprechend, hat Philip gemeint, und die Art, wie er das gesagt hat, hat wieder einen Lachanfall bei mir ausgelöst, und die Tränen sind mir nur so übers Gesicht geströmt. Dann hab ich zu ihm gesagt: Deine Ma würde man aber nicht dabei erwischen, daß sie für so ein Lied Geld ausgibt, Philip – oder?

Eigentlich hat er gar nichts gesagt, sondern ist sich nur mit den Fingern durchs Haar gefahren und hat hmm gemacht. Aber dann, als ich's noch mal wiederholt hab, hat er gemeint, nein, würde man nicht. Ich hab gesagt: Ich weiß, ich weiß, das würde man nicht.

Ich hab den Kopf geschüttelt und gesagt: Das ist ja wirklich zum Piepen, hast du mal ein Taschentuch, Philip, und er hat mir seins geliehen, und dann sind wir weitergegangen.

Wir sind prima miteinander ausgekommen, und seine Backen waren nicht mehr so rot, da hab ich denn angefangen, mit ihm über die Comics zu reden – daß das alles nur ein Scherz sein sollte und so. Das war doch alles nur Spaß, Philip, sag ich. Wir hätten dir die Comics doch zurückgegeben. Er sagt, ich hätte ihn in Schwierigkeiten gebracht. Ah, der Schweinewegzoll, sag ich, also das! Das war doch doof. Den brauchst du doch nicht zu zahlen. Ich hab gelacht und mit dem Fuß einen Stein vor mir her gekickt. Schweinewegzoll – hast du so was Doofes schon mal gehört? Geld bezahlen, daß man auf der Straße vorbeikann? Das ist doch nicht dein Ernst, sag ich, und dann haben wir beide drauflosgelacht, wie doof das war. Stell dir mal vor, wenn alle den zahlen müßten! Da würde doch keiner irgendwohin kommen. Menschenskinder, sag ich, Schweinewegzoll! Doch nicht im Ernst, Philip, das war alles nur Flachs! Das hat ihn gefreut, soviel hab ich mitgekriegt. Dann hab ich ihm von den Comic-Heften erzählt, die hatte ich von meiner Tante in Amerika gekriegt. Solche Comics hast du in deinem gnazen Leben noch nicht gesehen, sag ich. Keine englischen, die kriegst du in England oder sonstwo nicht, o nein – nur in Amerika. So was hast du noch nie gesehen, Philip, sag ich ihm. Die hab ich alle im Hühnerhaus versteckt, Philip, sag ich. Da geh ich jeden Tag hin und lach mich kringelig über die ganzen Superhelden. Der Typ geht auf Grüne Laterne los, sag ich. Da macht's rumms!, und ein riesengroßer Hammer kommt aus seinem Ring geflogen und zerdetscht ihn. Und das ist bloß Grüne Laterne! Es gibt noch ganz andre, die können noch viel mehr! Philip, du weißt nicht Bescheid, bevor du nicht die Comics gesehen hast. Zur Musikstunde kannst du immer noch, sag ich, könnt sein, daß ich die Comics schon bald tauschen oder verkaufen muß. Wir sind hintenrum gelaufen. Niemand außer mir und Joe hat gewußt, daß man von hinten durch die zerbrochene Fensterscheibe ins Hühnerhaus kann. Sobald man reingeklettert war, war man in einer dunklen, warmen Welt aus Piepsen und Gackern. Die Glühbirnen hingen weit von der Decke runter und baumelten einem direkt vor der Nase. Sie waren nur einen Meter fünfzig überm Boden. Das ist das erstemal, daß ich hier drin bin, sagt Philip, ist ja spitze. Es war eine geheime Welt, und er hat dazugehört. Er hat seine faszinierten Finger über die Kerben gleiten lassen. Da hatten ich und Joe unsere Namen ins Holz geritzt – das haben wir überall gemacht.

Schau dir das an, hat er gesagt. Da hab ich gesagt, ich hol jetzt die Comics. Philip ist auf Händen und Knien rumgekrochen und hat die Käfige untersucht. Dann hat er sein Notenheft hervorgenommen und angefangen, mit seinem Bleistift auf den Seitenrändern Berechnungen anzustellen. Ich weiß nicht, was er da ausrechnen wollte – vielleicht, wieviel Platz jedes Küken hatte oder irgend so was. So war Philip nun mal – er würde wissen wollen, was für Futter die zum Frühstück gefressen haben und wieviel pro Tag und welche Temperatur am besten für sie ist und all so was. Ich hab ihn dagelassen und bin in den Raum hinter den Stall gegangen. Als ich zurückgekommen bin, war er immer noch am Kritzeln, hat vor sich hin gemurmelt und mit dem Rücken zu mir seine mathematischen Berechnungen angestellt. Ich hab nur gesagt: *Philip*, und wie er sich umgedreht hat, da hab ich die Kette losgelassen, aber ich hab nicht sein Gesicht getroffen, sondern daneben. Ich hab das Kabel von der Glühbirne getroffen, und die hat angefangen, hin und her zu schwanken. Die Hühner haben geflattert und ein bißchen gekakelt. Die haben gewußt, da hat was nicht gestimmt. Dann hab ich noch mal ausgeholt, und die Kette ist dumpf gegen einen Sack Getreide geschlagen. Den hab ich nicht gut sehen können, weil die Glühbirne hat beim Schwingen diese großen Schattenstreifen gemalt. Gleich darauf ist sie ganz zurückgesaust, und ich hab gar nichts mehr sehen können. Da bin ich in Wut geraten und hab auf ihn geflucht. Ich glaub, seine Brille war ihm runtergefallen – er ist auf dem Boden rumgekraucht, sie suchen. Ich hab wie wild auf den Boden eingedroschen – bumm bumm, hat's auf dem Teppich aus Holzfasern gemacht. Jetzt hab ich ihn gesehen – er war genau vor mir, da hab ich eine Stimme gehört: *Francie!*

Philip ist genau vor mir gewesen, hat einen Arm gehoben und gesagt: Francie, tu's nicht! Plötzlich hat die Glühbirne aufgehört, hin und her zu schwingen, und ich hab von neuem gehört: Francie! Es war Joe. Er hat mich beim Handgelenk gepackt und zurückgestoßen. Philip hat sich wieder auf dem Boden zu schaffen gemacht, aber er hat keinen Schimmer gehabt, wohin er sich bewegt hat, denn seine Brille hatte er immer noch nicht gefunden. Er ist einfach drauflosgekrabbelt und hat gesagt: bitte! Joe hat die Kette aus meinem Griff gelöst. Klirrend ist sie gegen die Faulbehälter gefallen. Er hat mich verwünscht: Jetzt schau dir an, was du angerichtet hast, schau nur, was du tun wolltest! Tut mir leid, Joe, hab ich gesagt und gewußt, das war's dann wohl. Joe würde mich verlassen, und dann hätte ich niemand mehr – keine Ma, nichts.

Aber die Sache war die – Joe hat mich nicht verlassen! Ich hatte Philip ja nicht getroffen, der hat nur einen Schock weggehabt, und Joe hat die Sache gedeichselt: Er würde sagen, er wär von einem Apfelbaum gestürzt und hätte sich dabei den Blazer zerfetzt. Aber als Joe von der Straße zurückgekommen ist, wo er Philip hingebracht hatte, hat er mich wieder verflucht und gesagt: Wenn du noch mal so was tust, dann sperren die dich weg, das macht man nämlich mit Leuten, die so was tun. Er hat gesagt, seit dem Tag, als wir uns beim Eishacken getroffen haben, bin ich sein bester Freund. Es wär ihm schnurz, was seine Ma oder sein Pa über mich oder meinen Pa oder unsere Siedlung sagen. Aber wenn du so was tust, dann ist es aus zwischen uns. Ich bin mit dem Rücken zur Wand dagestanden. Es hat sich angefühlt, als würde ich auf einem Felsvorsprung stehen. Francie, hat Joe gesagt, du mußt mir schwören, daß es damit ein Ende hat. Das hab ich getan. Ich hab bei meinem Leben geschworen, daß es damit ein Ende hat, und das hätte es auch gehabt, wenn nur die Nugent nicht gewesen wär.

Danach sind wir zum Fluß hinausgeradelt. Das war der Tag, an dem wir unser Versteck gebaut haben. Wir haben einen kleinen Tunnel in den Boden gegraben und ihn mit Kiefernzweigen abgestützt, dann das Ganze mit Laub, Dornengestrüpp und Farn zugedeckt. Wenn man vorbeigegangen ist, hat man nur Büsche und Brombeersträucher und verstreute alte Blätter gesehen. Aber wir haben uns darin aufgehalten und Pläne geschmiedet, ich und Joe. Wir haben auch ein Lagerfeuer gemacht. Wir haben uns die Gesichter geschwärzt und uns Gleichheitszeichen unter die Augen gemalt. Wir haben das Blut aus unseren Unterarmen vermischt und gesagt: Von heut an sind Francie Brady und Joe Purcell Blutsbrüder und werden Freunde sein bis ans Ende der Welt. Laß uns zu Manitu beten, hat Joe gesagt, und das haben wir auch getan. Du kannst einen Namen haben, hat Joe gesagt, einen Indianernamen. Ich war Schwebender Vogel. Ich hab mich zum Himmel aufgeschwungen, bin über die schiefergedeckten Dächer geglitten – dahin zwischen den flatternden Halstüchern der Kamine und den sich biegenden Antennen. Ich hab zu Joe in der Tiefe runtergerufen: Kannst du mich sehen, Joe, ich bin hier oben, hab mich hinabgestürzt mit dem Wind und mir, als ich neben ihm gelandet bin, die Augen gerieben. Aber er hatte sich nicht von der Stelle gerührt, hat zusammengekauert unter einer Decke gesessen, an Stöcken rumgeschnitzt und gesagt: yamma yamma yamma, und zu Manitu gebetet.

Ich bin am Fenster gesessen. Der Weg draußen war menschenleer. Von den Kindern war nichts zu sehen, aber morgen würden sie wiederkommen und in übergroßen Schuhen herumstapfen und Teegesellschaften geben mit Sauerampfer, auf Tellern serviert. Die haben sich nicht um all die Dinge gekümmert, um die die Leute sich sonst so kümmern. Die haben sich nur darum gekümmert, wer als nächstes an der Reihe war. An dem Tag, als Joe und ich Eis gehackt hatten, haben wir auf dem Weg Klicker gespielt. Auch wir haben uns um nichts andres gekümmert. Los, Francie, du bist dran, hat Joe gesagt.

Drüben auf der Böschung hat ein Schneeglöckchen mit einem Porzellanköpfchen einen Knicks gemacht und seine winzige Ballett-truppe vorgestellt. Da ist es ja wieder, hat Ma jedesmal von dem Schneeglöckchen gesagt. Der Himmel war apfelsinenfarben. Ich hab mir meine marmorweißen Hände angeschaut und mich gefragt, wie das wäre, tot zu sein wie die Frau in dem Lied. Man würde denken: Die schönen Dinge dieser Welt taugen am Ende auch nicht viel, oder? Ich bleibe lieber tot. Ich dachte, wahrscheinlich war's etwa so.

Ich hab's nicht gesagt! hat die Nugent behauptet, hatte sie aber doch, und deswegen hab ich ihr einen Besuch abgestattet. Ich hab *überhaupt* nichts gesagt, wovon *redest* du überhaupt – mehr hat sie nicht herausgebracht, da hab ich gesagt, wofür halten Sie mich eigentlich, Mrs. Nugent, für bekloppt? Ich hab Sie doch gehört. Ich bin über den Platz gegangen, und sie und Philip sind gerade aus dem Laden gekommen. Philip hat zwei Schnittbrote getragen, unter jedem Arm eins, und sie hatte eine Einkaufstasche mit bunten Flicken drauf. Ich war ein gutes Stück weit entfernt, aber ich hab gesehen, wie sie stehengeblieben ist und Philip auf mich gezeigt hat. Ich hab sie gesehen. *Da ist er!* hat sie gesagt, *von jetzt an wird er aber nicht mehr so gescheit daherschwätzen, Philip, der und sein Schweinewegzoll!* Wenn sie es dabei belassen hätte, dann hätte ich vielleicht nicht so viel Gedöns gemacht, aber Alo hätte sie aus dem Spiel lassen sollen. Ich hab nur noch den Schluß gehört, aber das hat mir auch schon gereicht. *Halbblind – und hat ihn vom ersten Tag ihrer Ehe an gehaßt! Was hab ich dir gesagt, Philip!*

Dann ist Philip mit seinem Brot watschelnd davongegangen, und sie in ihrem Kopftuch mit der Tasche kichernd neben ihm her. Da hab ich mir gesagt, jetzt muß ich denen aber mal einen Besuch abstatten. Ich hab einen Blick durchs Fenster geworfen, bevor ich an der Tür geklopft hab. Drinnen hat's nett ausgesehen – mit dem Feuer, das im Zimmer Schatten geworfen hat, und einem Kamingitter aus Messing, auf das ein rosa Blütenzweig aufgemalt war, und auf dem Mahagoniklavier Mrs. Nugent in einem ovalen Rahmen. Sie hat gut ausgesehen, die Mrs. Nugent, als sie noch jung war. Sie hatte eine weiße Rose im Haar stecken, klassisch geschwungene Lippen, wie man sie an einem Filmstar von früher sieht, und nicht diese hingekritzelten Linien, die sie jetzt hat. Da war kein Kopftuch und auch kein Mantel mit großen braunen Knöpfen, o nein. Wo war die alte Mrs. Nugent abgeblieben? Fragen Sie mich das doch nicht. Und Mr. Nugent, der hat an der andern Wand gehangen und vor sich hin gelächelt, in seinem Tweedmantel und seiner gestreiften Krawatte. Daran konnte man sehen, daß er ein hohes Tier war. Er hatte diesen Blick drauf, der besagt: Ich bin ein hohes Tier. Er hat in die Ferne gesehen und an all die etepeteten Sachen gedacht, die er erledigen würde, und an all die Leute, die er treffen würde. Er hat «Einen schönen guten Tag» gesagt, wenn alle andern gesagt haben: *Mieses Wetter heut* oder *Sieht mir ganz nach Regen aus.* Unter dem Bild von John F. Kennedy gab's einen Weidenkorb mit Maiglöckchen. Und auf dem Notenständer vom Klavier ist der Eselskarren der *Musikalischen Kleinodien Irlands* in die Berge gefahren. Es war ein warmes Zimmer mit bernsteinfarbener Glut, die ist einem entgegengeschlagen und hat einen ins Innere gelockt. Immer hereinspaziert, hat sie gesagt, da hab ich gedacht, vielleicht sollte ich, aber klopf klopf – und heraus kommt Mrs. Nugent. Die Rose im Haar ist allerdings schon ganz schön lange her gewesen. Klassisch geschwungene Lippen! Was für ein Witz! Sie hat eine zerschlissene alte Schürze angehabt mit lauter Vergißmeinnicht drauf und einer herzförmigen Tasche, die wär bald geplatzt vor lauter Wäscheklammern.

Ich mußte über die Pelzstiefel lachen.

Sie muß am Wäschewaschen gewesen sein, denn sie hat Gummihandschuhe angehabt und an den Fingern gezogen. In der Stirnmitte über ihren Augen hat sich ein krauser Pfeil gebildet, und sie hat gesagt: Was willst du denn? Nein, sie hat gesagt: Was willst *du* denn? Ich konnte in die Diele blicken. Es hat ein Barometer gegeben, das auf sehr warm stand – das war vielleicht ein Barometer. Es soll doch aber Regen geben, Mrs. Nugent, hab ich gesagt und mir ganz geschäftig die Hände gerieben. Das wird den Bauern aber gar nicht zusagen. Was willst du denn, fragt sie erneut. Dann sagt sie es *noch* einmal, und ich sag: nichts Besonderes, nur mal schauen, wie's Philip so geht. Philip ist mit seinen Hausaufgaben zugange, sagt sie. Das hab ich gewußt. Er war immerzu mit seinen Hausaufgaben zugange, mit Problemelösen. Dies untersuchen und jenes. Das war so Philips Art. Das hab ich auch zu Mrs. Nugent gesagt. Der Herr Professor, sag ich, immer beschäftigt! Die Nugent hat nichts gesagt. Sie hat an einer von den Wäscheklammern in ihrer Schürzentasche rumgefummelt. Na, da hätten wir

Weihnachten ja wieder mal glücklich hinter uns gebracht, Mrs. Nugent, sag ich, aber sie hat nichts erwidert. Alles ausgestanden, sag ich wieder, jetzt ist es erst mal eine Weile ruhig bis zum St.-Patricks-Tag. Ja, sagt sie.

Ich nehme an, Sie sind ganz froh, daß Sie alles hinter sich haben, hab ich gesagt und die Arme verschränkt. Ich hab gelächelt. Sie hat mit den Fingern am Innern ihrer Lippe rumgezupft und gesagt, ja, das wär sie. Dann hat sie geflüstert: dann also auf Wiedersehen, und wollte schon die Tür zumachen, aber ich hab meinen Fuß gegen den Türpfosten gestemmt und sie aufgehalten. Ach, eigentlich ist es ja nur was für die Kleinen, hab ich gesagt, und es ist doch nur einmal im Jahr. Mrs. Nugent war sich nicht so sicher, was sie jetzt tun sollte. Zupf zupf – zupft sie an der Wäscheklammer. Ich dachte nur, daß Philip vielleicht rauskommen mag, ein bißchen in der Gegend rumkicken. Ich und er, Manchester United gegen den Rest. Tommy Taylor und Denis Law. Das sind die größten. Die Münchner Flugzeugkatastrophe, sag ich. Haben Sie so was schon mal gesehen? Die ganze Mannschaft, Mrs. Nugent! Ich hab's in der Zeitung gelesen. Von Tommy Taylor hat man nur die Stiefel gefunden. Das war vielleicht entsetzlich, sag ich. Entsetzlich. Ich hab den Kopf geschüttelt vor Entsetzen, und Mrs. Nugent muß das auch so empfunden haben, denn ihre Augen haben sich gerötet, und mit dem Handrücken und einem Stück Ärmel hat sie sich über den Mund gewischt. Wenn er nach einem bißchen Kicken wieder reingeht, um seine Hausaufgaben zu machen, wird er quicklebendig sein. *Philip*, hab ich gerufen. Ich hab gewußt, der war in der Küche, denn seine Hausaufgaben hat er immer an dem Tisch gemacht, auf dem die Brille gelegen ist. Der ist gleich neben dem Fernseher gestanden, und manchmal hat sich Mr. Nugent zu ihm gesetzt und ihm geholfen. Dabei hat er seine Pfeife gepafft, als wär er ein Werbespot im Fernsehen. *Ja, mir schmeckt Maltan Feinschnitt, sagt Mr. Nugent!* die große Bruyèrepfeife im Maul. Ich hab gerufen, aber er hat mich immer noch nicht gehört, und ich hab noch mal gerufen. Nur ein bißchen rumbolzen, hab ich gesagt. Kommst du? Aber er hat sich immer noch nicht blicken lassen, da hab ich mir gedacht, vielleicht könnt ich ihn mit den Comics rauslocken. Ich hab einen Haufen neue Comics, Philip, sag ich. Hörst du mich, Phil? sag ich. Hat richtig gut geklungen, so einfach Phil zu sagen. Jawoll, ich und Phil, wir sind schon seit Urzeiten Kumpel, sag ich. *Dandy Beano Topper Victor Hotspur Hornet Hurricane Diana Bunty Judy* und *Commandoes*, sagte ich in einem Atemzug und war wie ein Zauberer, der sich eine endlose Schlange bunter Wimpel aus dem Mund zieht. *Ich sag dir was, Philip*, sag ich darauf, *du kriegst alle meine Commandoes, wenn du mir alle deine Toppers gibst – das ist doch ein guter Tausch, findest du nicht, Phil?* Wo doch die Commandoes einen Schilling kosten und die Toppers nur zwei Pence, einen besseren Tausch machst du nicht. Aber Philip hat sich immer noch nicht blicken lassen, so mußte ich denn noch mal von vorn anfangen. Aber was sagt da Mrs. Nugent: Bitte geh jetzt. Mrs. Nugent, sag ich, wenn Sie etwa meinen, ich wär gekommen, um Philips Comics zu stehlen, haben Sie sich aber getäuscht, so was würd ich nie tun. Nie im Leben. Das ist alles gegessen. Das sollte doch nur ein Scherz sein, Mrs. Nugent. Schauen Sie – ich geb dem Philip meine *Commandoes*. Ehrlich! Philip, rief ich. Dann hab ich sie noch mal aufgesagt: *Dandy Beano* und die ganze Chose. Was hat Philip da drinnen bloß gemacht? Mrs. Nugents Wangen waren ganz naß, und ihre Stimme hat gezittert. Ich hab gedacht, ich heitere sie ein bißchen auf. Die hat doch tatsächlich gedacht, ich will Philip Nugent bestehlen. Schauen Sie, Mrs. Nugent, hab ich gesagt, ich bestehl ihn schon nicht! Laut und deutlich hab ich es gesagt, daß sie mir auch ja glaubt. Er kann alle Comics haben, die ich je gesammelt hab. Es ist mein voller Ernst, Mrs. Nugent. Kann er. Den ganzen Schwindel. Ich mach mir nichts mehr aus Comics. Was liegt mir schon an Comics? Aber Mrs. Nugent wollte mir immer noch nicht glauben. Sie hat nur geschnieft und wollte mir nicht in die Augen sehen. Schauen Sie doch mal, Mrs. Nugent, hab ich gesagt und mich auf allen vieren auf dem Asphalt niedergelassen. Dabei hab ich aber drauf geachtet, daß ich ein bißchen in die Diele reinkomme, falls sie mir die Tür vor der Nase zuschlagen würde. Dann hab ich mein Gesicht hochgereckt, die Nase krausgezogen und die Augen verengt, so sehr ich konnte, dann hab ich ein lautes Grunzen von mir gegeben. Ich hab gedacht, das würde Mrs. Nugent aufheitern. Ich hab wieder zu ihr aufgesehen. Grunz! Dann hab ich gelacht. Wie finden Sie das, Mrs. Nooge? Das war vielleicht ein

Spaß. Je mehr ich gegrunzt hab, um so mehr mußte ich lachen. Ich fand, das war wirklich der größte Spaß aller Zeiten – besonders, als Philip aufgekreuzt ist mit seinem Was-ist-denn-hier-los?-Blick. *Hier Kriminalkommissar Philip Nooge von Scotland Yard!*

Erst hat Philip nicht gewußt, wie er sich verhalten soll. Normalerweise kommt man ja nicht aus der Küche und sieht ein Schwein in Jacke und Hose auf der Türschwelle herumkrauchen. Da ist er nun gestanden mit einem Bleistift hinterm Ohr. Mir ist ein Witz eingefallen, aber erzählt hab ich ihn nicht. Kennst du schon den mit dem Professor, der Verstopfung hat? Er hat's mit einem Bleistift rausgekriegt. Aber ich war zu sehr damit beschäftigt, Philip zu beobachten, um einen Professorenplan auszuarbeiten. Grunz! Und dann Philips Fresse! Ich hab genau zu ihm aufgeschaut. Bloß ein Fußballmatch. Ich und du gegen den Rest, Philip, was hältst du davon? Dann hab ich wieder einen Grunzlaut ausgestoßen, und der arme Philip hat gar nicht gewußt, wie ihm geschieht. Grunz. Da hab ich von neuem losgeprustet. Und Philip – versucht der doch tatsächlich, mich aus der Diele zu schubsen. Au, Philip, hab ich gesagt, du stichst mir ja die Finger in die Augen. Von meiner Position aus konnte ich sein Herz schlagen hören. Er hat mich mit der Schuhsohle gegen die Schulter gestoßen. Autsch, hab ich gesagt, nimm deine großen Stiefel weg, das hat weh getan, Philip! Dann wieder: haha. Du bist mir zu grob, mit dir spiel ich nicht mehr! Ich mach doch nur Spaß. Mrs. Nugent hat in einem fort gesagt: Philip, Philip. Ich weiß nicht, ob die überhaupt gewußt hat, was sie damit sagen wollte. Wen findest du am besten, Philip, hab ich gefragt, Denis Law oder Tommy Taylor? Philip war in die Hocke gegangen, um mich mit der Schulter zur Tür hinauszuschieben, und wie er da so schnaufte und schnaubte, war er rot wie ein Puter. Sein Bleistift ist zu Boden gefallen. So ein Geschiebe und Geschubse hab ich noch nie erlebt. Philip hat mich in die eine Richtung geschoben, dann hab ich ihn in die andre geschoben. Danach hat alles wieder von vorne angefangen. Mrs. Nugent hat gar nichts getan, sie ist nur dagestanden, hat an den Wäscheklammern in ihrer Schürzentasche rumgefummelt, und ich hab gesehen, daß Philip drauf und dran war zu sagen: Um Himmels willen, so hilf mir doch, Ma. Aber er war so wohlerzogen, daß er's bleiben ließ. Doch dann ist was passiert – irgendwie dreht er sich um und stößt doch wahrhaftig das Hochzeitsfoto von der Wand, und krach! zerschellt das Ding auf dem Boden, und die ganze Diele ist voller Glassplitter. Nun sieh nur, was du angerichtet hast, hat sie gesagt und ihm die Schuld woran auch immer gegeben. Konnte er doch nichts dafür, wenn ich so herumgrunze. Da hat er nicht mehr gewußt, woran er war, und hat sich daran gemacht, die Scherben aufzulesen, und sie kreischt: *Vorsicht, das Glas, das Glas, du wirst dich schneiden*. Werd ich schon nicht, sagt er, wirst du aber doch, sagt sie, und mit einem Mal wird Philip ganz aufgeregt, wie er da so steht – die Hand voller Glassplitter. Ich hab wieder gegrunzt. Das ist Schweinesprache für Nimm-dich-in-acht-mit-dem-Glas-da-Philip, hab ich gesagt. Philips Stirn war schweißnaß und sein Blick jetzt eher traurig als ängstlich.

Ich glaube, nur weil er mich mit diesen traurigen Augen angesehen hat, hab ich mich aufgerichtet und gesagt: Das war vielleicht lustig, aber ich glaub, es wird Zeit, daß ich zum Wirtschaftshof zurückgeh. Was meinen Sie, Mrs. Nugent? Aber sie hat nichts gesagt, sondern ist nur dagestanden, hat eine Wäscheklammer zwischen den Fingern gedreht und gesagt: Bitte, hör doch auf damit, bitte! Geht schon in Ordnung, Mrs. Nooge, hab ich gesagt und bin den Weg entlanggehüpft, ich komm ein andermal vorbei, und das hab ich auch getan.

Und der Grund dafür war, weil ich daheim darüber nachgedacht hab, und da hab ich mir gedacht: Wozu mache ich mir Sorgen? Wegen Philip Nugents traurigen Augen? Wahrscheinlich hab ich sie mir nur eingebildet, vielleicht hat er auch nur so getan. Je länger ich darüber nachgedacht hab, um so mehr hab ich mir gesagt: Ja genau, der hat doch bloß so getan. Philip Nugent, hab ich mir gesagt, du bist mir vielleicht ein abgefeimter Schurke, auf die Art, wie die das in den Comics sagen. Philip Nugent, dieser alte Gauner! Also, ich ein paar Tage später nichts wie hin, nur daß ich mich diesmal vergewissert hab, daß sie nicht zu Hause sind. Ich hab gewartet, bis ich das Auto den Weg runterfahren seh. Ich hab gewußt, daß sie Buttsy in den Bergen besuchen wollten.

Ich durchs Hinterfenster rein: Hallöchen, Francie, willkommen bei den Nugents! Oh, hallo da, Niemand, hab ich gesagt.

Großer Tusch! Willkommen bei den Nugents, Mr. Francie Brady! Danke, hab ich gesagt, danke vielmals. Es ist mir ein großes Vergnügen, hier auf diesen schwarzweißen Kacheln in der Spülküche zu stehen, Mrs. Nugent. Ach woher denn, Francis, wir sind hocherfreut über deinen Besuch. Jetzt muß ich dich aber erst mal allen vorstellen. Das ist mein Mann, und das ist mein Sohn Philip, aber ihr kennt euch ja. Nur daß wirklich keine Gefahr bestanden hat, daß Mrs. Nugent so was sagt. Die würde sich sofort an die Strippe hängen und den Wachtmeister anrufen, aber ach wo – würde sie nicht, nämlich sie war doch in den Bergen und hat aus Zinnbechern Tee getrunken mit Rotkopf Buttsy, ihrem Bruder, in einem Cottage, das hat nach Torffeuerrauch und Pferdeäpfeln gestunken. Aber bei Nugents hat's nicht so gerochen. O nein. Da hat's nach frischgebackenem Teegebäck gerochen, ja genau danach hat's gerochen. Nach Scones, die grad eben erst aus dem Ofen geholt worden waren. Ich hab mich auf die Suche danach gemacht, hab sie aber nirgendwo finden können. Ich glaub, es war einfach der Geruch vergangener Backtage, der im Haus hängengeblieben war. Die hatte überhaupt gar keine Scones gebacken. Macht nichts. Schnief schnief. Es hat auch gewaltig nach Politur gerochen. Mrs. Nugent hat immer alles auf Hochglanz gebracht, bis man sein Gesicht darin spiegeln konnte. Den Küchentisch, den Fußboden. Was auch immer – wenn man es angesehen hat, sah man sich darin. Das mußte man Mrs. Nugent schon lassen – wenn's ums Wienern ging, war die spitze. Schmeißfliegen? Aber nicht doch, nicht bei Mrs. Nugent! Alles, was es an Kuchen gegeben hat, war unter Verschluß, da sind Meister Fliege und seine Kumpanen nicht drangekommen. Man konnte sie in der Vitrine sehen, unter Kuchenglocken aus Plastik, und es hat ein dreiteiliges Gestell gegeben mit zwei rosa Kuchen und einer halb aufgegessenen Geburtstagstorte drauf. Diese Fliegen, die müssen ja ganz wahnsinnig geworden sein dabei immerzu diese wunderbaren Kuchen sehen und nicht drankommen. Ich war's schließlich auch, also hab ich gewußt, wie denen zumute gewesen sein muß. Ich hätte sie aufbrechen können, aber ich wollte sie nicht ruinieren.

Dazu haben sie da drin zu schön ausgesehen. Ich schätze, die hatte sie alle selbst gebacken. An der Wand hing ein Foto von Mrs. Nugent, wie sie irgendwo in einem Park auf dem Gras lag. Mir ist durch den Kopf gegangen, daß ich eigentlich nie gewußt hab, daß Mrs. Nugent auch mal jung gewesen ist, so jung wie ich. Ich hatte mir lange vorgestellt, daß sie in demselben Alter geboren ist wie jetzt, aber das war natürlich hirnrissig. Auf dem Foto war sie so um die fünf. Da lag sie mit einer großen Zahnlücke und lauter Sommersprossen im Gesicht wie Buttsy. Hihii, hat sie in die Kamera gebrabbelt. Die gute alte Mrs. Baby Nooge, hab ich gedacht. Wieviel Jahre das wohl her war, hab ich mich gefragt. Konnte auch hundert Jahre her sein, was weiß ich. In der Ecke ist Mr. Nugents Aktentasche gestanden, und hinter der Tür hat sein Tweedmantel gehangen. Ich hab mir etwas Brot und Marmelade genommen und den Fernseher eingeschaltet. Da lief doch tatsächlich *Reise auf den Grund des Meers*. Admiral Nelson und seine U-Boot-Besatzung, die haben ganz schön eines auf den Deckel gekriegt von so einem ungeheuren Seepolypen, der hatte sich in einer Höhle versteckt, wo sie nicht an ihn rangekommen sind. Das war ein ganz schön gerissener Hund. Streckt der doch seine riesigen biegsamen Fangarme aus mit Saugnäpfen dran, schleudert das U-Boot kopfüber gegen die Felsen und all so was. Man hat nur die beiden Augen gesehen, die haben im Dunkel der Höhle geleuchtet, als würden sie sagen wollen: So, jetzt hab ich dich aber, du Klugscheißer von einem Admiral. Wollen wir doch mal sehen, wie du hier wieder rauskommst. *Tauchen! Tauchen!* schnauzt der Admiral ins Mikrophon, aber das Ding will partout nicht tauchen. Die Musik hat wie wild gespielt. *Mach das Viech fertig!* hab ich geschrien, ich war schon ganz genauso aufgeregt, *nun harpunier's doch, dann ist es hinüber!* Aber der Admiral war nicht so blöd, wie die Krake gedacht hat. *Also schön, volle Kraft voraus!*, und als nächstes treffen diese Wasserbomben den Polypen – peng! genau zwischen die Augen – wumm! da hat er aber gequiekt! Zack – gehen die Augen aus wie Lichter, und die Greifarme flattern rum wie spröde gewordenes Schnipsgummi, und das U-Boot taucht wieder auf, und die ganze Mannschaft jubelt, und der Admiral wischt sich den Schweiß von der Stirn und lächelt: Schon gut, das reicht jetzt, alle

Mann wieder an die Arbeit. Da macht das Echolot: piep piep, und los geht's. Alle freuen sich, und alles ist wieder wie gewöhnlich. Alle Achtung, Admiral, hab ich gesagt, das hat ihm den Garaus gemacht. Und das hatte es auch. Der Polyp hat in der Höhle auf dem Rücken gelegen wie ein aufgeplatztes Kissen, und es würde eine Weile dauern, bis er mal wieder saugen oder greifen würde. Zur Feier des Tages hab ich mir einen großen Becher Tee und eine dicke Marmeladenstulle gemacht. Es gab nix Schöneres, als dazusitzen, zu mampfen und sich zu amüsieren. Draußen war ein herrlicher Tag. Am Himmel haben ein paar versprengte Wolkenfetzen gehangen, aber denen war's schnurz, ob sie je irgendwo hinkamen. Vor Nugents Fensterbrett haben sich Vögel rumgetrieben, meistens Krähen, die wollten sehen, was es da zu sehen gibt. Na, sieh mal einer guck, wer da ist – der Francie Brady. Eigentlich dürfte der doch gar nicht da drin sein. He, Krähen, hab ich gesagt, verkrümelt euch. Na, die war ich los. Ach ja, so lebt's sich angenehm, hab ich gesagt, ob's hier wohl Käse oder saure Gurken hat? Na und ob – da waren sie ja in dem braunen Glas im Eisschrank! Und wie gut die geschmeckt haben! Große Klasse! Gar keine Frage – bei meinem nächsten Aufenthalt in der Stadt würde ich ganz bestimmt wieder in Nugents Hotel absteigen.

Als ich mit meinem kleinen Imbiß fertig war, bin ich nach oben, mal nachschauen, ob ich Philips Zimmer finde. Kinderleicht. Auf dem Bett haben Comics gelegen und ein großer Pfeil mit so einem Saugnapf dran. Boing! saust der Pfeil gegen die Tür und bleibt zitternd kleben. Dann hab ich den Schrank aufgemacht, und was find ich da? Philips Schuluniform, die hat er auf der Privatschule in England angehabt. Da waren sie, die marineblaue Mütze mit dem Wappen und der mit Litzen und Silberknöpfen besetzte Blazer. Es gab eine graue Hose mit messerscharfer Bügelfalte und schwarzgewichste Schuhe. Konnte man darin sein Gesicht erkennen? Und ob man das konnte! Ich hab bei mir gedacht, das könnte ein Mordsspaß werden, und so hab ich sie denn angezogen. Ich hab mich im Spiegel besehen. Sag ich, Fraaancis wäääürst du wooohl so liiiebenswürdig und gingest für mich zum Süüüßwarenladen, bitte? Ich hab eine Drehung gemacht und gesagt: Aber gewiß doch, alter

Knabe. Aber sag an, mein Junge, wie ist dein werter Name, bitte? Oh, sag ich, mein Name ist Philip Nooogent!

Dann bin ich im Haus herumstolziert wie Philip. Ich hab denselben Gang draufgehabt wie er und all so was. Mrs. Nugent hat die Treppe raufgerufen: Bist du da oben, Philip? Ich hab ja gesagt, und sie hat mir gesagt, ich soll zum Abendessen kommen. Ich nichts wie runter, da hatte sie mir eine mächtige Mahlzeit aus Schinkenspeck und Rührei und Tee und dem ganzen Schmonzes zubereitet. Was hast du denn da oben getrieben, Philip, mein Lieber, hat sie gefragt. Och, ich hab mit meinem Chemiebaukasten gespielt, Mutter, sag ich. Ich hoffe, du bastelst mir keine Stinkbomben, sagt sie. Aber nein, Mutter, sag ich, das würde ich doch nie – das ist doch ungezogen! Mrs. Nugent hat die Brille gesenkt und mich über den Rand der Zeitung hinweg angeblickt. Ganz recht, mein Sohn, so ist es. So was hört man gern. Hat mich das vielleicht gefreut, wie er das gesagt hat. Aber als ich wieder hingesehen hab, da war er schon wieder in seine Zeitung vertieft.

Ich hab mich so richtig gut gefühlt bei alledem. Wie ich aufgegessen hatte, hab ich gesagt: Ich geh wieder nach oben, um meine Versuche zu Ende zu führen. Hab ich aber nicht getan. Sondern bin auf dem Gang entlanggewalzt und hab eins von den *Musikalischen Kleinodien* vor mich hin geträllert: *O the days of the Kerry dances, O the ring of the piper's tune!* und dann rein in Mr. und Mrs. Nugents Schlafzimmer. Ich hab mich aufs Bett gelegt und geseufzt. Da hab ich Philip Nugents Stimme gehört. Aber sie hat jetzt anders geklungen, ganz leise und gefaßt. Er hat gesagt: Du weißt doch, was er hier treibt, Mutter, oder nicht? Er will einer von uns sein. Er will, daß sein Name Francis Nugent ist. Das hat er doch die ganze Zeit schon gewollt! Das wissen wir doch, Mutter, oder nicht?

Mrs. Nugent hatte sich über mich gebeugt. Ja, Philip, sagte sie. Ich weiß. Ich habe es schon die ganze Zeit gewußt.

Darauf hat sie langsam ihre Bluse aufgeknöpft und ihre Brust hervorgeholt.

Dann hat sie gesagt: Die ist für dich, Francis.

Sie hat mir ihre Hand hinten an den Kopf gelegt und mein Gesicht fest nach vorn gedrückt. Philip war immer noch am unteren Ende vom Bett und hat gelächelt. Ich hab gerufen: *Ma! Es ist nicht wahr!* Mrs. Nugent hat den Kopf geschüttelt und gesagt: *Tut mir leid, Francis, dafür ist es nun schon zu spät. Daran hättest du denken sollen, als du dich entschlossen hast, zu uns zu kommen und bei uns zu wohnen!*

Ich hab geglaubt, ich ersticke an dem schwabbeligen, lauwarmen Fleisch.

Nein!

Ich hab ausgeholt und versucht, die Nugent an der Backe zu erwischen.

Da hab ich einen Satz über die Frisierkommode gemacht, und der Spiegel ist in tausend Stücke zersprungen. Mrs. Nugent ist mit hängender Brust nach hinten gestolpert. Tja, Philip, hab ich gesagt und gelacht. Philip hatte jetzt einen anderen Ton angeschlagen und versuchte es wieder mit: *bitte, Francie*. Ich sag: Reden Sie mit mir, Sie Sau?

Als er nicht geantwortet hat, hab ich gesagt: Haben Sie mich nicht gehört, Philip Sau? Hmm?

Er hat die Hände gerungen und seine Mutter auch.

Oder hast du vielleicht nicht gewußt, daß du eine Sau bist. Ist es das? Na, dann muß ich's dir wohl beibringen. Ich werd schon dafür sorgen, daß du's nicht so schnell vergißt. Sie auch, Mrs. Nugent! Jetzt aber dalli! Nun macht schon, macht schon, und keine Fisimatenten mehr. Das wird ein Mordsspaß, hab ich gesagt, wie der Herr Lehrer in der Schule. Also, heute nehmen wir die Schweine durch. Ich möchte, daß ihr alle eure Köpfe vorstreckt und eure Nasen krauszieht wie Rüssel. Das ist schon sehr gut, Philip. In einer der Schubladen hab ich einen Lippenstift gefunden und hab in großen Lettern auf die Tapete geschrieben: PHILIP IST EINE SAU. Na, hab ich gesagt, ist das nicht großartig? Ja, Francie, hat Philip gesagt. Und jetzt Sie, Mrs. Nugent. Ich finde, Sie geben sich nicht genug Mühe. Auf die Knie und nicht so lustlos! So ist Mrs. Nugent denn in die Knie gegangen, und als ihr rosa Steiß in die Höhe geragt hat, war sie jeder Zollbreit die beste Sau auf dem Bauernhof. Mrs. Nugent, sag ich verblüfft, das ist ja wirklich wunderbar! Danke schöne, Francie, sagt Mrs. Nugent. Das also war die Schweineschule. Ich hab ihnen gesagt: Ich will euch nicht mehr dabei ertappen, daß ihr aufrecht rumlauft, und wenn ich's doch tu, dann werdet ihr aber mächtig Ärger kriegen. Hast du verstanden, Philip? Ja, sagt er. Und Sie auch, Mrs. Nugent. Als Muttersau tragen Sie dafür Sorge, daß Philip sich wie ein braves Ferkel benimmt. Ich überlasse es Ihnen. Sie hat genickt. Dann sind wir noch mal alles durchgegangen, und ich hab sie nachsprechen lassen. Ich bin ein Ferkel, hat Philip gesagt. Ich bin eine Sau, hat Mrs. Nooge gesagt. Und jetzt noch mal zur Wiederholung. Was tun die Schweine! Sie fressen Schweinepampe, sagt Philip. Ja, sehr gut, sag ich, aber was tun sie sonst noch? Sie rennen auf dem Hof herum, sagt Philip. Ja, natürlich, aber was noch? Ich ließ den Lippenstift in meiner Hand auf und ab wippen. Vielleicht dahinten jemand? Ja, Mrs. Nugent? Sie geben uns Schinkenspeck! Ja, das stimmt schon, aber das ist nicht die Antwort, die ich hören will. Ich hab lange gewartet, aber ich hab schon gemerkt, daß es mit der Antwort hapern würde. Nein, sag ich, die Antwort, die ich hören will, lautet – *sie machen Bäbä!* Jawohl, Schweine machen auf dem Hof immerzu Bäbä, dem armen Bauern bricht es noch das Herz. Es heißt, Schweine wären die reinlichsten Tiere überhaupt. Glaubt kein Wort davon. Ihr braucht nur irgendeinen Bauern fragen! Jawohl, ich fürchte, Schweine sind Bäbä-Tiere, und die scheißen einem einfach alles voll, egal, was man anstellt. Also denn, wer ist die beste Sau in der Schweineschule und führt uns mal vor, wovon wir sprechen, hmm? Na, kommt schon, Freiwillige vor! Das werdet ich doch wohl noch fertigbringen. Da bin ich aber schwer enttäuscht, überhaupt gar niemand? Also, ich fürchte, da muß ich wohl einfach jemand drannehmen. Komm du mal nach vorn, Philip, und führ's der Klasse vor. So ist's recht. Braver Bub, Philip. Jetzt alle mal aufmerksam hergeschaut. Philip ist rot geworden wie eine Tomate und hat das Gesicht verzogen, als er sich an die Arbeit gemacht hat. Die ganze Klasse aufgepaßt! Wie würdet ihr jemand nennen, der so etwas tut? Das ist doch kein Bub – das ist eine Sau! Alle zusammen! Nun macht schon! Sau! Sau! Sau!

Sehr gut. Jetzt aber, Philip, du könntest dir wirklich mehr Mühe geben!

Was meinen Sie, Mrs. Nugent? Ist Philip nicht Gold wert?

Zuerst hat Mrs. Nugent ihn mißtrauisch beäugt, aber als sie

gesehen hat, was für große Mühe er sich gegeben hat, da hat sie gesagt, sie wär stolz auf ihn. Und das sollten Sie auch, hab ich gesagt. Fester, Philip, fester!

Da hat er losgelegt, was das Zeug hält, und dann hat das Häuflein stolz wie ein Pfau auf dem Badezimmerteppich gelegen, das beste Bäbä von der Welt.

Das Häufchen war wirklich groß und hat ausgesehen wie ein U-Boot: am Ende verjüngt, damit das Arschloch sich nicht mit einem Schlag schließen muß, besetzt mit kleinen Korinthen und mit einem kleinen Fragezeichen aus Dampf, der ist in Ringeln aufgestiegen.

Prima, Philip, hab ich gerufen, du hast's geschafft! Ich hab ihm auf den Rücken geklopft, und wir sind alle rundum gestanden und haben es bewundert. Es war wie eine Rakete, die gerade aus dem Weltraum zurückgekehrt ist, und wir haben drauf gewartet, daß ein kleiner brauner Astronaut die Seitentür öffnet und winkend heraustritt. Philip, sag ich, herzlichen Glückwunsch! Ich hab vor Stolz über Philips Leistung gestrahlt. Hätte ich nicht gedacht, daß er das Zeug dazu hat. Auch Philip war mächtig stolz. Ich hab mich der Klasse zugewandt. Jungens, sag ich, wer ist die beste Sau in der ganzen Schweineschule? Könnt ihr mir das verraten? Philip, haben sie alle gerufen, ohne auch nur einen Augenblick zu zögern. Hipp hipp hurra! Klatsch klatsch – die Klasse hat einen Mordslärm veranstaltet. Sehr gut, jetzt aber sachte, immer ruhig Blut, sag ich. Jetzt soll uns mal Mrs. Nugent zeigen, was sie kann. Kann sie auch so gut kacken wie ihr Sohn Philip? Das werden wir gleich sehen! Sind Sie soweit, Mrs. Nugent? Ich hab drauf gewartet, daß sie sagt: Ja, Francis, ich bin soweit, und dann würde sie ihr Nachthemd lüpfen und ihr rotes Gesicht krausziehen, um Philip zu übertreffen. Aber ich fürchte, das war ganz und gar nicht, was dann passiert ist.

Mrs. Nugent war zwar da, aber nicht etwa in ihrem Nachthemd. Sie hat ihre Tageskleider angehabt und eine Tasche getragen mit Sachen drin, die hatte sie von Buttsy mitgebracht.

Der Mund hat ihr offengestanden, und sie hat wieder geflennt und auf den zerbrochenen Spiegel und die Schrift an der Tafel, ich meine Wand, gezeigt. Ich hab Philip angeschaut, der war auch kreidebleich. Was war denn nur jetzt wieder mit dem los? Hatte er nicht eben erst den Preis für Schweinebäbä gewonnen, was wollte er denn noch? Aber Mr. Nugent sagte, jetzt würde er die Sache in die Hand nehmen. *Überlaßt den mal mir!* sagt er in seiner Maltan-Feinschnitt-Stimme. Philip und Mrs. Nugent sind nach unten gegangen, und da waren nur noch ich und er da. Gut hat er ausgeschaut, der Mr. Nugent, das muß man ihm lassen. Die Haare hatte er sich in einer feschen Tolle sorgfältig über die hohe Stirn gekämmt, und auf den Jackettärmeln hatte er glänzende lederne Ärmelschoner. Sogar eine Temperenzlernadel hat er zur Schau getragen – das war so ein Metallabzeichen, das hat einem das Herz Jesu gegeben, und das bedeutet, daß man gelobt hat: *Ich habe noch nie im Leben einen Tropfen Alkohol angerührt und habe auch nicht die Absicht, es in Zukunft je zu tun!* Er hat mir direkt in die Augen gesehen und kein einziges Mal mit der Wimper gezuckt. Nicht mal die Stimme hat er erhoben. Er hat gesagt: Diesmal kommst du mir nicht so ungeschoren davon! Diesmal sorge ich dafür, daß du dahin kommst, wo du hingehörst. Und *das* hier machst du gefälligst sauber, bevor die Polizei dich abholt – und die Wände auch, denn meine Frau wird's nicht tun. Die hat schon genug durchgemacht deinetwegen. Also, dieser Mr. Nugent, hab ich gedacht. Wie soll ich eine ordentliche Schweineschule leiten, wenn ich so dabei gestört werden? Hm? Das möchte ich gern wissen, hab ich gesagt. Aber nicht zu Mr. Nooge, sondern zu mir. Zu ihm hab ich gesagt: Sagen Sie, Mr. Nugent, wie geht's denn dem Buttsy? Er hat mir nicht geantwortet, da hab ich einfach drauflosgequasselt über alle möglichen anderen Dinge. Er ist mit dem Rücken zur Tür dagestanden, für den Fall, daß ich ihm wegrenne. Aber ich hatte gar keine Lust, irgendwohin zu rennen. Die Rakete hatte sich inzwischen abgekühlt, und die Dampfwolke war abgezogen. Ich hab gerade an den kleinen Astronauten gedacht, der in der Tür erscheint, mit einer Grimasse salutiert und sich zum Dienst meldet: *Sir*, da hab ich vielleicht eine Ohrfeige abgekriegt, genau auf die Backe, und da steht der Wachtmeister nun, reibt sich die Knöchel und sagt: *Nicht doch! Nicht doch!* Oder es wird Sie noch reuen. Nicht doch, nicht doch – was sollte das denn nun wieder heißen, nicht doch was? Das wird mir saubergemacht, hat er geschäumt, verstehen wir uns? Natürlich würde ich saubermachen, wenn er es unbedingt will. Ich weiß gar nicht, worüber der sich so ereifert hat. In einem Stück Zeitungspapier hab ich's nach unten in den Garten gebracht und hinter den Brennesseln mit einem Stock zerkleinert. Dabei hab ich geflötet. Wenn da ein kleiner Astronaut drin war, hatte der sein Fett aber weg. Wie ich weggegangen bin, hat Mrs. Nugent immer noch geheult. Aber Mr. Nugent hat den Arm um sie gelegt und sie ins Haus geführt. Wenn Stummfilme zu Ende sind, kommt manchmal von nirgendwoher diese Hand und hängt ein Schild hin, auf dem steht: ENDE. So ähnlich war's dann auch, als wir im Polizeiwagen davongefahren sind. Das Haus von den Nugents ist noch in Sichtweise gewesen, und wie wir – knatter knatter – losgefahren sind, hat die Hand das Schild an den Türknauf gehängt.

Das also war das Ende der Nugents, jedenfalls vorläufig.

Der Wachtmeister auf dem Vordersitz hat dauernd was von Ma geschwatzt – vor Jahren hätte er ihr den Hof gemacht, da war sie eine der hübschesten Frauen in der Stadt. Wenn sie sich nur nicht mit dieser Sippschaft eingelassen hätte. Gott sei Dank ist sie nicht mehr hier und muß sich das mit ansehen, sagt er.

Nein, sag ich, die liegt im Teich, und umgebracht hab ich sie.

Kreuzdonner, wenn du mein Sohn wärst, würd ich dir aber jeden Knochen im Leib einzeln brechen, sagt er. Dann hat er sich über den Mund gewischt und gemurmelt: Der Apfel fällt nicht weit vom Stamm.

Wir sind am Kovent vorbeigebraust. Da waren ein paar Burschen aus der Schule und haben einen Ball gegen die Mauer geschossen. Durch die Fensterscheibe hab ich ihnen heftig zugewunken, und einen Augenblick lang haben sie zurückgewunken, bis sie gesehen haben, daß ich es bin. Da haben sie doch tatsächlich den Ball aufgehoben, als würde ich ihn wegnehmen wollen oder so was. Ich hab noch mal gewunken, aber die haben so getan, als würden sie mich nicht sehen. Seit sie mich mal in der Schulmannschaft gehabt haben, die gegen Carrick gespielt hat, waren sie nicht so gut auf mich zu sprechen. Also, sagt der Lehrer, du bist ein zäher kleiner Draufgänger, du gibst mir einen guten Flügelstürmer ab. Ich hab dir zugesehen – wenn du nur willst, läufst du so schnell wie ein Märzhase. Ich hab sogar zwei Tore geschossen, weiß gar nicht, was die noch wollten. Das hat nur an diesem Bauern aus der andern Mannschaft gelegen. Sagt der doch nach der Halbzeit zu mir: Du verschlagener kleiner Scheißer, jetzt zeige ich dir's aber, und haut mir tatsächlich die Füße unterm Leib weg. Ich hab nichts gemacht, sagt er zum Schiedsrichter und kommt damit durch. Ich hab mich gekrümmt vor Schmerzen, und gute zwanzig Minuten bin ich nur rumgehumpelt. Wer mich gesehen hat, der mußte denken: Der arme Francie Brady wird nie wieder spielen. Genau das mußte er auch angenommen haben, denn als ich das nächstemal im Ballbesitz war, kommt er auf mich zugeschlendert, als würde er den Ball einfach von meinem Zeh pflücken. Sollte er doch, wenn er unbedingt wollte, von mir aus konnte er machen, was er wollte. Ich war nur daran interessiert, ihm heimzuzahlen, was er mir angetan hatte. Also, sobald er rüberkommt, heb ich von hinten den Stiefel und tret ihm eins – peng – genau zwischen die Beine, und er geht zu Boden wie ein Sack Kartoffeln – aua aua und das ganze Zeter und Mordio. Kurz bevor der Schiedsrichter zu uns rübergekommen ist, hab ich ihm gerade noch einen Tritt ins Kreuz verpassen können, mit Stollen und allem. Ich wollte es mit demselben Trick versuchen: Was hab ich denn verbrochen, aber der Schiedsrichter hat meinen Namen notiert und mich vom Platz geschmissen. Der Lehrer hat mit mir geschimpft und von meiner Version nichts wissen wollen, da hab ich denn gesagt: Ich scheiß auf Sie und Ihren Fußball. Aber ich denke, die haben mich sowieso nicht in ihrer Mannschaft haben wollen. Ich schätze, dieser große Arsch aus Carrick, der hat sich vielleicht was gefreut. Der war so groß, daß ich ihm fast zwischen seinen Beinen durchrennen konnte. Das heißt, bevor ich ihm in die Eier getreten hab.

Der Wachtmeister hat mich an den Clown in Duffys Zirkus erinnert. Nicht wie er ausgesehen hat, sondern wie er geredet hat. Besonders, wenn er von den entsetzlichen Dingen erzählt hat, die jetzt mit einem passieren würden. Hoho! sagt er. Und: Haha! Genau wie Würstchen der Clown. Hoho, du bist mir ja ein ganz Durchtriebener, sagt Würstchen, und schon ist er rund um die Manege gerannt, daß seine gestreiften Hosenbeine geflogen sind. Er und der Wachtmeister waren bestimmt in derselben Stadt geboren oder so.

Er hat schon wieder losgelegt. Hoho, wenn dich erst mal die Priester zwischen die Finger kriegen, wirst du mir aber nicht mehr so einen Unfug anstellen, hoho. Ich sag: Tut mir leid, Wachtmeister Würstchen, aber er hat nur aufgeregt die Kippe im Aschenbecher ausgedrückt und gesagt: Jetzt ist es zu spät dafür, Bürschchen. Hättest du mal früher dran denken sollen, als du bei Nugents im Haus warst, um Mätzchen zu machen. Hoho, jawoll!

Huhu, Wachtmeister Würstchen, sag ich.

Der war so was von aufgeregt, der hat nicht mal gemerkt, daß ich ihn Wachtmeister Würstchen genannt hab. Entlang der Zufahrt sind überall Lorbeerbäume gewachsen, und ein Gärtner war am Mistwenden und hat was vor sich hin gemurmelt. Als wir im Wagen an ihm vorbeigefahren sind, ist er stehengeblieben und hat uns, die Hand in die Hüfte gestemmt und die Mütze in den Nacken geschoben, hinterhergestarrt. Durchs Heckfenster hab ich ihm eine Grimasse geschnitten, und beinah wär er auf den Misthaufen gedotzt. Da hat es sich plötzlich aus dem Nichts erhoben, das Haus der hundert Fenster. Was für ein toller Klotz, sag ich. Hoho, sagt der Wachtmeister, mal sehen, ob du das in sechs Monaten auch noch sagst! Haha.

Die Schule für böse Buben hat so ein sprudeliger Typ geleitet. Kaum zu glauben, aber wahr – denn da hat er auch schon am Fenster sein großes Sprudelblasengesicht gezeigt und ist auch gleich herausgehüpft – hüpf hüpf. *Ah, wie geht's, wie steht's!* sagt er zum Wachtmeister, so ein großes weißpoliertes Strahlebackengesicht hab ich noch nie gesehen, wie Vater Bubble eins hatte. *Wie geht's, wie steht's denn so!* wiederholt er, und der Wachtmeister fängt an zu schnauben und zu schnaufen und versucht, seine Uniform zu säubern. Ach, gar nicht so übel, Hochwürden. Haben Sie eine angenehme Fahrt gehabt? Gar nicht übel, eh, Hochwürden, danke der Nachfrage.

Na, dann steht ja alles zum Besten, sagt Bubble.

Dann schaut er zu mir rüber. Soso, das ist also der berühmte Francie Brady, sagt er, dreht Däumchen und sagt: hmm hmm.

Ja, Hochwürden, sag ich, der unübertroffene Francie Brady.

Du redest nur, wenn du gefragt wirst, herrscht Würstchen mich an, aber Bubble hebt die Hand und sagt: Lassen Sie nur, Wachtmeister.

Ich hab Bubble munter zugezwinkert. Hochanständig von Ihnen, Hochwürden, sag ich, und als nächstes bewölkt sich sein Gesicht völlig. Das ist ein schlechter Bursche, sagt der Wachtmeister, und ich hab schon gedacht, gleich geht er auf mich los.

Bubble hat mich angestarrt aus Augen wie Schraubenzieher. Du tätest gut daran, dir eine höfliche Ausdrucksweise anzugewöhnen, Mr. Brady, das möchte ich dir hiermit gesagt haben. Das hat dem Wachtmeister aber gefallen, und er fängt an, sich die Hände zu reiben und zu sagen: sechs Monate Verwahrung, sechs Monate Verwahrung!

Dann sind die beiden einfach dagestanden und haben mich eine Minute lang angeglotzt. Ich hab schon gedacht, gleich fallen sie über mich her und jagen mich die Zufahrt runter mit ihren irren Francie-Brady-Totschlag-Blicken. Haben sie aber nicht getan. Du solltest meinen Rat beherzigen, sagt Bubble. Dann hat er die Arme tief in den Schlitzen seiner Soutane vergraben, Würstchen angelächelt und schon wieder vom Fußball gefaselt und vom Wetter. Würstchen hat gemeint, die Stadt könnte die Grafschaftsmeisterschaften gewinnen. Oh, da bin ich mir aber nicht so sicher, sagt Bubble. War ich mir auch nicht, aber ich hab gedacht, ein gutes Ergebnis wäre: die gegnerische Mannschaft: 100 Tore. Die Stadt: 0. Ich wollte schon heraus damit, um mal zu sehen, was die dazu meinen, aber dann hab ich gedacht: Ach was, ich werd mir doch nicht den Arsch aufreißen. Die haben immer weiter gelallt, länger als eine halbe Stunde, und mich haben sie einfach stehenlassen wie bestellt und nicht abgeholt. Dann hat Würstchen gesagt: Na, dann wollen wir mal. Er hat zu mir rübergeschaut: Dich werd ich im Auge behalten, sagt er.

Jawoll, Herr Wachtmeister, sag ich.

Er ist langsam rückwärts gegangen, als würde ich gleich einen Revolver ziehen und ihm und Bubble je eine Kugel in den Kopf jagen. Hab ich aber nicht getan, und brrm brrm knatter knatter und hoho war er auf und davon.

Na dann, sagt Bubble, hat sich übers Kinn gestrichen und mich angestiert, vielleicht verstehen wir uns ein klein bißchen besser. Wie gefällt dir dein neues Zuhause, Mr. Brady?

Prima, sag ich, für Schweine reicht's.

Was hast du da gesagt? fragt Bubble. Das hat ihm auch nicht gefallen. Er hat mich am Pullover gezerrt.

Hier gibt's keine Schweine! sagt er. Aber da konnte er reden, was er wollte, ich hab gewußt, es war die Schule für Schweine.

Die unglaubliche Schule für Schweine! hab ich mit meiner besten Fernsehstimme gesagt.

Hast du gehört, was ich gesagt hab, sagt Bubble, es gibt hier keine Schweine! Das ist eine Schule.

Allerdings, sag ich, eine Schule für Schweine!

Es gibt hier keine Schweine! sagt er, und am Schluß hat seine Stimme ein bißchen gequiekst, das war schon lustig.

Willkommen in der Schule für Schweine, hab ich gesagt und den Rückzug angetreten.

Keine Sorge, sagt er, du bist nicht der erste und wirst auch nicht der letzte sein!

Er hat die Ärmel aufgekrempelt. Er hat nicht gesagt: der erste was. Mit den Händen hab ich einen Trichter geformt, und das Echo ist unter den Lorbeerbüschen verhallt.

Schweinchen! Schweinchen! Aufmachen! hab ich gerufen.

Er hat versucht, mich zu packen, aber ich war zu schlüpfrig für ihn, und als ich mich auf alle viere niedergelassen hab, da hat er's schon gar nicht mehr geschafft. Ich bin um ihn rumgekrochen und hab ihn schier zur Verzweiflung getrieben. Ich hab ein paar Grunzlaute von mir gegeben. An einem der Fenster oben ist ein alter Priester gestanden. Ich hab mich auf die Hinterbeine gestellt und eine Weile Männchen für den gemacht. Grunz, hab ich mit einem breiten Grinsen gesagt.

Da hat Bubble mir eine Kopfnuß verpaßt, und ich hab Sterne gesehen. Das ist gar nichts im Vergleich zu dem, was noch kommt, sagt er. Ich war froh, daß er's getan hatte. Ich wollte, daß er mir eine anständige Tracht Prügel verabreicht.

Ich hab alle möglichen Frechheiten von mir gegeben, nur damit er's endlich tut. Ich hab gesagt: Willkommen in der Schweineschule. Ich hab ihm mein Gesicht entgegengestreckt und es zu einem Rüssel zerknautscht. Ich hab gegrunzt. Los doch, hab ich gesagt und mein Kinn vorgereckt. Doch statt mich zu verprügeln, ist er zurückgetreten und hat mich bloß mit seinen Schraubenzieheraugen angeblickt. Der hatte keine Angst vor mir oder irgend so etwas. Der hat mich nur angeschaut und alles in sich aufgenommen. Da hab ich denn aufgehört. Bist du jetzt endlich fertig damit, sagt er, und ich sag: ja. Ich war ausgelaugt und hatte Kopfschmerzen. All die Krähen auf den Telefondrähten. Was gafft ihr denn so, ihr Votzen, hab ich gedacht. Da sagt er: Jetzt aber hinein mit dir und keine kesse Lippe mehr riskiert. Ich bin nach oben in den Schlafsaal gegangen. Da ist auf jedem Fensterbrett ein Heiliger gestanden, so eine Sammlung ausgelutschter Pißnelken hatte ich noch nie gesehen. Bubble war direkt hinter mir, als ich den Koffer gewuchtet hab. Ich hab auf die Muttergottes gezeigt. Der geht's aber dreckig, sag ich zu ihm, die sollte mal eine Halspastille lutschen. Er hat nichts geantwortet, außer daß ich in einer halben Stunde zum Danksagungsgottesdienst unten sein sollte und am nächsten Morgen um sechs zum Torfstechen im Moor. Im Fenster gegenüber meinem Bett ist ein kleiner Jesus gestanden. Der hat zu mir rübergeschielt. Armer, armer Francie Brady, hat er gesagt: Ist das nicht jammerschade? Ich zu ihm rüber: *ist was nicht jammerschade?*

Oh, oh, äh, äh, ich meine nur, sagt er. Nix da, sag ich, du hast meine Frage nicht beantwortet – ist *was* nicht jammerschade?

Na schön, sag ich, wenn du unbedingt darauf bestehst, und – krach! – rutscht sein kleiner Kopf vom Waschbeckenrand in den Abfluß. Da sitzt er nun seitlich und schaut auf – glupsch glupsch. In meinem Magen hat ein Loch geklafft, denn ich wußte, inzwischen hatte Joe alles über die Sache mit den Nugents erfahren. Ich hab ihn sitzenlassen. Jetzt hab ich niemand mehr, das war mir klar, und an allem hatte ich selber schuld. Ich hab ihm keine Vorwürfe gemacht, daß er mir nicht schreibt, warum sollte er – nach allem, was ich ihm angetan hatte? Ich hatte mein Versprechen nicht gehalten, und damit Sense. Mit der ausgezackten Kante von der Statue hab ich versucht, an meine Handgelenke ranzugehen. Ein bißchen Haut hab ich ja auch abgekriegt, aber richtig verletzt hab ich mich nicht. Auf die Weise würde ich in hundert Jahren noch dran rumsäbeln. Da kommt doch dieser Moormensch her – hier ist mein Kopf, und mein Arsch kommt auch noch. *Was machst du denn da, o mein Gott, seht nur, der ist hin, Herr im Himmel, wenn der Priester dich damit erwischt, der bringt dich um!* Ich hab ihn angesehen mit der Statue in der Hand. Um den Hals, da wo ich mit gesäbelt hatte, war eine kleine, rote elisabethanische Krause. So einen Moormenschen hatte ich noch nie gesehen. Der hatte so ein großes Haarbüschel aufragen und zu beiden Seiten noch zwei Stück wie Winker. Sagt er: *Oh, da wirst du aber ganz furchtbaren Ärger kriegen!* Seine Vogelscheuchenhose hat in der Knöchelgegend aufgehört, so ist er zusammengekrümmt dagestanden, und sein knochiger Arsch hat in die Luft geragt, als würde er einen unsichtbaren Sack Kartoffeln auf dem Buckel tragen. In deiner Haut möcht ich nicht stecken, sagt er wieder, aber da hatte ich ihn auch schon über und bin mit dem Rest von der Statue auf ihn los, und er zischt ab, leichenblaß, und hätt sich fast bepißt. Da hab ich den kopflosen Christus in den Papierkorb geworfen und mich aufs Bett gelegt.

Juhu, hat Joe gerufen, und der Schlitten ist die weiße Schneedecke vom Rummelplatz runtergesaust. Das waren noch Zeiten, sag ich zu Joe, da hatten wir unsre Ruhe. Das Rund der bunten Murmel hat in der Wiege seines Daumens geruht. Er hat mich verblüfft angeschaut. Wer ist denn dran, Francie? Bin ich dran? Ich hab ja gesagt, auch wenn's gar nicht gestimmt hat.

Die Murmel ist mit einem Lichtschweif den harten Lehm entlanggerollt.

Der gute alte Joe. Ich hab nicht gewußt, was ich tun soll, wenn der Brief kommt. Allen hab ich davon erzählt. Die haben bloß gemeint: Huh?, aber das hat mich nicht gekratzt. Ich war sprachlos. Aber eins hat festgestanden: Ich würde nie wieder Ärger kriegen. Ab jetzt würde ich für das Francie-Brady-ist-kein-böser-Bub-mehr-Diplom lernen, damit ich aus der Schule für Schweine und Moormenschen rauskomme. Ich und Joe würden zum Fluß rausfahren, und da würden wir bleiben. Ich hatte ein hübsches Örtchen für mich gefunden, wenn ich den Arschgesichtern nicht begegnen wollte, die einem immerzu nachschleichen und Fragen stellen. Es war das Kesselhaus unten hinter der Küche, da bin ich rein und hab wieder den Brief gelesen. Wumpf! hat der große Heizkessel gemacht, mit einem Funkenregen geglüht und auf Teufel komm raus in der Tiefe seines großen Bauchs gerumpelt. Ich bin auf einem Haufen alter Säcke gesessen und hab gelesen:

Lieber Francis, du blöder Kerl, was stellst du bloß an? Ich hab dir doch Bescheid gesagt wegen Mrs. Nugent, aber du wolltest nicht hören, was hast du nur bei ihr im Haus gemacht? Hast du versucht, es anzuzünden? Es gehen alle möglichen Horrorgeschichten um, Francie. Ich habe Philip gefragt, aber der will mir nichts sagen. Philip ist in Ordnung, Francie, wenn du ihm noch einmal ein Haar krümmst, wirst du Ärger kriegen, aber ganz bösen Ärger. Der ist echt in Ordnung. Der will sich mit niemandem anlegen. Hat er mir gesagt. Wir hätten ihm die Comics nicht abnehmen sollen, Francie, das war verkehrt. Hier ist jetzt ein Volksfest, es ist bis zwölf geöffnet. Man kann alles Mögliche gewinnen. Teddybären, alles. Hast du schon mal die Laramie-Schießerei gesehen? Du legst die Büchse an, und plötzlich taucht dieser Sheriff auf. Er ist aus Pappkarton. Er zieht zuerst, aber wenn du ihn triffst, kriegst du fünf Schuß extra. Letzten Samstag waren wir da. Der Schießstand ist erstklassig! Philip Nugent hat zweimal ins Schwarze getroffen und einen Goldfisch gewonnen. Er hat ihn mir geschenkt, weil sie schon einen haben. Ich habe ihn ins Fenster gestellt. Nächstes Wochenende gehen wir wieder hin. Wenn ich etwas gewinne, schicke ich es dir. Philip sagt, er weiß einen besonderen Trick bei den Spielautomaten, vielleicht habe ich ja Glück. Schreib mir bald, Joe.

Ich mußte immerfort an den Goldfisch denken. Was hat sich Philip Nugent bloß eingebildet? Ich konnte es einfach nicht fassen. Der hatte mit uns doch gar nichts zu schaffen. Ich wünschte, ich hätte Joe den Goldfisch wieder abknöpfen können. Aber wozu hatte Joe den überhaupt *angenommen*? Weshalb hat er nicht gesagt: Tut mir leid, Philip, aber wir haben mit dir nichts zu schaffen.

Dann ist mir ein Licht aufgegangen: Das hat er nur getan, um Frieden zwischen uns allen zu stiften, damit's keinen Ärger mehr gibt, und wenn ich heimkomme, würden ich und Joe einfach so weitermachen wie früher. Ich hab nur gehofft, daß Philip Nugent nicht glaubt, er könnt sich mit uns rumtreiben, nur weil Joe einen Goldfisch von ihm angenommen hatte. Weil wenn er das tat, dann würd er aber ganz schön bitter enttäuscht werden. Ich und Joe hatten zu tun. Fährten suchen in den Bergen, Hütten bauen. Wenn Philip Nugent Manitu anbeten wollte, dann mußte er sich schon seine eigene Blutsbrüderclique zusammensuchen. Ihm zuliebe hab ich gehofft, daß er sich nicht etwa einbildet, er gehört jetzt zu uns. Aber das würde er schon nicht. Ich hab gewußt, Joe würde die Sache schon hinbiegen, und es würde keine Probleme geben. War schon gut, daß es Joe war, hab ich gedacht, statt jemand anders, der ihm einfach sagen würde, er soll abschieben, sobald ich wieder zu Haus aufkreuze. Dann würde es ihm was ausmachen. Aber so war Joe nun eben mal. Er würde ihm alles deutlich, aber sachte auseinandersetzen, damit er nicht gekränkt ist. Das konnte er gut, der Joe, der hat sich Zeit genommen und einem alles erklärt, so wie damals mir nach der Sache mit dem Hühnerhaus und all dem.

Die Hauptsache war, daß ich aus dieser Schweineschule rauskam, damit wir wieder in Aktion treten konnten. Als ich alles durchdacht hatte, hab ich mich leicht gefühlt wie eine Feder. Ich hab zu den Moormenschen hallo gesagt und so. Noch am Abend habe ich Joe geschrieben und ihm gesagt, daß von jetzt an alles anders wird. Mit Francie Brady würde es keinen Ärger mehr geben. Das war alles vorbei. Ich bin froh, daß er den Goldfisch von Philip angenommen hat, hab ich geschrieben, es hat doch keinen Sinn, einander spinnefeind zu sein. Von jetzt an können die Nugents hingehen, wo der Pfeffer wächst, hab ich geschrieben. Wir haben zuviel zu tun und zu viele Verstecke. Wenn ich ihnen auf der Straße begegne, werde ich sie grüßen und hallo sagen, aber das wär's auch schon. Von jetzt an kümmere ich mich um meine eigenen Angelegenheiten. Die Tage, wo Francie Brady mit der Nugent Ärger hatte und all so was, die sind vorbei. Futschikato. Tage voller Knatsch – alles vorbei, Joe, hab ich geschrieben.

Dann hab ich den Umschlag abgeleckt und zugeklebt. Ich hab gelächelt und ihn aufs Fensterbrett gelegt, um ihn frühmorgens einzuwerfen.

Doch sobald ich ihn hab sinken lassen, hab ich gedacht: *Aber was sollte das mit dem Goldfisch?* Warum nur mußte er ihn *annehmen*?

Mitten in der Nacht bin ich aufgewacht. Ich hatte von Mrs. Nugent geträumt. Sie war in der Spülküche und hat Scones gebakken. Das Haus hat nach Gebackenem geduftet. Sie hat von draußen gerufen: Mag jemand noch mehr Scones?

Ja, ich, sagt Philip, und dann sagt er: Wie steht's mit dir, Joseph?

Ich hab gespürt, wie mir das Blut aus dem Gesicht gewichen ist, als ich gesehen hab, wie Joe aufblickt. Er hat mit Philip Hausaufgaben gemacht. Er hat gelächelt und gesagt: Ja, bitte. Die schmecken aber wirklich großartig, Mrs. Nugent.

Danke, Joseph, hat Mrs. Nugent gerufen.

Das war das Ende von meinem Schlaf. Danach konnte ich nicht wieder einschlafen und mußte daran denken, was Philip zu Joe gesagt hat. Es war gar nicht mal, daß die über mich geredet hätten oder so. Das war ja das Komische. Im Traum haben die nicht mal gewußt, wer ich bin. Am nächsten Tag hab ich mir gesagt: Den Traum will ich aber nicht noch mal haben.

In den Nächten hab ich dagelegen und Pläne geschmiedet und Ränke für die Zeit, wenn ich wieder draußen wär. Es war schwer, irgendwas zu schmieden mit all den Moormenschen um mich rum. Sobald die Lichter ausgegangen sind: rrrccch rrrccch. Hört auf zu schnarchen, ihr Ärsche! wollte ich rufen, aber man konnte nie wissen, ob nicht Bubble mit seiner Taschenlampe unten lauert.

Ich würde ein Floß bauen, das wäre das allererste, und es den Fluß runtertreiben lassen. Einfach los – wer weiß, wo wir landen würden. Ein Baumhaus, wie wär's damit? Wär doch prima. Joe oben auf und ab, Wache schieben – peng! mit der Winchester. Krepiert, ihr Mistviecher von Krähen! Oben an der alten Bahnstrecke, da war ein Lagerhaus, da konnten wir unser Nazi-Hauptquartier aufschlagen. Wie mir diese ganzen Vorstellungen im Kopf rumgespukt sind, da hab ich genauso schlimm gesprüht wie die Funken im Kessel vom Heizkeller. Da bist du eben mal halb fertig mit einer Idee, da kommt schon gleich die nächste angejagt: Halt doch, ich bin die bessere Idee, was ist mit mir, sag die. Eins stand fest, es würde lange dauern, bis ich mich noch mal an Philip Nugent vergreifen würde. Jetzt war ich heilfroh, daß Joe den Goldfisch angenommen hatte. Damit war alles klar Schiff, und wir konnten wieder ganz von vorn anfangen. Philip konnte sein Leben führen und wir unseres. Die schönen Dinge im Leben – ich hatte mich getäuscht. Die bedeuten alles. Das war das einzige, was irgendwas bedeutet. Der Gedanke war mir eben gekommen. Ich bin eingeschlafen und hab geträumt, ich bin Schwebender Vogel und gleite hinweg über die schneebedeckten Wintergebirge.

Danach sind wir jeden Tag ins Moor, Bubble vorneweg, mit einem breiten fröhlichen Lächeln um die Lippen für die Leute aus der Stadt, die haben uns nachgegafft, als wären wir ohne Hosen durch die Straßen marschiert. Die Frauen haben geflüstert: Da ziehen sie hin, die armen Waisenkinder. Ich hatte nicht übel Lust, mich umzudrehen und zu rufen: Du Arschvotze, ich bin kein Waisenkind nicht, aber dann ist mir eingefallen, daß ich doch feste lernen muß, um am Jahresende das Francie-Brady-ist-kein-böser-Bub-mehr-Diplom zu kriegen. Da hab ich die Fresse gehalten und ihr statt dessen einen traurig-beschämten Blick zugeworfen. Sobald wir aufs flache Land gekommen sind, hat Bubble sich entspannt und hat angefangen, mit den Armen zu rudern und zu singen: *Michael Row the Boat Ashore*, und die Moormenschen haben gesungen: *Hal-le-luuu-ja!* und waren ganz begeistert, wenn sie Bubbles Blick auf sich gelenkt haben. Zu mir haben sie gesagt: Ist Vater So-und-so nicht ein Pfundskerl. Seinen richtigen Namen hab ich vergessen, aber sie haben von Bubble gesprochen. O ja, hab ich gesagt, ein ganz hervorragender Sänger. Ja, haben die Moosköpfe gesagt, in der ganzen Schule ist das mein Lieblingspriester. Dann sind sie abgedampft und haben versucht, sich nach vorn zu drängeln, um mit ihm zu reden. Aber Bubble war schon in Ordnung. Mir hat gefallen, wie er immer den Ärmel von seiner Soutane gepackt hat, wenn er ausgeschritten ist: *Hal-le-luuuuu-ja!* mit seinem Bauerngesicht, das war vom Wandern so rot wie ein rotbackiger Apfel. Wir haben den ganzen Tag Torf gestochen, und Bubble hat uns Geschichten aus der guten alten Zeit erzählt, als er noch jung war und die Engländer alle abgemurkst haben und die alten Leute Geschichten am Kamin erzählt haben und man sich glücklich schätzen durfte, wenn man eine Scheibe Sodabrot abkriegt, um die ganze Familie durchzufüttern. Aber ist uns das etwa schlecht bekommen? Da haben Sie recht, hat einer von den Moormenschen gesagt, abgemurkst zu werden ist noch keinem schlecht bekommen. Herrgottsack!

Aber nein, ich rede doch vom Sodabrot, sagt Bubble, hahaha. Es geht doch nichts über eine schöne dicke Scheibe Sodabrot. Hochwürden, hab ich gesagt, mir den Schweiß von der Stirn gewischt und ein paar Torfsoden auf den Haufen geschmissen. Er hat einen Moment gezögert und sich die Lippen geleckt. Er hat mich angeschaut, und sein Blick war ganz verschleiert. Von der die Butter läuft, sagt er. Sie sagen es, Hochwürden, hab ich gesagt und mich pfeifend wieder an die Arbeit gemacht. Ich konnte sehen, wie mir die Moormenschen böse Blicke zugeworfen haben, weil ich mit Bubble geredet hab. Ich hab ihnen zugelächelt. Wißt ihr, wozu so eine gute dicke Scheibe Sodabrot gut ist, wollte ich sagen. Na klar, haben sie gesagt. Damit so junge Burschen vom Land wie wir hübsch groß und stark werden? Nö, um sie in eure fetten Ärsche zu rammen, ihr Torfdeppen, wollte ich sagen. Hab ich aber nicht gesagt. Ich hab nur wieder gelächelt und so getan, als tät mir mein Kreuz weh. *Ach du meine Güte, meine Lieben*, hab ich gesagt, das ist aber ganz schön schwere Arbeit. Der Ausdruck in ihren Moorgesichtern! Die haben gar nicht gewußt, was sie sagen sollen. Eh, ja, haben sie gesagt, oder irgend so was. Als ob die vornehm tun könnten, diese dreckigen Torftrampel!

Eines Tages hat mich Bubble in sein Büro bestellt und zu mir gesagt: Freut mich, daß du dir Manieren angewöhnst.

Jawohl, Hochwürden, sag ich.

Da hat sich doch tatsächlich wieder sein Blick verschleiert. Er starrt aus dem Fenster und hält mir einen Vortrag über all die Jungens, die in der Schule durch seine Hände gegangen sind. Ich hab sie kommen und gehen sehen, sagt er, vom ersten Tag an, als ich hierher gekommen bin, selbst noch ein junger Kurat. Ich kann mich noch genau daran erinnern, Francis, es war ja alles so neu für mich. Dann fängt er eine andre Geschichte an: von Reifen, die am Tag von seiner Priesterweihe gebrannt haben, und von seiner Mutter, die vor Glück geweint hat. Ach ja, sagt er, schüttelt den Kopf und fängt schon wieder mit einer anderen Story an. Ach ja, aber von dem, was er da erzählt hat, hab ich kein Wort mitgekriegt. Ich war viel zu sehr damit beschäftigt, einem Nappo-Einwickelpapier zuzusehen, wie es im Wandelgang rumflattert. Ich hab bei mir gedacht: Hätt nichts dagegen, genau in diesem Augenblick meine Beißerchen in so ein Nappo zu schlagen. Mit einer halben Krone würden wir in den Laden gehen. Dreißig Nappos bitte. Eh? würde der Verkäufer sagen. Dann würden wir losziehen und würden kaum gehen können vor lauter Nappos und den ganzen Haufen auf einmal verschlingen, draußen am Bahndamm, ich und Joe. Lange Toffeefäden und einen Schokoladenbart auf dem ganzen Gesicht. Bubble hat von dem Typen geredet, der die Schule gegründet hat. Das ist sein Bild, hat er gesagt. Der hatte einen Schädel wie ein riesiger Ytong-Stein und Augenbrauen wie zwei Nacktschnecken, die versuchen, sich aufzurichten. Mit dem hätt ich mich nicht so gern auf eine Schlägerei eingelassen. Man hat sehen können, das war auch so ein Moormensch. Dann war der das also, der die Schule für Moormenschen mit knochigen Ärschen gegründet hat, hab ich gefragt. Von wegen. Als er mit seiner Ansprache fertig war, hat Bubble wieder gelächelt und gemeint: War schön, mit dir zu plaudern, Francie, mach nur weiter so. O ja, hab ich bei mir gedacht, mach ich bitte. Schließlich muß ich hier rauskommen mit diesem Francie-Brady-ist-kein-böser-Bub-mehr-Diplom, Hochwürden Bubble.

Danach haben sie mich zum Meßdiener gemacht. Das war vielleicht ein Heuler. Ich und Vater Sullivan in aller Herrgottsfrühe aufgestanden und in der Sakristei in diese gestärkten Klamotten geschlüpft – da sind einem ja die Eier abgefroren. Draußen war's pechduster und keine Menschenseele auf. Ich hab das Meßkännchen und den ganzen Zinnober getragen, und dann ging's los, ich und Vater Sullivan wie zwei große Gespenster den Korridor entlang zur Kapelle – raschel raschel. *Domine, exaudi orationem meam,* hat er gesagt mit ausgebreiteten Händen. Ich mußte sagen: *Et clamor meus ad te veniat.* Statt dessen hab ich gesagt: Et Scheiß Steiß Kotze Fotze. Aber das hat nichts gemacht, solange man nur irgendwas dahergemurmelt hat. Vater Sull hat sowieso nie zugehört. Es hat geheißen, der wär nicht ganz richtig, seit er auf Mission war. Ich weiß nicht, was passiert ist. Irgendwelche Eingeborenen haben ihn in einen Kochtopf gesteckt oder was, und seitdem ist er mit einer Visage rumgelaufen, weiß wie Haferbrei, hat kein Auge zugekriegt und ist nachts auf weichen Sohlen die Gängen entlanggewandelt. Das einzige, was man durchs Fenster gesehen hat, war dieses weißliche Gesicht, das herausgelugt hat.

Etwa um diese Zeit hab ich angefangen mit meinen langen Spaziergängen und heiligen Stimmen. Sagt Bubble zu mir: Was machst du denn da ganz allein auf diesen langen Spaziergängen zum unteren Feld?

Ich hab ihm erklärt: Ich glaub, die Muttergottes tut mit mir sprechen. In einem Buch hatte ich von diesem heiligen Italienerjungen gelesen. Der war draußen auf einem Feld und hat nach seinen Schafen gesehen, und da hört er doch als nächstes eine sanfte Stimme, die kommt von nirgendher: Du bist mein auserwählter Verkündiger, die Welt geht zu Ende und all so was. Einen Augenblick ist er ein italienischer Torfdepp mit nichts an als einem Mantel von seinem Vater, im nächsten ein berühmter Pfaffe, zieht rund um die Welt, schreibt Bücher, läßt sich in einer Sänfte rumtragen und sagt: Die Himmelskönigin hat mich auserkoren. Na, hab ich gedacht, du bist schon an der Reihe gewesen, Hochwürden Schafhirt. Schieb ab und laß mich mal ran. Hier kommt Francie Brady. Hallo, Muttergottes, sag ich. Na, Francis, sagt sie, wie steht's? Nicht schlecht, sag ich.

Gelobt sei der Herr, hat Bubble gesagt, und ich hab gedacht, der fährt mir auf der Stelle zum Himmel auf. Ich hab seinen Blick auf mir gespürt, wie ich zum unteren Feld geschwebt bin.

Zur Buße bin ich auf dem klitschigen Torf niedergekniet. Ich hab aufgeschaut, und da drüben auf dem Handballplatz, da war sie. Ich hab gar nicht gewußt, was ich zu ihr sagen soll: Ah, sind Sie's? oder: Hatten Sie eine angenehme Reise? oder was von der Art. Mir ist nichts eingefallen, da hab ich halt nichts gesagt. Die hatte vielleicht eine Stimme, die heilige Jungfrau Maria. Man konnte sich die ganze Nacht nicht satt hören. Das war wie alle sanftesten Frauen in der Welt zusammengemixt in einer riesengroßen Backschüssel, und am Ende kommt die Muttergottes dabei raus.

Um ihre perlweißen Hände hatte sie einen Rosenkranz gewunden, und sie hat gesagt, es hätt sie froh gestimmt, daß ich beschlossen hab, artig zu sein.

Ich hab gesagt: nichts leichter als das, Jungfrau Maria.

Ich hab Vater Sullivan davon erzählt, und der hat gesagt, ich hätte was sehr Kostbares erschlossen.

Am nächsten Tag hab ich mich mit noch welchen unterhalten, mit dem heiligen Joseph und dem Erzengel Gabriel und ein paar andern, deren Namen hab ich nicht gekannt. Je mehr, desto besser. Ich bin Vater Sullivans Buch durchgegangen und auf Dutzende von diesen Wichsern gestoßen. Den hl. Barnabas, die hl. Philomena. Auf dem unteren Feld hätten wir sechs Spiele gleichzeitig haben können, so viele hat's von denen gegeben.

Die Moormenschen haben vor Wut geschäumt. Ich versteh gar nicht, weshalb die ausgerechnet dir erscheinen muß, haben sie gesagt, was ist denn an dir so Besonderes?

Ich hab zu ihnen gesagt: Verpißt euch, glaubt ihr etwa, die hätte nichts Besseres zu tun, als einer Bande zurückgebliebener Dreckskerle wie euch zu erscheinen?

Es gab kaum was Schöneres als die alte Sakristei und die Kapelle am Morgen, das Gekräusel des Kerzenrauchs und das heimliche Echo der Kirchenbänke, all die Geräusche des Morgens, der noch nicht recht geboren ist.

Nicht lange danach ist Vater Tiddly an die Schule gekommen. Aber das war natürlich ein Scherz, denn der war ja schon die ganze

Zeit dagewesen. Ja – Vater Sullivan! Wir sind in der Sakristei gewesen, und wenn es etwas gegeben hat, was Vater Sull furchtbar gern gehört hat, dann waren das meine Schoten von den Heiligen auf dem unteren Feld. Aber es hat zwei Heilige gegeben, die hat er am meisten verehrt, und das waren die hl. Katharina und die hl. Theresia von den Rosen, die ist auf einer Wolke aus rosa Blumen vom Himmel runtergekommen. Jedesmal, wenn man die erwähnt hat, ist er ganz weinerlich geworden und hat die Hände zum Gebet gefaltet. Die waren gar nicht zum unteren Feld gekommen, aber andauernd hat er mich nach denen gefragt. Da hab ich mir ein paar Lügenmärchen über die ausdenken müssen und was sie mir so gesagt haben. Ich war gerade mittendrin in so einer Geschichte, als ich aufseh – und was macht der alte Sull da? Streicht der mir doch die Haare über den Augen zurück und fahrt mir mit seiner blassen, kalten Hand über die Stirn. Sieh nur, sagt er, mein Ministrant. *Introibo ad altare Dei*, sag ich, ich weiß nicht, wieso, und als nächstes hat Sull mir doch wahrhaftig einen sabbernassen dicken Kuß genau auf den Mund gedrückt. Dann sagt er: Ach, bitte, erzähl mir doch noch einmal die Geschichte von der hl. Theresia von den Rosen. Das hab ich denn getan, von den Blütenblättern, die vom Himmel gefallen sind, und von dem Parfümduft. Wonach hat das Parfüm geduftet, hat er in einem fort gefragt. Beinah hätte ich gesagt: Also, Hochwürden, wollen Sie nun, daß ich die Geschichte erzähle oder nicht, denn wenn Sie's wollen, dann unterbrechen Sie mich bitte nicht andauernd! Hab ich aber nicht, bei Vater Tiddly konnte man nämlich nie wissen. Womöglich hätte er noch zu weinen angefangen oder so. Wie ich ihm die Geschichte erzählt hab, sind ihm Schweißperlen auf die Stirn getreten, so groß wie Beeren, und als alles vorbei war, da hat er gebrummelt und gefummelt – hierherum und daherum und nirgendwoherum, alles zur gleichen Zeit. Erst beim dritten- oder viertenmal, wie ich die Geschichte von den Rosen erzählt hab, hat er angefangen mit der Tiddly-Show. Mir ist es wie ein Mordsspaß vorgekommen von wegen all den Preisen, die man dabei gewinnen konnte. Dir fehlt doch nichts, Francis, hat er dann gesagt. Oh, mir geht's prima, Hochwürden, und keusch die Augen niedergeschlagen wie die Muttergottes. Setz dich hierher, hat er gesagt und sich aufs Knie getätschelt. Ich also drauf. Und was tut Tiddly da, holt einfach seinen Pimmel raus und fängt an, ihn zu rubbeln, auf und ab, und läßt mich auf den Knien wippen. Dann erzittert sein ganzer Körper und beugt sich weg – ich denke schon, gleich zerbricht der mir noch in zwei Hälften. Da wär ich aber ganz schön verratzt gewesen, wenn er das getan hätt. Was hätte Bubble dazu gesagt? Was geht denn hier vor? Wieso liegt eine Hälfte von Vater Sullivan drüben beim Bücherregal, und die andere Hälfte sitzt noch im Stuhl? Haben etwa Sie etwas damit zu tun, Mr. Brady? Wieder ganz der alte, was? Hätte ich mir doch denken können! Aber glücklicherweise ist es nicht so weit gekommen. Tiddly ist einfach zerknittert wie eine Papiertüte, hat dagelegen, die Hände über die Augen geschlagen und gesagt: nein. Ich hab ihm gesagt, er soll sich nicht den Kopf zerbrechen, aber er hat einfach nicht hinter diesen Händen hervorkommen wollen. Schluchz schluchz, hat der alte Sull, ich meine Tiddly, gemacht. Während ich drauf gewartet hab, daß er rauskommt, hab ich ein Buch gelesen. Ein- oder zweimal hab ich ihn dabei ertappt, wie er durch die Gitterstäbe seiner Finger geblinzelt hat, aber da war er auch schon wieder weg. Das war vielleicht ein Buch! Da wandert doch dieser Typ, unter dem Mantel mit Ketten gefesselt, durch die Straßen von Dublin und sagt: Jesus, ich bereue all die vielen schlimmen Dinger, die ich verbrochen hab. Matt Talbot, so hat er geheißen. Hat der vielleicht Dinger gedreht in dem Buch! Geht er zum Schlachter und kauft sich einen Brathering. Kocht ihn im Pott. Und was macht er dann? Setzt er den Fisch doch seiner Katze vor und trinkt selber das Wasser – nur wegen seinen Sünden von früher! Was für ein Blödmann! Für die Holzarbeiter in der Kneipe hat er immer eine Lage geschmissen. He, da kommt Talbot, haben die gesagt, jetzt läßt er ein paar Bierchen springen. Tatsächlich rückt Matt mit einer Runde für alle heraus. Bist ein dufter Kumpel, Matt, sagten sie, ein prima Kerl. Dann hat der Kapo zu Matt gesagt: Zieh ab, Talbot, es gibt keine Arbeit mehr für dich auf dem Stapelplatz. Armer alter Matt. Geht er in die Kneipe, da sitzt alles und säuft. Wer spendiert mir denn mal ein Bierchen, sagt Matt. Nöö, tut mir leid, hab keinen Penny. Tut uns leid, Matt, haben sie alle gesagt. Da ist der arme alte Matt in den Regen rausgeschlichen und dann zurück in seine alte Bruchbude, nur er und seine Katze, und hatten keinen roten Heller. Ich weiß, was ich tu, sagt er. Ich werd auf den Dielen schlafen und Ketten tragen. Dann wird Gott mir meine Sauferei und die ganzen Schlechtigkeiten verzeihen. Ja, Gott? Aber klar doch, sagt Gott, solange die Dielen nur hübsch hart sind. Also raus mit den Dielen und die Ketten angelegt, und schon geht Matt durch die regennassen Straßen, bis er eines Tages tot zusammenbricht, und wer findet ihn? Die Nonnen. Igitt, Schwester! Sehen Sie nur, da liegt ein Mann, ein heiliger Märtyrer, ganz in Ketten! Ich muß gerade darüber kichern, als Tiddly sagt: Herr im Himmel, es tut mir leid, Francis. Ich sag: Ist schon in Ordnung, haben Sie mal ein paar Kippen? Ich nehme an, wenn ich gesagt hätte: Sie sollten sich was schämen, wär Tiddly auf der Stelle zur Dachluke rausgeklettert und hätt sich vom Dach gestürzt. So hab ich nichts weiter gesagt und nur dagesessen, Kippen geraucht und über Matt und die ganzen Heiligen nachgelesen, und mein Pimmel hat an meinem Schenkel vor sich hin gedöst. Der selige Oliver Plunkett! Gevierteilt! Herrgottsack!

Du bist mein allerbravstes Mädelchen, sagt Tiddly und geht sabbelnd zu seinem Schreibtisch.

Er hat gesagt, die schönen Dinge von der Welt kann er in meinen Augen leuchten sehen.

Ach, sind die da drin, hab ich gesagt. Ich hab ihm von den Kindern auf dem Weg und vom apfelsinenfarbenen Himmel erzählt. Ich hätt das Maul halten sollen von denen. Ich war erst zur Hälfte fertig, und als ich aufgeschaut hab, da strömen ihm doch die Tränen übers Gesicht. Immer wieder hat er mir die Hand geküßt. Erzähl doch noch mal, erzähl mir noch mal von denen – bitte, Francis! Ich dachte, seine Augen würden ihm noch ganz rausfallen – plop! auf den Teppich. Verdammte Scheiße, was sollen wir denn jetzt tun – wenn Bubble die findet!

Er hat mir drei Kippen gegeben, denn mehr hat er nicht gehabt. Ich hab gewußt, der hätte mir alle Kippen in Carroll's Fabrik geschenkt, wenn er sie gehabt hätte. Wie der einen angesehen hat, der olle Tiddly mit seinem großen, traurigen Schnörkel von einem Mund. Er war wie der Kojote, nachdem der Road Runner ihn plattgewalzt hat.

Aber so platt war er gar nicht. Er hat Bubble gesagt, er wär fast hundert Prozent sicher, daß ich eine innere Berufung zum Priesteramt hab, und er würd mich betreuen. Bubble war ganz aus dem Häuschen. Im Wandelgang hat er mich angehalten und gesagt: Schau dir den heiligen Augustinus an!

Ja, Hochwürden, hab ich gesagt und den Kopf gesenkt. Ja, Hochwürden, hab ich leise gesagt, wer immer der heilige Augustinus war. Über den stand in meinem Heiligenbuch nichts. Wenn Gott dich ruft, ist es deine Pflicht, dich nicht zu fürchten. Vergiß nicht, daß wir stets hier sind. Dazu sind wir Priester schließlich da. Wir sind keine Scheusale, Francis! Ja, Hochwürden, hab ich gesagt, das weiß ich. Ich hab gespürt, wie er mir nachgestarrt und zufrieden vor sich hin geschnurrt hat, wie ich auf das untere Feld zugesteuert bin. Ich wollte mit den Heiligen reden, eine Kippe rauchen und mir die Rolo-Packung reinhauen, die Tiddly mir gegeben hat.

Das nächste Mal hat er angefangen, mir was ins Ohr zu hauchen. Er hat gesagt, ich tät riechen wie die Rosen der hl. Theresia, und er würd mir so viele Rolos geben, wie ich nur will – wenn ich ihm das Ärgste verrate, was ich je getan hab. Ich hab ihm was von der Stadt erzählt, aber er hat dauernd gesagt: nein, nein, viel ärger als das, und ich hab gemerkt, wie seine Hand unter mir gezittert hat. Egalweg, was ich gesagt hab, es war ihm immer noch nicht arg genug. Nein, sagt er, du mußt doch noch was Schlimmeres angestellt haben – etwas, worüber du dich so schämst, daß in der ganzen weiten Welt keiner davon wissen darf. Ich hab ihm gesagt, er soll damit aufhören. Ich wollte nicht, daß er weitermacht, ich wollte nicht, daß er immer wieder davon anfängt. Aber er wollte partout nicht aufhören. Ich konnte ihn kaum hören, aber er hat immer wieder gesagt: etwas, was du dir nie verzeihen wirst, etwas ganz Furchtbares, Francis, etwas Furchtbares, bitte, so sag's mir doch. Ich hab gesagt: Hören Sie auf damit! Aber er wollte nicht, und da hab ich wieder Ma gehört: Es war nicht deine Schuld, Francie, ich hab ihn am Handgelenk gepackt, ich hab ihn einfach geklammert und meine Zähne in sein Fleisch geschlagen. Er ist blaß geworden und hat gerufen: nein, Francie! Ich hab gesagt: *Hören Sie auf, sagen Sie das nie wieder!*

Danach wollte ich nicht mehr in seine Nähe. Ich wollte ihn nie wieder sehen mit seinem Geruch und seinem Gehechel und seinen furchtbaren Sachen. Aber der Biß hat bewirkt, daß Tiddly nur noch verrückter nach mir war als eh schon. Er hat mich in seinem Wagen in ein Café ausgeführt und gesagt: Ich liebe dich.

Schon gut, Tiddly, sag ich, aber nie wieder irgendwelche Fragen. Ja sicher, Francis, sagt er, was immer du willst.

Eines Tages ist Pa in seinem Mantel wie Al Capone die Auffahrt raufgekommen. Ich hab ihm angesehen, daß der Anblick des Heims ihm einen heiligen Schrecken eingejagt hat. Es hat ihn an die Schweineschule in Belfast erinnert. In der Manteltasche hat er eine halbe Flasche Jameson's Whiskey gehabt. Ich hab den Flaschenhals rausragen sehen. Die Augen in seinem Kopf wollten nicht stillhalten, andauernd sind sie herumgehuscht. Ich hab gewußt, das waren die Pfaffen, die auf ihn runtergeschaut haben. Die haben ihm gesagt: Nun denn, Herr Schwein, sind *Sie* wieder da? Ich dachte, wir wären Sie schon vor vierzig Jahren losgeworden!

Genau das haben sie zu ihm gesagt, und er hat den Blick gesenkt und in seine Tasche gegriffen, um sich an der Whiskeyflasche festzuhalten. Hilflos hat er sie hervorgezogen wie eine Kinderrassel. Im Empfangssaal hat's nach Bohnerwachs gerochen, und es ist da ein großer Eichentisch gestanden mit kurzen dicken Beinen wie ein hölzerner Elefant. Bubble ist reingekommen, und den Whiskey hat er gerade noch rechtzeitig verstecken können. Die weichen Hände über den Bauch gefaltet, ist Bubble lächelnd neben mir gestanden und hat auf mich herabgeschaut mit diesem blödsinnigen Gesicht, das hat er immer gemacht, wenn Eltern oder Polizisten oder so jemand vorbeigekommen ist. Halb Pfaffe, halb Kuh. Ah. Ah, der macht sich prima, hat er gesagt, obwohl ihn gar keiner gefragt hat. Das einzige, worum Pa sich Sorgen gemacht hat, war, daß ihn niemand mit dem Whiskey erwischt, ihn rausschmeißt in die Lorbeerbüsche und ihm sagt, er soll sich nicht mehr blicken lassen. Jeden Morgen um sieben aus den Federn zum Meßdienst, gibt nie eine freche Antwort, oh, der macht uns allen Ehre, Mr. Brady. Dann hat er die Stimme gesenkt und gesagt: Wissen Sie, Mr. Brady, ich hab sie kommen und gehen sehen, und dann hat er wieder salbadert. Ich hab mich ans Fenster gestellt und zugesehen, wie die Kackarschbrigade im Kreis rumgelaufen ist. Auf der Torlatte hat eine Krähe gehockt und auf der aufgewühlten Rasenfläche des Spielfelds Ausschau nach Würmern gehalten. Irgendwo hat ein Radio geplärrt. *See the pyramids along the Nile,* weht der Song herüber, *watch the sun rise on a tropic isle*. Ich bin dagestanden auf dem sonnenheißen Sand, hab zu den Pyramiden aufgeschaut und gedacht, wie klein ich doch bin. Da hab ich leise die Tür zuklicken hören, wie an dem Abend, wo Alo weggegangen ist, und das Zimmer schien auf das Dreifache seiner normalen Größe anzuschwellen. Er hat sich wieder an dem Whiskey zu schaffen gemacht. Anscheinend hat's ihm nicht mal mehr was ausgemacht, ob noch jemand im Raum ist oder nicht. Er ist der Fährte seiner Worte gefolgt, als hätte er gar keine Vorstellung, wohin sie ihn führt, und hat nur hin und wieder eine Pause eingelegt, um die Whiskeyflasche an den Mund zu setzen. Vor vielen Jahren hat's mal eine Busfahrt ins Seebad Bundoran im County Donegal gegeben. Der Krieg war zu Ende, und alle waren froh gestimmt. Jedesmal, wenn der Bus einen Hügel runtergefahren ist, wurde gejubelt und geklatscht und gesungen. Sie war zufällig gegen seine Schulter gesunken. Ach du liebe Güte, haben sie gerufen, nun schaut euch das an!

Eine Kamera hat geklickt. Wir werden zum Gespött der Leute, hat Ma gerufen, aber Pa hat einfach seinen Arm um sie gelegt.

Am Strand haben sie Händchen gehalten und von der Blaskapelle gesprochen, die hatte er in der Stadt gegründet, und über ein Buch, das er gerade gelesen hat, eine Lebensbeschreibung von Michael Collins, dem Helden der Revolution. Ach, von so was versteh ich nichts, hat Ma gesagt. Ich weiß gar nicht, wo du den Grips her hast, hat sie gelacht. An dem Tag hat's keinen Krach gegeben, keinen Whiskey, kein gar nichts. Danach haben sie sich noch dreimal in derselben Stadt getroffen, sind durch das bunte Treiben des Volksfests spaziert zu einer Fremdenpension namens Über den Wogen. Da hat's abends Musik gegeben. Die haben ihn aufgefordert zu singen, und was war sie stolz, wie er die Augen schließt und seine Interpretation von *I dreamt that I dwelt in marble halls* zum besten gibt! Die haben uns alle gekannt, hat er gesagt. Die Wirtin jeden Abend: Ob wir wohl Mr. Brady überreden können, uns noch mal ein Ständchen darzubringen? Das hat sie immer gesagt. *Sie sind meine ganz besonderen Gäste! Die Turteltauben! Benny und Annie Brady!* Unter dem Schlafzimmerfenster das schweigende Meer – und Ma, ich konnte sie sehen, wie sie mit ihm auf dem Bett gelegen hat, aber das war eine ganz andere Frau, das war eine Vorahnung davon, was Ma hätte sein können. Ich weiß nicht, was ich empfunden hab, wie er so dahergeredet hat. Ein Teil von mir wollte sich gegen ihn auflehnen und sagen: Was nutzt das denn jetzt noch? Warum hast du das nicht in all den Nächten gesagt, wo du vor ihr auf den Knien gelegen hast mit deinem Gerede: «Möge der Fluch Gottes heut abend auf dich kommen, du nichtsnutzige Schlampe!» Mehr hast du doch nie von dir gegeben! Aber was auch immer ich sagen wollte, es ist mir auf den Lippen erstorben, denn wie's auch gekommen ist, jetzt hatte es den Anschein, als ob das schwabbelige Fleisch irgendwie von seinen Knochen schmilzt, unsichtbar von ihm abfällt, während er gesprochen hat. Er war gar nicht im Zimmer, da waren keine knorrigen Pfaffen mehr, die auf ihn herabgestarrt haben. Er hat nur noch sie gesehen, wie sie am Saum des Wassers gestanden ist, als er sie gerufen hat, und seine Stimme hat durch die Jahre gehallt und durch die salzige Brise: *Annie, Annie!* Und hernach auf der Strandpromenade hat er sie in seinen Armen gehalten und zu ihr gesagt: Bist du gewillt, bis ans Ende deiner Tage von Kartoffeln und Salz zu leben? Und was tut Ma? Sie wirft ihr gewelltes Haar zurück und lacht: Ist das alles, was du einem gutaussehenden Mädchen wie mir zu bieten hast, Benny Brady?

Dann sind beide auf den Felsen niedergekniet und haben zusammen den Rosenkranz gebetet, und ich frage mich, wie es je dazu kommen konnte, zu diesem Augenblick mit seinem halbgehört verhallenden Gebeten und dem Volksfest, das in der Ferne getobt hat, mit den Wellen, die ans Ufer plätschern, und Pa, der an den Perlen herumfingert und ihr sehnsuchtsvoll in die Augen sieht, genau wie jetzt. Wie wir so dagestanden sind in der leeren, verlorenen Stille des riesigen Zimmers, konnte man fast das Wispern des todesdumpfen Nachmittags hören.

Halt's Maul, hab ich gesagt, halt doch endlich den Rand, etwas ist in mir aufgestiegen, und ich wollte es hinter mich bringen. Sie war eine brave Frau, deine Mutter, hat er gesagt und angefangen zu sabbeln. Es ist nicht immer so gewesen, du wirst nie erfahren, wie sehr ich diese Frau geliebt hab. Ich hab mir eingebildet, daß ein paar von den Kackärschen ans Fenster gekommen sind, um zu glotzen, und hab ihm noch mal gesagt, er soll's Maul halten, das alles nutzt jetzt nichts mehr, nichts davon. Er hat gesagt, so darf ich mit ihm nicht reden, er hätte immer noch seine Würde. Ich hab mich hingekniet, wie er das früher getan hat, wenn er nach einem Besäufnis nach Haus getorkelt gekommen ist, mit erhobener Faust und zugekniffenem Auge: Möge der Fluch Gottes heut abend auf dich kommen, du Schlampe, wie bitter ist mir der Tag, als ich dich in Derry aus dieser Bruchbude von einem Geschäft geholt hab. Er hat gesagt, kein Sohn darf seinem Vater so was sagen. Jedesmal, wenn ich an sie gedacht hab, wie sie da am Rand des Wassers gestanden sind, hab ich ihm noch schlimmere Sachen an den Kopf geworfen, und am Ende hat er geweint. Ich bin gekommen, dich zu besuchen, mein Sohn, hat er gesagt, wenn du doch nur wüßtest. Ich hab gesagt: Du hast keinen Sohn mehr, du hast Ma in die Irrenanstalt gesteckt. Vielleicht bin ich ohne Sohn besser dran, wie kannst du dich noch Sohn nennen nach allem, was du getan hast? Was getan hab, was getan hab? Ich hab ihn am Mantelkragen gekrallt, und an seinen Augen hab ich gemerkt, daß er Angst vor mir hat, so wie ich ihn angesehen hab. *Was hab ich getan?* Es ist ihm schwergefallen, es zu sagen. Ich konnte ihn kaum hören. Ich habe dich geliebt, wie kein Vater seinen Sohn geliebt hat, Francie, das hat er mir gesagt. Es wär besser gewesen, er hätte ausgeholt, um mich zu schlagen. Ich hab den Kragen losgelassen und ihm den Rücken zugekehrt: Zisch ab, hab ich gesagt, zisch ab. Und ich hab gewußt, ich war lange allein, bevor ich Bubbles leises Lispeln gehört hab: Na, Francis, war das nicht eine schöne Überraschung?

Raschel raschel – sind wir zusammen über den Hof gegangen. Hab gar nicht gewußt, daß dein Vater Musiker ist, sagt Bubble. Aber ja doch, Hochwürden, sag ich, er hat doch daheim die Blaskapelle gegründet, und keiner spielt besser Trompete als er. Wirklich, sagt Bubble, ist das nicht wunderbar? Ja, die Kapelle hat er kurz nach der Hochzeit gegründet. So? fragt Bubble, ganz Ohr. Ja, sag ich, es hat da so eine Pension namens Über den Wogen gegeben, da haben sie ihre Flitterwochen verbracht. Sie haben immer davon gesprochen, sie würden gern mal wieder hin, aber geschafft haben sie's nie. Da hat jeder sie gekannt, sämtliche Gäste. Abends hat er immer für sie gesungen. Schade, daß sie nie mehr hingekommen sind. Vielleicht schaffen sie's ja doch noch mal, Francis, sagt er, sie haben ja noch so viel Zeit. Ja, das haben sie, sag ich, es kommt nicht oft vor, daß man ein singendes Skelett sieht, die werden auf dem Kopf stehen vor Begeisterung.

Tiddly hat gesagt, wäre das nicht reizend, wenn wir heiraten könnten. Ich hab gesagt, das wäre toll. Ich könnte dir Blumen kaufen und Pralinen, und du hättest das Abendessen für mich bereitstehen, wenn ich nach Hause komme, hat er gesagt. Haha, hab ich gekichert wie ein Mädchen. Das hat ihm vielleicht gefallen! Kleines Fräulein Schneeglöckchen, hab ich gesagt, Königin aller schönen Dinge in der Welt! Und das hätte ihm fast den Verstand geraubt! Der Schweiß ist ihm nur so von der Stirn gehüpft. Flupsch, rein mit den Rolos!

Eines Tages bin ich unten im Kesselhaus gewesen und hab mir den Funkenzirkus angesehen, der hat eine regelrechte Vorstellung gegeben im großen Heizkessel. Ich hab eine Park Drive gepafft, die hat Tiddly mir vermacht. Da hab ich eine Stimme gehört: *Ich weiß doch, daß du da drin bist, mich kannst du nicht anschmieren!* Denk bloß nicht, daß ich Angst vor dir hätte, Brady, Meister des Kopfballs! Dich nehm ich mir vor! Ich bin der richtige Mann dafür! Deine Mätzchen hab ich gern! Los, raus! Raus mit dir, du falscher Fuffziger!

Ich hab das Schlüsselklirren gehört, aber als ich aufgeblickt hab, war's bloß der Gärtner. Der hat eine große Kartoffelgabel auf mich gerichtet und wild mit den Augen gerollt: Hab ich dich jetzt, Früchtchen, was werden wohl die Priester dazu sagen?

Ich bin blaß geworden und hab gesagt: Na, da hab ich wohl verschissen, aber da fängt er doch an zu kichern, schließt die Türen zu und sagt: Gib mir mal Feuer. Scheißhimmelsflieger, was scheren mich die! Hat einer von denen jemals was getaugt? Die würden dir nicht mal den Dampf von ihrer Pisse abgeben. Er hat gesagt, seit neunzehnvierzig wären sie ihm fünf Schilling schuldig. Plötzlich hat das ganze Kesselhaus nach Unkraut und Dünger gestunken. Wir sind dagestanden und haben uns den Funkenzirkus hinter der kleinen Klappe des Heizkessels angeschaut. Der Gärtner hatte auch so einen Anflug von Torfdepp. Hetze, hat er's genannt. Was für eine riesige Hetze von dem Kessel, hat er gesagt. Oh, sag ich, was für eine mächtige Hetze! Eine ganz schön mächtige Hetze!

Sagt dieser Himmelsflieger doch zu mir: Ich fürchte, Sie haben diesen Grasstreifen übersehen. Ich hatte die Gartenschere schon in der Hand. Hatte ich wirklich! Hatte der vielleicht ein Glück an dem Tag, kann ich dir sagen! Um ein Haar hätte er eins mit der Schere abgekriegt! sagt er und zeigt mir ein Stück von seinem Daumen, eingeklemmt zwischen den Fingern.

Er hat an seinem Zigarettenstummel rumgekaut. Und das mir, hat er gesagt, der ich für dieses Land gekämpft habe. O ja, sagt er, ich bin beim Osteraufstand im Hauptpostamt dabeigewesen. Das einzige, was mich am Hauptpostamt interessiert hat, war Michael Collins, und das auch nur, weil Pa ein Buch über ihn gelesen hat, als sie in Bundoran waren. Sag ich zu ihm: Sind Sie da Michael Collins begegnet? Der hätte fast einen Schlag weggekriegt: Ob ich ihm *begegnet* bin? *Übernachtet* hat er bei uns!

Er hat mich angestarrt mit hüpfenden Augen und die Asche von der Kippe geschnippt. Ich hab gesagt, Pa hätte ihn gekannt. O ja, aber nicht so wie ich, oho, und wie ich ihn gekannt hab, hat er gesagt, ist in die Hocke gegangen und hat mir in die Augen geblickt. Du glaubst mir wohl nicht? hat er gesagt und mir einen Knuff in den Arm gegeben, daß ich fast ins Feuer gefallen wär. Doch, ich glaub Ihnen, sag ich. *Hättest du mal sehen sollen, was für Mengen Speck und Blutwurst der Mann verdrückt hat,* sagt er, *kein Wunder, daß das ein prima Soldat war!*

Dann hat er sich zurückgelehnt und die Arme verschränkt, und im Mundwinkel hat ihm die Kippe gehangen. Er hat mit dem Fuß geklopft und drauf gewartet, daß ich was sage. Ich hab mir nach Bauernart kräftig mitten in die Hand gespuckt. Allmächtiger! hab ich gesagt, das können nicht viele von sich behaupten. Bei Ihnen übernachtet!? Er hat mich angeguckt, stolz wie ein Köter mit zwei Pimmeln.

Das kannst du wohl sagen, hat er gemeint und zufrieden an seiner Kippe gezogen.

Und ich will dir noch was verraten, hat er gesagt – ich war einer der besten Schützen, die er je gesehen hat.

Sapperlot! hab ich mit offenem Mund gesagt.

Da kannst du mal sehen, hat er gesagt und ein Auge zugekniffen: Aber kein Sterbenswörtchen davon. Das würde den Arschlöchern gar nicht gefallen.

Als er damit fertig war, Crossley Tender in die Luft zu jagen und die Hilfspolizisten von den *Black and Tans* abzuknallen, war's schon fast dunkel.

Das rote Auge der Zigarette hat geglüht, wie er durch die rosa Klaue seiner lehmverkrusteten Finger daran gezogen hat.

Ich treff dich morgen wieder hier, sagt er, und ich frag mich schon, ob er etwa auch so ein Tiddly ist. Aber ich hab gewußt, das war er nicht. Der wollte bloß so einen *Black and Tan* auf dem Schoß haben, daß er ihm eine Kugel durch den Kopf jagen kann. Jesses, schreit er, da ist der Pfaffe, duck dich, duck dich, und beide sind wir in Deckung gegangen. Als ich ihn angesehen hab, hat er die Arme um den Kopf gelegt wie eine Krake. Aber man hat nur gehört: Murmel murmel – o ja, in der Tat, und das Knarren der Ledersohlen, wie sie vorbeigegangen sind. O ja, hab ich sie sagen hören, *im Grafschaftsfinale hat er wirklich bewiesen, was er kann!* Die Luft ist rein, sagt ich, sie sind weg. Diese Korinthenkakker, sagt er und lugt durch einen Spalt in der Tür: Wenn sie mich hier drin erwischen, bin ich die längste Zeit Gärtner gewesen!

So lief das also. Ob ich nun Tiddlys Frau war oder für den Gärtner ein Auge auf die *Black and Tans* hatte – in der ollen Schweineschule bin ich ganz gut zurechtgekommen, aber natürlich mußte Tiddly, dieser Scheißer, unbedingt alles verderben – oder etwa nicht?

Setz dich her zu mir, sagt er und nimmt mich aufs Knie. Ach, sagt er, was bist du bildhübsch. Haha, sag ich auf die Art, die er mag, und er sagt: Das wirst du nie erraten, was ich hier für dich hab.

Ich hab den Finger in den Mund gesteckt und schelmisch die Augen verdreht.

Rat mal, sagt er. Nun rat schon.

Was Süßes, sag ich.

Nein, nichts Süßes.

Ein Buch, sag ich, es ist ein Buch.

Nein, sagt er, es ist kein Buch.

Ich hab's mit allem Möglichen versucht, aber nichts davon hat gestimmt. Ich hörte Tiddly hinter dem großen Lehnsessel herumstöbern und Paketpapier knistern. Seine Finger waren ganz fahrig, wie er an dem Bindfaden herumnestelt und versucht ihn aufzuknoten.

Lassen Sie mich mal, sag ich.

Oh, sagt Tiddly.

Tiddlys Augen waren so groß wie Marmeladenglasdeckel. Ich bin in Verzückung geraten.

O Hochwürden, wie hübsch!

Es war eine Damenhaube mit einem langen weißen Band, das baumelte herab.

Ich hätte mich fast kringelig gelacht, aber das hätte dem armen alten Tiddly gar nicht gefallen. Wie er sich auf die Haut von seinem Mund gebissen hat! O Francis.

Was meinen Sie, hab ich gesagt, das Ding aufgesetzt und vor dem Spiegel für ihn eine Drehung vollführt. Ich bin durchs Zimmer gekreiselt, und Tiddly wurde so schwach zumute, daß er sich auf die Sessellehne stützen mußte.

Oh, wie finden Sie mich – ah, wie hübsch ich bin – ah! sag ich.

Seine Unterlippe hat gebebt. Setz dich jetzt zu mir, sagt er, und ich setz mich auf seinen Schoß. Er schlingt die Arme um mich: Du kannst dir gar nicht vorstellen, wie sehr ich dich liebe, Francis, sagt er, nachts träume ich sogar von dir. Ich will alles über dich wissen. Zehn Rolos, sag ich. Erzähl mir alles von dir. Ich erzähle ihm einen Haufen Lügen, versetzt mit was Wahrem. Das war zum Kugeln, alles über das Fußballspiel und die Stadt und den betrunkenen Burschen und alles, was vor sich ging. Aber das alles wollte er gar nicht wissen. Jaja, sagt er, aber ich will etwas über *dich* wissen, Francis. Ich wette, du wohnst in einem schönen Haus, ja? Wohnst du in einem schönen Haus?

Er hat mir ein breites Onkellächeln geschenkt, und zum erstenmal hab ich bei mir gedacht: Ich mag dich nicht mehr, Tiddly.

Er hat nach dem Band von der Haube gelangt und die Augen zusammengekniffen. Nun mach schon, sagt er, mir kannst du's ruhig sagen. Ich wollte ihm gar nichts sagen, aber er hat mir richtig zugesetzt: Nun mach, nun mach, und all so was. Ich hab ihm erzählt, daß wir schwarzweiße Kacheln in der Spülküche hätten und einen 23-Zoll-Fernseher. Aber das war ihm nicht genug, er hat keine Ruhe gegeben. Je mehr er mich zum Sprechen gebracht hat, desto mehr bin ich rot geworden. Jetzt hatte ich schon so viel gesagt, daß ich nicht mehr zurückkonnte. Ich konnte ihm doch nicht gut sagen, daß ich ihm gar nicht von unserm Haus erzählt hab, sondern von den Nugents ihrem. Ich mußte weitermachen. Wenn er aufgehört hätte, wär vielleicht alles in Ordnung gewesen. Hat er aber nicht, er hat mich mehr und mehr zum Sprechen gebracht. Und genau das wollte Mrs. Nugent. Ich hab sie dastehen sehen unter einem Baum auf dem Weg hinter den Häusern, nicht weit vor meiner und Joes Pfütze. Ma kam auf den Hof, um die Wäsche reinzuholen. Als Mrs. Nugent sie gesehen hat, hat sie durch ihre dünnen Lippen gelächelt. Dann ist sie zu ihr gegangen und hat sich über die Mauer gelehnt. Ma ist mit dem Wäschestapel unterm Arm gestolpert. Sie hat Ma bloß weiter angelächelt. Mit den Augen hat sie gesagt: Ich spreche, wenn ich soweit bin.

Und als sie soweit gewesen ist, hat sie gesagt: Wissen Sie, was er getan hat? Er hat mich gebeten, seine Mutter zu sein. Er hat gesagt, er würde alles dafür geben, keine Sau zu sein. Das hat er Ihnen angetan, Mrs. Brady. Deswegen ist er in unser Haus gekommen. Ich bin wieder an ihrer Brust erstickt, lauwarm in meinem Hals. Ich glaube, zuerst hab ich ihn geschlagen, er hat mich losgelassen, und ich hab ihn schreien hören: *Tu mir nicht weh, Francie, ich liebe dich doch!*

Auf seinem Schreibtisch hat ein Brieföffner gelegen, ich hatte ihn schon oft dort gesehen. Ich hab danach getastet und versucht, ihn damit zu stechen, bin aber nicht an ihn rangekommen. Ich hab nur gehört: *Bitte, bitte, ich liebe dich! – Leg das hin!* hab ich gehört, ich war mir nicht sicher, wer das war. Ich glaub, es war Bubble und noch jemand, ich konnte ihre Gesichter nicht richtig erkennen. Mir war schwindlig – das einzige, was ich gesehen hab, war Ma, die hat gelächelt und immer wieder zu mir gesagt: Sorg dich nicht, Francie. Egalweg, was sie über dich sagt, ich werd es ihr nie glauben, ich werd dich niemals verleugnen, niemals, niemals. So wie ich dich, Ma, hab ich gesagt. *Nein, mein Sohn, nein!* hat sie gesagt. Ich hab gesagt: Es ist aber wahr, Ma. Nein, hat sie gesagt, aber es war so und würde immer so sein – egal, was ich tat.

Eine geröstete Sau im Dunkeln – das war ich, wie ich aufgewacht bin. Die hatten mich ins Kesselhaus gesperrt. Draußen hörte ich jemand tuscheln. Ich hab eine Weile gebraucht, bis ich's verstehen konnte. *Du bist mir ja ein ganz Schlimmer. Die mußten dich zu viert festhalten. Ich höre, das war so, wie wenn man versucht, ein Wiesel zu bändigen. Hörst du mich, he? Den Arschgeigen hast du's aber gezeigt! Hihi!*

Die Zirkusfunken, die haben mir eine Vorstellung gegeben. Schau her, Francie, haben sie gesagt, aber ich konnte sie nicht richtig sehen. Die müssen mir wohl eine Spritze verpaßt haben. Erst sind Joe und ich auf dem Weg gestanden und wollten gerade die Murmel werfen, da ist Bubble vorbeigeschwebt wie ein schwarzer Fallschirm im Wind. Ich konnte die Musik vom Volksfest hören. Joe war allein da und ist zwischen den Schaubuden hin und her gelaufen. Das Riesenrad hat sich gedreht, und auf Wasserstrahlen haben gelbe Bälle getanzt. Peng! haben die Gewehre gemacht, und die gebrauchten Zielscheiben hat man weggeworfen. In einem großen gläsernen Aquarium neben dem Schießstand sind die Goldfische geschwommen. Es hat Klarsichtbeutel gegeben, in denen hat man sie nach Hause tragen können. Da hat sich der Junge umgedreht, der grad am Schießen war, und hat sich die Haare aus den Augen gestrichen. Es war Philip Nugent. Er hat gelächelt und gezählt, wieviel Löcher in der Zielscheibe waren. Er wollte was sagen, aber was da aus seinem Mund gekommen ist, war gar nicht seine Stimme: *He! He! Bist du da drin? Ha! Ha! Willst du eine Kippe?*

Dann kam die Kippe unter die Tür durchgerollt. Ich weiß nicht, wie viele ich geraucht hab, solange ich da drinnen war. Womöglich Hunderte. Die Türen gehen auf, und da steht Bubble im Licht. Aber er war anders als sonst, hat an seinem Ärmel rumgezupft und hat weggeschaut, als er gesprochen hat. So hat man ihn nicht oft erlebt. Mein lieber Freund, bist du soweit, daß du dich wieder benimmst? fragt er.

Ich hab ihm angemerkt, daß er Angst hatte, ich würde nein sagen. Denn er hatte keinen Schimmer, was er dann anfangen sollte. Hab ich aber nicht. Ich mochte den ollen Bubble. Aber Tiddly, das war eine andere Sache. Gott steh ihm bei, falls er mir noch mal zu nahe treten sollte.

Es ist nicht meine Aufgabe, Scheißgrasstreifen zu mähen, sagt der Gärtner. Wenn er mir das noch mal sagt, dann ist Feierabend. Nix wie weg.

Was meinst denn *du* dazu?

Ich hab gar nichts gemeint und ihm bloß zugesehen, wie er, ein Auge geschlossen, die zentimeterlange Asche hat länger werden lassen.

Oder hat's dir etwa die Sprache verschlagen?

Die Art, wie er das gesagt hat, da hab ich gedacht, es wär besser, was zu sagen, bevor er mit der Gabel auf mich losgeht.

Keine Grasstreifen mehr mähen, hab ich gesagt. Keine Grasstreifen mehr, und damit basta.

Vor Aufregung wär er fast geplatzt. Mir seiner zerbeulten Kappe hat er sich auf die Kordhose geschlagen.

Du sagst es! ruft er.

Keinen einzigen mehr! sag ich.

Nicht einen verfluchten Streifen mehr, sagt er mit zitternder Zigarette. Himmel, du bist mir ein toller Hecht, hier hast du eine Kippe, sagt er und schüttelt mir ein paar raus, *eine Kippe für jeden Scheißer von Himmelsflieger, der eins in den Arsch getreten kriegt! Weiter!*

Er hat vor sich hingegluckst, als so eine Funkenballerina eine Drehung vollführt. Hab ich dir je schon mal davon erzählt, wie ich Michael Collins aus dem Knast in Bridewell befreit hab? fragt er.

Nö, sag ich.

Wirklich nicht?

Er hat sich die Lippen geleckt, und kleine Infanteristen sind von einem Auge zum andern gesprungen. *Und was wünschen Sie? fragt der Beamte. Oh, ich bin ein Pater vom Heiliggeistorden, Herr Oberst, sag ich. Na schön, kommen Sie herein, Pater. Ich also rein, und keine halbe Stunde später rattern ich und der Führer der Irisch-Republikanischen Armee in einem Pferdewagen durch die Straßen von Dublin! Bist ein Teufelskerl, sagt Collins unter einem Haufen von Rüben hervor, das werd ich dir nie vergessen!*

Das Licht draußen hat nachgelassen, und alle sind ins Refektorium zum Abendessen gegangen.

Je mehr ich versucht hab, mir den Goldfisch aus dem Kopf zu schlagen, um so öfter ist er wiedergekommen.

Eines nassen Tages hab ich Tiddly in ein Auto einsteigen sehen, und er ward nie wieder gesehen. Wahrscheinlich ging's in die Werkstatt, wo er an irgendeinem Mooskopf seinen Pimmel rubbeln konnte. Viel Glück, verdammte Kacke, den war ich los. Bubble hat mich in sein Arbeitszimmer bestellt, und ich hab gemerkt, daß er ein bißchen Detektiv spielen wollte. Jedesmal, wenn er gedacht hat, daß ich nicht hinseh, schielt er mich über den Rand des Teebechers an. Sobald ich mich umgedreht hab, hat er blitzschnell wieder weggeschaut. Er hat versucht, die richtigen Worte zu finden, denn er hat gewußt, wenn er die falschen erwischt, sag ich ihm nichts, und selbst wenn er die richtigen findet, sag ich ihm trotzdem nichts. Ich hab mich in den großen Ledersessel fallen lassen, und er sagt: Magst du Scots Clan? Aber sicher doch, sag ich. Er hat mir ein paar Fragen gestellt, wie ich jetzt so zurechtkomme. Ich hab zu allem nur ja und amen gesagt und ja und nein. Vor lauter Anstrengung, die richtigen Worte zu finden, war sein Gesicht ganz zerknittert, wie wenn man versucht, auf zwei Rädern um die Ecke zu biegen. Manchmal hab ich auch nur die Achseln gezuckt und aus dem Fenster gestarrt. Dann hat sich Bubble dazugestellt, hinausgestiert, die Hände auf dem Rücken verschränkt und überlegt, wie er seine Rede anfangen kann. Diesmal war's eine andere Rede, ganz ohne Witze oder so was, denn er hat gewußt, was ich davon halte: Ich scheiße auf Ihre Witze, und recht hatte er. Er hat gesagt, das Leben ist schwer, die Leute haben ihre Sorgen. Was einige Leute so treiben, ist schwer zu begreifen. Ein klatschnasser Fußball segelt vor dem Fenster vorbei, und eine Meute Mooskföpfe jagt ihm nach. Er sagt: Vater Sullivan ist ein guter Mensch. Ich hab nichts gesagt. Da fängt er an, mir diese Story über ihn zu erzählen: daß er nach Dublin ist, seine Schwester besuchen. In letzter Zeit hat er schwer geschuftet – zu schwer, wenn du mich fragst, sagt er mit einem wäßrigen Lächeln. Seine Schwester wird sich schon um ihn kümmern, hab ich gesagt und an meinem Tee genippt. Wird sie auch, sagt er, sie ist sehr gut zu ihm. Ein Glück, daß er sie hat. Ich wollte gar nicht lachen, aber wie er das gesagt hat, hab ich nicht an mich halten können. Ich hab in mich hineingekichert. Schwester, Herrgottsack! Der arme alte Tiddly, der ist jetzt vielleicht schon an den Wänden der Werkstatt hochgeklettert und hat zu irgendeinem jungen Bauernburschen runtergerufen: *Ich liebe dich, Mooskopf!*

Bubble hat gemerkt, daß ich gelacht hab, aber ändern konnte er nicht viel daran. Hätte er gesagt: Hör auf zu lachen, hätte ich nur noch mehr gelacht. Ich hätte ihn beiseite geschoben und aus dem Fenster gerufen: He, Mooskföpfe! Habt ihr schon von Vater Tiddly, dem Rolo-Mann, gehört?

Das war es, wovor Bubble Angst gehabt hat. Daß alle davon hören würden. Aber darüber hätte er sich nicht sorgen brauchen. Solang er mich in Ruhe läßt und sich um seine eigenen Angelegenheiten kümmert, würd ich über den ollen Vater Riesenpimmel, ich meine Tiddly, kein Wort verlieren. Jetzt, wo er weg war, war mir das furzegal. Ich wollte nur in Ruhe gelassen werden. Ich hoffe, du fühlst dich wohl bei uns, sagt Bubble. Ich sag: ja. Dann sag ich: Ich geh jetzt.

In Ordnung, Francis, hat Bubble gesagt und die Tasse mit einem Finger in die Höhe gehalten. Ich würde schon nichts erzählen über Tiddly. Aber das hat er ja nicht wissen können. Er hat nur gewußt, daß er ihn gesehen hat, wie er wimmernd in der Ecke gelegen ist und zu mir gesagt hat: Ich liebe dich. Ich glaub nicht, daß der arme Bubble so einen Anblick gewohnt war. Das letzte, was ich gesehen hab, wie ich zur Tür raus bin, war, wie er dagestanden ist: völlig hilflos und mit gequältem Blick. Er hat gedacht: Warum können diese schlimmen, furchtbaren Dinge nicht endlich vorbei sein, damit ich ein hübsches Liedchen singen kann. Vielleicht *Michael Row the Boat Ashore*!

Danach sind die Tage einer wie der andere vergangen, sie sind einfach vorübergenieselt, Tage ohne Joe, ohne Pa, ohne alles. Nach der Sache mit Tiddly brauchte ich mir nicht mehr den Kopf zerbrechen wegen dem Francie-Brady-ist-kein-böser-Bub-mehr-Diplom. Ich wußte, bei der allerersten Gelegenheit würden sie mich entlassen. Ich war wie der Hausschwamm, der in den Wänden sitzt – sie wollten, daß die wieder reingewaschen würden.

Am Tag, wie ich weg bin, hat Bubble mir die Hand gedrückt und gesagt, es tät seinem Herzen gut. Ich hab ihm ein breites Lächeln geschenkt. Aber jetzt war alles anders, es war nicht mehr wie in den guten alten Zeiten, als ich und er immer miteinander gescherzt haben. Er hat gewußt, weshalb ich gelächelt hab. Wenn's auch seinem Herzen gutgetan hat – es hat nicht lang gedauert, bis daß er meine Hand wieder losgelassen hat.

Dem Gärtner hab ich Glück gewünscht. Er hat gesagt: *Gut, daß du mich noch erwischt hast, morgen bin ich nämlich nicht mehr hier. Ich hab die Schnauze voll von denen und ihren Grasstreifen.* Er hat mir tief in die Augen gesehen und sich auf die Brust getippt. Das ist nicht meine *Aufgabe*, hat er gezischelt. Das letzte, was ich gesehen hab, war der klitschnasse Ball, der durch die Luft gesegelt ist.

Auf Nimmerwiedersehen, Haus der hundert Fenster, dich bin ich glücklich los, hab ich gesagt.

Ich bin gleich bei Joe vorbei, aber der war nicht da. Wo ist er denn, hab ich gefragt. Mr. Purcell hat mich von oben bis unten gemustert. Keine Ahnung, hat er geantwortet und die Tür zugemacht. Ich hab mich gefragt, was ist denn dem für eine Laus über die Leber gelaufen.

Ich hab noch mehrmals bei denen geklopft, aber nie hat einer aufgemacht. Die mußten verreist sein, bei seinem Onkel oder wo. Schließlich hab ich am Fuß vom Church Hill gewartet und Joe auf dem Heimweg von der Schule abgefangen. Er war jetzt im zweiten Jahr Mittelschule. Er hat eine große ausbauchende Büchertasche geschleppt. Hast du aber eine Menge Bücher in der Tasche, Joe, sag ich lachend. Er hatte einen anderen Jungen bei sich, weiß nicht, wer das war. Dem hab ich gesagt: Renn schon mal vor. *Was?* sagt der. Ich hab gesagt: Renn schon mal vor – bist du taub?

Ich bin wieder da, Joe, sag ich, zurück aus dem Haus der hundert Fenster. Wie ich das gesagt hab, mußte ich selber lachen. Es hat einfach so komisch geklungen, wie ich das gesagt hab, während ich mit Joe die Straße langgelaufen bin. Ich hab nicht gewußt, wo mit Erzählen anfangen. Ich hab ihm gesagt, die Sache mit dem Goldfisch oder die anderen Sachen – das spielt alles keine Rolle mehr, das ist alles gegessen. Da sieht er mich an und sagt: *Was denn für ein Goldfisch?* Ich versetz ihm einen Faustschlag gegen die Schulter. Was denn für ein Goldfisch! sag ich, Herrgottsack, Joe!

Das war das erstemal, seit ich weiß nicht wie langer Zeit, daß ich herzlich lachen mußte. Ich hab Joe gefragt, wie's draußen im Versteck aussieht. Er hat gesagt, er wär nicht draußen gewesen. Ist es immer noch verdeckt, frag ich. Er hat gesagt, das wüßt er nicht, er wär schon so lange nicht mehr draußen gewesen. Ich sag: Wir müssen dafür sorgen, daß es verdeckt ist. Wenn da Regen reinkommt, ist es hinüber. Sagt er: So ist es. Also, wann gehen wir hin und schauen nach, frag ich, heut abend? Sagt er, heut abend könnt er nicht aus dem Haus. Na gut, sag ich, morgen tut's auch noch. Aber er sagt, da könnt er auch nicht, also ging's erst am Wochenende. Hatte ich eine Faust im Magen, wie ich aufs Wochenende gewartet hab!

Joe hat einen Furz gegen eine Stechmücke abgefeuert und sich am Flußufer auf den Rücken gelegt, und ich hab ihm mehr davon erzählt, alles, was mir in den Sinn gekommen ist. Ich hab ihm vom Gärtner erzählt und von den *Black and Tans*, von den Mooskopfen und ihren knochigen Ärschen und wie ich im Kesselhaus eingesperrt war, Kippen geraucht hab und mit den Heiligen und der hl. Theresia geredet hab. Das ist wirklich lustig, sagte Joe, aber wieso haben sie dich ins Kesselhaus gesperrt? Ich sag: Ooch, nichts Besonderes, hab nur so rumgealbert, verstehste? Mehr wollte ich nicht verraten, aber da sagte er wieder: Aber wo*für* hamse dich denn ins Kesselhaus gesperrt? Da hab ich mir gedacht: Das Beste an Freunden ist doch, daß man ihnen alles in der Welt erzählen kann, und sowie ich das gedacht hab, hat's mir nichts mehr ausgemacht. Kaum hatte ich den Mund aufgemacht, da ist die Geschichte mit mir davongerannt. Mir sind Tränen in die Augen getreten, und ich hab mich vor Lachen nicht einkriegen können: die Haube und Tiddlys «Ich liebe dich!» und die ganze Chose. Du hättest die Rolos sehen sollen, die er mir gegeben hat, sag ich. Scheiße, ich muß an die zweitausend Rolos gefressen haben, Joe. Rolos, sagt Joe, der hat dir Rolos gegeben, aber wo*für* hat er dir Rolos gegeben? Soweit ich es mitgekriegt hab, wollte Joe nichts anderes hören. Jedesmal, wenn ich die Geschichte weitererzählt hab, kam er immer wieder von neuem auf die Stelle zu sprechen: wofür, wofür? Ich wollte, daß er endlich damit aufhört. Ich wollte von der ganzen Sache nicht mehr reden. Ich wollte vom Versteck reden und von früher und vom Eishacken und wer mit Murmeln dran war und all so was, davon wollte ich reden. Das waren die schönsten Tage. Man konnte durch diese Tage hindurchsehen, so durchsichtig waren die, wie blankes Glas. Aber Joe wollte nicht. Er kam immer wieder auf diese andere Sache zu sprechen, und schließlich hab ich's ihm erzählt, und was sagt er da? Er sagt: Francie, das hat er aber doch nicht wirklich getan – oder? Ich sag: Wovon redest du, Joe, natürlich hat er das, hab ich dir das nicht eben gerade erzählt?

Da ist mir der kalte Schweiß ausgebrochen – von wegen, wie Joe mich angesehen hat. Ich konnte die plattgedrückte Grasfläche sehen, wo Joe gelegen hat, er war ein Stück zurückgewichen. Er hat jetzt an einer anderen Stelle gesessen. Er war nicht allzu weit zurückgewichen, damit ich's nicht mitkriege. Hab ich aber wohl. Es hat nur den Bruchteil einer Sekunde gedauert, daß unsere Blicke sich getroffen haben. Aber er hat's gewußt, und ich hab's gewußt. Da hab ich gesagt: Jetzt hab ich dich aber ganz schön angeschmiert, Joe. Tiddly! Stell dir vor, jemand tut so was! Tiddly! Rolos – Herrgottsack!

Ich hab gelacht, bis mir die Tränen übers Gesicht gelaufen sind. *Angeschmiert* hab ich gerufen. Ich hab Kopfschmerzen gehabt, und mein Gesicht ist rot angelaufen. Da hat Joe gesagt, es wär höchste Eisenbahn, daß er nach Hause geht. Übers Wochenende hätte er extra Hausaufgaben auf. Ich hab gesagt, in Ordnung, ich seh dich morgen, wir können aufs Volksfest gehen. Klar, hat er gesagt, werd's versuchen. Ich hab ihm nachgeschaut, wie er in die Stadt zurückgerannt ist. Als ich gerade auf den Fahrdamm getreten bin, da hab ich den Mann mit dem schwarzen Fahrrad kommen sehen. Sag ich zu ihm: Da sind Sie ja. Wie geht's denn so?

Der zieht die Mütze und sagt: Hab's ziemlich eilig. Muß mich um die Kälber kümmern.

Dann fährt er weiter mit gesenktem Kopf. Ich hab gewartet, um zu sehen, was er tun würde, und tatsächlich hält er etwa fünfzig Meter weiter an und dreht sich um. Ich bin nur dagestanden, breitbeinig wie Kirk Douglas. Wie er gesehen hat, daß ich ihn anstarre, was tut er? Er läßt sein Fahrrad los, und klappernd fällt es zu Boden. Ich hab mich nicht gerührt, bin nur dagestanden und hab zugesehen, wie er sich damit abgemüht hat, es wieder aufzuheben. Wie er gemerkt hat, daß ich ihn beobachtet hat, hat er's gar nicht mehr gepackt. Die Einkaufstüte hat sich vom Gepäckträger gelöst, und irgendwas ist rausgefallen, ich glaub, es waren Kartoffeln. Da versucht er die auch noch aufzuheben. Hat der vielleicht ein Bild abgegeben: die eine Hand an der Lenkstange, in der anderen die Kartoffeln. Ich hab die Hände zu einem Trichter geformt: Vergessen Sie die Kälber nicht! sag ich, und er mit den Kartoffeln auf und davon. Aber ein paar davon sind rausgefallen und in den Straßengraben gekullert.

Dann bin ich die Straße hoch, aber da war niemand außer Grouse und irgendwelchen Zeitungen, die sind wie Kähne die Gossen von der Fermanagh Street hinuntergesegelt.

Aber das hat nicht lange angehalten, denn sobald Buttsy und Devlin gehört haben, daß ich aus der Schweineschule zurück bin, sind sie zu unserm Haus gekommen, um mich zu verhören von wegen dem Bäbä bei den Nugents. Ich hab gehört, wie sie an der Haustür gerüttelt haben – die blöden Ärsche hätten nicht mal in ein Ei einbrechen können. Ich hab gedacht: Soll ich die Ärsche jetzt schon zur Rede stellen oder noch nicht? Dann sag ich: nö, noch nicht, also bin ich den Kamin hoch, da blickt eine alte Dohle auf mich nieder, wie wenn sie sagen will: Was machst du denn hier, das ist unser Privateigentum. *Los, Brady, wir wissen, daß du hier drinnen steckst,* sagt Buttsy. Wenn du rauskommst, wird's schon nicht so schlimm werden. Himmel, was für ein Gestank, sagt Devlin. Was erwartest du denn, wenn Schweine hier drin hausen, sagt Buttsy. Schau dir das an, sagt Devlin, fauliger Fisch im Ausguß, hier gibt's Ratten, hier gibt's bestimmt Ratten. Nö, sagt Buttsy, nur Schweine. Haha, lacht Devlin. Haha, war das komisch. Als ich nicht rausgekommen bin, ist ihnen der Geduldsfaden gerissen. Buttsy hat geflucht und was zerdeppert. Brenn das Haus doch einfach nieder, sagt Devlin. Irgenwo muß er doch stekken, haben sie gesagt, und dann hab ich gehört, wie sie draußen rumgestöbert haben. Sie sind wieder reingekommen und haben fluchend die Küche zertrümmert. Dann sind sie wutschnaubend abgezogen: Früher oder später kriegen wir die Sau. Ich bin gar nicht erst hervorgekrochen, und am nächsten Morgen hat da eine riesige blasse Sonne im Fenster gesessen. Das hat meinem Herzen wohlgetan. Ah, sag ich, das wird ein schöner Tag.

Ich bin den frischen, knirschenden Weg langgegangen. Vor dem Hühnerhaus hab ich kurz angehalten, um zu sehen, ob die Pfütze zugefroren ist. War sie tatsächlich. Wie ich das gesehen hab, ist mir ganz warm geworden. Aus dem weißen rauhreifüberzogenen Eis ist ein hartes Papierknäuel hervorgewachsen. Mit der Schuhspitze hab ich versucht, es rauszukriegen, aber es wollte einfach nicht. Da hab ich einen Ast abgebrochen und damit herumgestochert. Als ich aufgeschaut hab, ist da dieser Bengel gestanden, wie jemand aus einer Weihnachtsgrußkarte mit einem großen gestreiften Schal um den Hals und einer Bommelmütze. He, was machen Sie denn da, Mister, sagt er, das ist unsere Pfütze. Eure Pfütze? frage ich. Ja, sagt er, die gehört uns, mir und Brendy. Okay, sag ich und reiche ihm den Stock, ich werd sie nicht mehr anrühren. Na gut, Mister, sagt er, ich werd Brendy nichts davon sagen. Plötzlich hab ich ihn angesehen mit seinen rosigen Backen und den beiden silbernen Rotzglocken an der Nase, und am liebsten hätte ich ihm einen Kuß gegeben. Nicht so wie Tiddly – keine Spur –, sondern nur weil mir mit einemmal alles so schön vorgekommen ist. Ich hab mir gesagt: Einfach nur hier zu sein ist so was von schön, ich könnte ewig hier so stehenbleiben.

Jetzt ist es eure Pfütze, sag ich zu ihm, aber weißt du, wem die früher mal gehört hat? Er hat sich mit seinem Fäustling das Gesicht gerieben und gesagt: nö – wem denn?

Mir und Joe Purcell, sag ich.

Oh, sagt er, jedenfalls Ihnen gehört sie jetzt nicht mehr, kniet sich hin und fängt an, auf dem Papierfetzen rumzuhacken.

Ich bin in den Laden von Mickey Traynor. An der Wand hat ein großes Bild von Unserem Herrgott gehangen. Darunter hat gestanden: *Kauf gefälligst einen Fernseher, oder es setzt was, du Scheißkerl!* Nö, hat da gar nicht gestanden, sondern: Unser Erlöser sorgt für uns alle.

Seine Tochter hat auf den Knien gelegen und den Rosenkranz gebetet, und auf der Radiokommode waren eine Menge Heiligenbildchen ausgelegt. Eines Tages hab ich sie auf der Straße getroffen, und sie hat mir erzählt, sie haßt die Römer, weil die hätten Thaddäus, den Christenjungen, umgebracht – wer immer dieser Scheiß-Thaddäus auch war. Mm mm mm, spricht sie das nächste Geheimnis des schmerzensreichen Rosenkranzes: Als Ihn der Todeskampf befiel, betete Er länger. Bist ein ganzer Kerl, Jesus, aber das wagt man nicht zu sagen, sonst setzt einen Mickey glatt auf die Straße. Na, Mickey, sag ich, werden Sie je die Zeit mit dem alten Fernseher vergessen? Er hat sich den Bleistift hinters Ohr geklemmt. Was für ein Fernseher möchte das wohl sein, sagt er. Na, der, wo kaputtgegangen ist, sag ich, der, wo Pa Stunk gemacht hat. Ist er nicht deswegen zu Ihnen gekommen? Nö, sagt Mickey, kann mich nicht besinnen, daß dein Pa je vorbeigekommen wär, sagt er und macht sich wieder an seine Arbeit – in den Eingeweiden von einem anderen Fernseher rumpulen. Ohne Rückseite sieht der aus wie eine von diesen Städten der Zukunft, die man in Dan-Dare-Comics sieht. Bring ihn ruhig mal vorbei, wir schauen ihn uns mal an, sagt er. Ach nein, schon gut, Mickey, sag ich, das gehört alles der Vergangenheit an. Ich bin heutzutage viel zu beschäftigt, um mir den Kopf über Flimmerkisten zu zerbrechen. Ganz wie du meinst, sagt Mickey, als plötzlich aus dem Lautsprecher dieser Furz kommt. Herrje! sagt er da. Ich hab gelacht und mich getrollt. Es war saugut, wieder in der ollen Stadt zu sein. Rein in den Laden, da war niemand anders als Mrs. Connolly und die Frauen. Aber diesmal hatten sie nicht mit mir gerechnet, das konnte man daran sehen, wie sie mich angegafft haben: *Aber wir dachten, du wärst in der Besserungsanstalt!*

Hoho, aber nicht doch, die Damen. Bin wieder dicke da, jawoll, ein Wölkchen Rauch, und da ist er auch schon wieder, der unglaubliche Francie Brady – *Wie geht's uns denn so, die Damen?*

Sie können sich nicht entschließen, wer von ihnen sprechen will. Leichtes Gehüstel und so, und die eine guckt die andere an – du sagst hallo zu ihm. Nein – *du!* Ein, zwei Minuten ging es so fort. Ich glaub, die haben gedacht, ich würd jeden Moment eine Maschinenpistole unter meinem Mantel hervorholen – drrr – krepiert, ihr Hunde.

Wie ich mir das vorgestellt hab, mußte ich laut herauslachen. Als ich zu lachen angefangen hab, haben sie's mir nachgetan, und bevor wir's recht gemerkt haben, haben wir alle von der guten alten Zeit gesprochen, und von den Schweinen und alldem. Wir haben über alles gesprochen, was mir nur in den Sinn gekommen ist. Nach der Schweineschule hab ich so vieles im Kopf gehabt. Was haben wir doch damals für einen Spaß gehabt, sag ich. Ach geh, sagen sie, fang nur damit nicht an. Jetzt bist du ja endgültig zurück, Francie, stimmt's, sagt eine von ihnen, und die andern zwei werfen ihr einen Blick zu: *Frag ihn doch das nicht! Um Gottes willen, frag ihn bloß das nicht!*

Ja, aber warum denn nicht? Die alten Frauen hätten mich fragen können, was sie wollen. Stimmt genau, zurück in der alten Vaterstadt. Das sagt Audie Murphy immer, wenn er auf seinem Pferd sitzt und vom Hügel auf das verschlafene Dorf im Westen hinunterschaut – wie gut das doch tut, wieder in der alten Vaterstadt zu sein. Jawoll! sag ich. Das einzige, was man sehen konnte, war das Lächeln der drei, das ist mitten in der Luft hängengeblieben. Die Verkäuferin hat nicht mal den Mund aufgekriegt. Nein, stimmt nicht, aufgekriegt hat sie ihn schon. Aber mehr nicht, nur aufgemacht hat sie ihn. Sie ist hinter der Theke gestanden und hat uns mit offenem Mund betrachtet. Es war nett, sich mit ihnen zu unterhalten – neben dem Regal mit den Cornflakes, es war, als wären sie seit meinem Abgang keinen Zollbreit von der Stelle gewichen. Die haben immer noch gesagt, Präsident Kennedy ist ein reizender Mann, und wegen den Butterpreisen muß endlich was unternommen werden. Mußte es ja auch, aber ich hatte wichtigere Dinge zu bereden als so was. Die guten alten Zeiten, die guten alten Schweinezeiten – stundenlang hätten wir darüber quasseln können. Werden Sie je die guten alten Schweinezeiten vergessen? frag ich. Von wegen, Francie, sagt Mrs. Connolly, fang mir gar nicht erst davon an! Haha, sagen sie, das waren vielleicht noch Zeiten. Na ja, sag ich, das haben wir nun alles hinter uns, man kann nicht sein ganzes Leben lang eine Sau bleiben, nicht wahr, die Damen?

Sie haben mir recht gegeben.

Ich hab zu Mrs. Connolly gesagt: Stimmt's, Mrs. Connolly?

Stimmt, Francis, sagt sie, stimmt haargenau.

So ist es, sag ich.

Haha, sagt Mrs. Connolly.

Haha, sagen die anderen Frauen.

Aber, aber, sag ich.

Stundenlang hätten wir so weiterreden können, so viel gab's zu erzählen. Aber langsam wurde es Zeit, daß ich weiterkam und zusah, was es auf meinen Reisen sonst noch so zu entdecken gab. Na, dann schönen Tag noch, hab ich gesagt, ich schätze, ich mach mich mal lieber vom Acker. Haha, *vom Acker!*

Mrs. Connolly hat bei sich gedacht: Ob das wirklich in Ordnung ist, darüber zu lachen: sich vom Acker machen. Klar war's das. Mir doch schnuppe. Von mir aus konnten sie sich dumm und dämlich lachen, wenn sie wollten. Dann sag ich: Also, die Damen, dann will ich mich mal auf die Socken machen. Ja, Francis, sagt Mrs. Connolly, du mußt doch alle deine Kumpel besuchen. Muß ich allerdings, sag ich. Das Lächeln von denen, darüber mußte ich auch lachen – das war gar nicht wie ein Lächeln, eher wie straff gespannter Schnipsgummi. Zack! schießt es zurück. War mir aber schnurz – die sollten doch lächeln, soviel sie wollten. Ich würde sie nicht daran hindern. Also, die Damen, ich schätze, ich latsch mal lieber los, sag ich. Wir sehen dich sicher bald wieder, so Gott will, sagt Mrs. Connolly. Logo, sag ich. Als ich im Schaufenster vorübergegangen bin, hab ich angeklopft. *Jesses!* sagt eine von ihnen, ich glaub, es war Mrs. Connolly. Zack! kommt das Lächeln, und die anderen Frauen – sind Sie in Ordnung, Mrs. Connolly? Sag ich zu mir: Hab gar nicht gewußt, daß es in dieser Stadt so viel gibt, was einen zum Lachen bringt.

Da hat eine Blechdose gelegen. Rums – über die Hecke damit. Man kann nie wissen, vielleicht spiel ich ja doch noch mal für die Stadt, hab ich gedacht.

Der Brunnen war nicht zugefroren. Das Wasser hat über den Platz gespritzt, also hab ich mich eine Weile danebengesetzt. Eins hab ich gewußt über den Brunnen: Den haben sie für Queen Victoria hingestellt, im selben Jahr, wo sie die Jubilee Road gebaut haben zu Ehren ihres Besuchs in der Stadt. Bloß ist sie nie gekommen. Es war ein schöner Brunnen, jedenfalls damals. Aber eines Abends ist so ein Laster rückwärts dagegengefahren und hat die ganzen Engel und so runtergestoßen, und jetzt war da an der Seite ein großer Riß im Putz wie eine Schnittwunde. Ich hab mit der Spucke in eine Zigarettenschachtel gezielt und an all die Schulkinder gedacht und an die alten Leutchen: *Hurra für Queen Victoria!* Nur – wo zum Teufel steckt sie?

Ich konnte mich vor Lachen gar nicht mehr einkriegen, je mehr ich daran gedacht hab, wie die alle eingeschnappt nach Hause gezogen sind – da haben wir nun den Brunnen und die Straße für nichts und wieder nichts gebaut!

Aber das hat natürlich nicht gestimmt – schließlich konnte ich drauf sitzen, oder etwa nicht?

Und auf dem Heimweg von der Tower Bar konnte der besoffene Bursche reinpinkeln. Konnte er garantiert. Also gut gemacht, Stadt und Queen Victoria, hab ich mir gesagt.

Am andern Ende von der Stadt hat sich das Riesenrad vom Volksfest gedreht und hysterische Leute quer durch den Himmel geschleudert – das heißt, Leute, die so getan haben, als wären sie hysterisch. Ja, ist denn das zu glauben – aber da kommt doch tatsächlich der alte Vater Dom höchstpersönlich – flatter flatter – in seiner Soutane daher, und die Schuhe lugen wie schwarze Pfötchen darunter hervor. Ist dir gut bekommen, die, eh, Besserungsanstalt, ja? fragt er. Na und ob, sag ich, und es stellt sich heraus, er kennt jemanden da, niemand anders als unsern alten Freund Tiddly. Ach ja, sagt er, Vater Sullivan, ein sehr guter Freund von mir. Wie geht's ihm denn so? Oh, ganz ausgezeichnet, sag ich, noch nie so gut. Ein furchtbarer Bücherwurm! lacht Dom. Ein Schrecken! sag ich, ein heiliger Schrecken, was Bücher angeht! Matt Talbot, sag ich. Ach ja, der arme Matt Talbot, hat Vater Dom geseufzt und sich bekreuzigt. Er ist entzückt gewesen, daß ich so gut Bescheid gewußt hab über Tiddly und Matt Talbot und all das. So sind wir denn lange dagestanden und haben uns unterhalten – drrrmm drrrmm auf dem Meßbuch. Ganz schön kalt inzwischen das Wetter, und wie geht's deinem Vater – und ich frag mich, worüber wir uns noch unterhalten können? Du hast noch nie so gut ausgesehen, Francis, sagt er, wie du gewachsen bist! Ich freu mich, daß sich alles zum Besseren gewendet hat. Ich muß demnächst mal vorbeischauen und hallo sagen. Tun Sie das, Hochwürden, sag ich und grüße, und er geht davon. Ich hab mich gefragt, ob er je auf Tiddlys Knien gesessen hat. Hast du's auch schön bequem, Dommie? Ja, Hochwürden, und Sie? Und ob, mir geht's bestens, so richtig ausgezeichnet. Aber ich hab gewußt, so was würde der alte Dom nicht tun. Ich würde meinen, das Ärgste, was Dom in seinem ganzen Leben je getan hat, war, seiner Mutter zu sagen: Nein, Ma – ich *geh* nicht für dich einkaufen!

Ich hab die Augen geschlossen und tief eingeatmet. Mir war, als würde ich die ganze kalte, frische, knirschende Stadt einatmen. Auf dem Weg hinter den Häusern hab ich so regelmäßig wie eh und je den Hühnerhausventilator surren hören. Eines Tages hat Joe zu mir gesagt: Das ist das beste Geräusch von der Welt, der Ventilator. Ich hab gefragt, warum. Da hat er gesagt: Weil du immer weißt, daß er da ist.

Und er hat recht gehabt. Wenn man nicht an ihn gedacht hat, hat man ihn nicht gehört. Aber sobald man hingehorcht hat, war er da und hat still vor sich hin gebrummt wie eine leise Maschine, die die Stadt am Leben erhält.

Der Bäcker hat Bleche mit dampfendem Brot aus seinem Lieferwagen ausgeladen. Grouse Armstrong hat zusammengekuschelt im Eingang zur Bücherei gelegen, und da geht der Besoffene über den Platz und singt in seine Bierflasche *I wonder who's kissing her now?* Dann bleibt er stehen und zieht gegen Grouse vom Leder: Kennst du mich, eh? Uh! Uh! Grouse hat eine Sekunde lang ein Auge aufgemacht, dann ist er wieder im Schlaf versunken. Du bist vielleicht ein Scheißköter! sagt der Besoffene, dann wankt er auf Gummibeinen in die Jubilee Road. Mit Roche hatte ich nicht gerechnet, deswegen hab ich einen ganz schönen Schock weggekriegt, wie ich aufschaue und ihn mit starrem Blick vor mir stehen seh. Wer, zum Teufel, hat der sich eingebildet, daß er ist – Graf Dracula?

Ach, hallo, der Herr Doktor, sag ich, wie stehen die Aktien?

Er hat gar nichts gesagt, sondern nur geglotzt, und eben das hat mir nicht gefallen an Roche – die Art, wie er einen angesehen hat. Damit hat er sagen wollen: Über dich weiß ich doch Bescheid. Das hat man ihm angemerkt: Der würde dastehen, solange er will, ohne ein Wort zu sagen.

Ich weiß nicht, weshalb ich's getan hab, denn er hatte mich gar nicht danach gefragt, aber ich hab angefangen, ihm alles zu erzählen, über die Fahrt zur Schule mit dem Wachtmeister und wie spaßig das war, und dann die Mooskopfe und all das. Ich hab seine Augen auf mir gespürt, wie sie sich Notizen gemacht haben. Ich hab ein paar Stories zum besten gegeben, über den Gärtner und so, und dann hab ich gesagt: Ja, Herr Doktor, jetzt brechen andere Zeiten an. Die alten Zeiten sind vorbei. Ich hab drauf gewartet, daß er sagt: Na, das freut mich aber, oder: das sind aber prima Neuigkeiten, wie der Pfaffe, aber er hat nichts gesagt. Er hat reinweg gar nichts gesagt, sondern sich bloß mit dem Taschentuch über die Lippen gewischt und sich's dann angeguckt. Was halten Sie davon, Doc, die alten Zeiten, aus und vorbei? Ich hab ihm ein breites Grinsen geschenkt. Dabei hat mein Kopf mir weh getan. Es war anstrengend, nicht an die Sache mit Joe zu denken und sich zu fragen, ob man sie irgendwie ausbügeln oder ausblenden konnte, als wär sie nie passiert. Er hat die Stimme gesenkt, und ich mußte mich anstrengen, um zu verstehen, was er sagt. Er hat gesagt: Jaja, das ist recht, aber am Klang seiner Stimme hab ich gemerkt, daß er mir nicht glaubt. Da hab ich ihm noch mehr erzählt, vom Kesselhaus und von den Klippen. Aber er hat nur auf seine schwarze Ledertasche geklopft und durch die Zähne gezischelt: hm. Plötzlich ist mir durch den Kopf gegangen: Was zum Henker schert mich das, ob er mir glaubt oder nicht, wer zum Teufel ist er überhaupt, ein Arzt? Der ist mir vielleicht ein rechter Arzt – der hat ja nicht mal Ma vor der Werkstatt retten können, oder? Was kümmert mich der? Soll er doch sagen, was er will. Das sag ich ihm jetzt – auf den scheiß ich doch. Sie wissen doch gar nichts, sag ich, Sie wissen doch gar nichts von ihr. Sie hätte nie in Ihre Nähe kommen dürfen, das waren Sie doch, der sie eingewiesen hat. Was, zum Teufel, wissen Sie schon, Roche, was wissen Sie überhaupt? Ich hab schon überlegt, ob er nach alldem so weit geht, daß er mir an die Gurgel springt. Aber als ich aufgeschaut hab, hab ich gerade noch gesehen, wie die Tür vom Hotel zugefallen ist und er hinter der Fensterscheibe mit der Empfangsdame gequatscht hat. Plötzlich hab ich gedacht, ich hätt jemand rufen hören: Francie!

Ich hab gedacht, es wär Joe. Juhu, hab ich gesagt, aber es war jemand anders, ich wußte nicht, wer. Da hab ich nicht gewußt, was ich tun oder wo ich hingehen soll. Aber dann hab ich gesagt: Was redst du denn da, ich geh zu Joe – wohin denn sonst? Ich hab mir auf die Fingernägel geblasen und bin auf der Stufe rumgehopst, da kommt Mr. Purcell raus. Na, Mr. Purcell, sag ich, ist der Chef da. Er hat mich einen Augenblick betrachtet, dann hat er über meine

Schulter geblickt und jemand zugewunken, irgendeinem Nachbarn, der ist mit einem Karton Lebensmittel aus dem Auto gestiegen. Nein, sagt er, Joe ist nicht da. Der Nachbar hat irgendwas gerufen, und Mr. Purcell hat gelacht. Na, na, sagt er. So haben sie noch eine Weile gequasselt, übers Wetter und all so was. Ach, die Bauern sind aber auch nie zufrieden, sagt der Mann. Nein, meint Mr. Purcell, Sie sagen es. Bei der Begegnung am Sonntag waren eine Menge Zuschauer da. Ja, wirklich. Marty Dowds hat gut gespielt. Hat er. Der Marty, der wird's noch mal zu einem prima Spieler bringen. Wird er.

Ich bin immer noch auf der Stufe gestanden und hab drauf gewartet, daß der Mann reingeht. Na, dann bis bald, sagt er, und da fängt er doch wieder von was Neuem an, Autos oder irgend so ein Scheiß. Dann sagt er: also alles Gute. Er winkt, und da lächelt Mr. Purcell und schließt die Tür hinter sich. Es passiert einfach so, er hat sie nicht zugeknallt oder so. Ich hatte so lange gewartet, daß ich vergessen hatte, was ich sagen will, und wie's mir wieder eingefallen ist, war's schon zu spät, und die Tür war zu. Ich hab eine Minute auf der Stufe gewartet, dann hab ich mich getrollt.

Ich bin ein paarmal bei Roche vorbeigegangen und hab auf ihn gewartet. Aber der hat sich nie blicken lassen, ich glaub, der muß in Urlaub gefahren sein.

Es hat geheißen, ich müßte in der Volksschule bleiben. Dabei war ich älter als die anderen. Von denen hab ich keinen gekannt. Meine Klasse war zusammen mit Joe in die Mittelschule aufgerückt. Ich hab hinten gesessen und keinen Finger gerührt. Nein – das stimmt nicht. Ich hab Tic-Tac-Toe gespielt und mit einem Taschenmesser *Francis Brady was here* geschrieben. Sagt der Lehrer zu mir: Wer hat die Wikinger ins Meer zurückgetrieben? Sag ich: Daniel O'Connell. Komm mal nach vorn, sagt er und zieht mir eins mit dem Rohrstock über den Arm. Dir werde ich's schon noch zeigen, sagt er, bild dir bloß nicht ein, du könntest deine Mätzchen mit mir treiben, Brady! Leddy ist gerade der Richtige für dich – die einzige Arbeit, für die du taugst!

Ich wußte, warum er das getan hat. Auf dem Klo hatte ich sie reden hören: Der Brady, der verdrischt bald noch den Lehrer. Ich weiß nicht, wie sie darauf verfallen sind, ich hatte Besseres zu tun, als Lehrer verdreschen, alte Tattergreise mit Säufernasen und Händen, die nicht aufhören zu zittern. So hab ich denn gedacht, es wär das Beste, ganz von der Schule runterzugehen. Plötzlich mochten die alle diesen Leddy gern. Pa schaut mich an und sagt: Entweder in die Schule oder zu Leddy! Entscheide dich gefälligst!

Leddy war der Schlächter, dem hat der Schlachthof gehört. Da gab's immer Arbeit, weil keiner wollte sie machen. Zum Teufel mit Leddy und seinen Schweinen, hab ich gesagt. *Für deinesgleichen ist das gerade gut genug,* hat Pa gesagt, *immer nur hier rumhängen – morgens, mittags und abends!* und ist brummelnd abgezogen in die Tower Bar.

Manchmal hab ich nur auf dem Sofa gelegen, bis Joe aus der Schule gekommen ist. Nach einer Weile hat man den Gestank gar nicht mehr gemerkt, nur wenn jemand anders ihn erwähnt hat. Einmal gab's ein altes Hähnchen, das hat Pa nach irgend so einer Festivität aus der Tower Bar mit nach Haus gebracht. Das war voller Fliegen und Maden, da hab ich's weggeschmissen. Ich glaub, Grouse hat's aus dem Mülleimer gefischt, der gerissene Hund.

Joe hab ich immer am Fuß vom Church Hill getroffen. Es wurde nicht mehr gesprochen von der Schweineschule oder was da vor sich geht, das war jetzt alles erledigt. Bald würde alles wieder so sein wie früher.

Ich hab ihm Sachen mitgebracht, keine Comics, die hat er nicht mehr soviel gelesen, eher Kippen oder Süßigkeiten. Die Kippen hab ich hinter der Theke vom Hotel besorgt. Ich hab gewußt, der Barmann geht jeden Tag um dieselbe Zeit raus, das Faß auswechseln. Die Süßigkeiten hab ich in Marys Laden geholt, aber für die hab ich bezahlt, bei der hätte ich nichts geklaut. Dann haben wir uns aufgemacht zum Fluß. Ich hab ihm gesagt, ich könnt ihm alles besorgen, was er will. Wir haben eine Menge Spaß gehabt da draußen. Es war nicht anders als früher. Es war genauso, nur besser. Stimmt's, Joe? frag ich. Er sagt: stimmt. Ich sag: Ist doch besser als Schule und Prüfungen und der ganze Scheiß, was, Joe? Ich hab ihn gebeten, wie früher die Cowboystimmen nachzumachen. Er hat gesagt, er kann's nicht mehr. Ach, komm, versuch's doch mal, Joe, sag ich. Kann ich nicht, sagt er, das ist doch schon so lange her. Weiß ich ja, Joe, sag ich, aber wetten, daß du das immer noch bringst. Nö, sagt er, das krieg ich nicht mehr hin. Aber ich hab gewußt, er würd's hinkriegen. Versuch's doch mal, Joe, sag ich. Da hat er's versucht – *Auf geht's, Jungs, reiten wir los!*

Na siehst du, Joe, sag ich, du kannst es doch!

Er hat genauso geklungen wie John Wayne. Man hätte schwören können, daß er's war. Ich bin ganz aus dem Häuschen geraten, wie er diese Cowboystimme nachgemacht hat. Der hat immer seinen silbernen Colt wirbeln lassen und genauso gesprochen – *Auf geht's, Jungs, reiten wir los!* Sag's noch mal, Joe, hab ich gebettelt, sag's doch noch mal! Ich konnte nicht anders, ich mußte ihn immer wieder auffordern, es noch mal zu sagen. Aber schließlich mußte ich doch aufhören, denn ich konnte sehen, daß er rot unter den Augen wurde, und ich wollte ihn doch nicht ärgern. Außerdem hatte er's nun schon oft genug gesagt. Ich bin müde, sagt er, ich muß zurück. Ich hab ihn in die Stadt gebracht, dann bin ich allein wieder zurückgegangen. Ich hab versucht, die Stimme nachzumachen, aber so gut wie Joe hab ich die nie hingekriegt. Da lag ich nun auf dem plattgedrückten gelben Gras, wo er gelegen hatte, aber so sehr ich's auch versucht hab – es ist immer verkehrt herum rausgekommen. Es hat überhaupt nicht geklungen wie John Wayne. Es hat eher wie dieser lispelnde Vogel geklungen, wie heißt er doch gleich – *iss dachte iss hätt eine Miessekasse gessehen.*

Ich hab Joe bedrängt, mit mir auf Fährtensuche in die Berge zu kommen. Wir beten wie früher zum Großen Manitu – das wird eine Mordsgaudi geben, sag ich. Um Himmels willen – nun laß aber mal gut sein, Francie, sagt Joe.

Der Manitu, sag ich – yamma yamma yamma – Tod allen Hunden, die hier eindringen! Herrgottsack, Joe!

Wie ich das gesagt hab, hat er lachen müssen, und drauf sagt er: na gut. Das war der schönste Tag von allen, man hätte denken können, die Nugents oder die Schweineschule oder Tiddly und all das hätt's nie gegeben. Wir haben Kieselsteine über den See hüpfen lassen, und wie ich Joe zugesehen hab, hätt ich am liebsten losgeheult, so ein tolles Gefühl hatte ich. Alles war so klar und glatt und glitzerte, daß ich mir gesagt hab: Die Tage auf dem Weg. Die haben wir uns nicht eingebildet. Die waren genau so.

Das hab ich eben gedacht mit geschlossenen Augen, da höre ich Buttsys Stimme. Er ist vor mir gestanden, die Daumen in den Gürtel gehakt.

Devlin hat auf einem Streichholz rumgekaut und eine Angelrute dabeigehabt.

Sieh mal einer an. Wenn das mal nicht unser Glückstag ist, sagt Buttsy.

Devlin hat sich die Hände gerieben, wie wenn er im Lotto gewonnen hätt. Buttsy hat Joe angeschaut.

Mit dir will ich mich nicht anlegen, Purcell, sagt er. Auf den hier haben wir's abgesehen, sagt Devlin. Das sollst du büßen. Das sollst du uns büßen, was du verbrochen hast, Brady.

Wem soll ich was büßen, frag ich. Wie ich das gesagt hab, ist Buttsy ganz bleich geworden.

Joe sagt: Nicht, Francie. Fang keinen Ärger an.

Uns sollst du's büßen, hat Devlin gesagt und einen Schwinger geschlagen. Beim Ducken hab ich mir an einem Felsbrocken den Knöchel verstaucht.

Da hat Buttsy zu einem Tritt ausgeholt und mich zu Boden geschlagen.

Devlin hat gesagt: *Jetzt aber!* und mit seinen großen Bauernstiefeln auf mich eingetreten. Als nächstes hat Buttsy ein Jagdmesser rausgezogen, das hat gezittert in seiner Hand. Jetzt machen wir dich fertig, Brady, hat Devlin gesagt, wir stechen dich ab wie ein Schwein.

Was du meiner Schwester angetan hast, sagt Buttsy. Die ist völlig runter mit den Nerven.

Er war kreideweiß, und ich hab den Schweiß auf seiner Stirn glänzen sehen. Hörst du! sagt er. Zum Arzt hat sie gemußt – nachdem, was du mit ihr angestellt hast! Roche hat ihr drei verschiedene Sorten Tabletten verschrieben – *drei verschiedene Sorten Tabletten!*

Devlin hat gegen meinen verstauchten Knöchel getreten. Du verfluchtes Arschloch du, sagt er. Wie er das gesagt hat, hab ich angefangen zu weinen.

Ha! sagt Buttsy und wird ganz aufgeregt.

Nun schau ihn dir an, sagt Devlin.

So ist es schon besser, sagt Buttsy.

Siehst du, Devlin, hab ich's dir nicht gesagt, meint Buttsy. Er fängt sich wieder und läßt das Messer in seine Tasche gleiten: Prügel austeilen kann er, bloß vertragen tut er sie nicht. Ich sag: Ich weiß ja, was ich getan hab, war verkehrt, Buttsy. Ich weiß! Ich hab versucht, Joes Blick aufzufangen, um ihm ein Zeichen zu geben, aber der konnte mich nicht sehen, der war völlig verstört.

Frauen, sagt Devlin, dazu reicht's bei ihm gerade noch, Frauen, den Frauen kann er's zeigen, aber wenn er's mit dir und mir zu tun hat, das ist eine andere Sache, was, Buttsy?

Dann haben sie angefangen, miteinander zu tuscheln, was sie mit mir anstellen sollen.

Ich tu alles, sag ich. Daran hättest du denken sollen, bevor du in fremder Leute Häuser einbrechen tust, sagt Devlin und knallt mir noch eins vor den Latz.

Nun guck dir diesen Saftsack an! Guck ihn dir bloß an! Das will nun dein Kumpel sein, Purcell. Dein Kumpel aus der Siedlung!

Buttsy holt eine Kippe raus und steckt sie sich an.

Dann geht er zu Joe rüber und sagt zu ihm: Was hangst du mit dem überhaupt rum? Was sagt denn dein Alter dazu?

Da hat Joe es gesagt: Ich häng doch gar nicht mit dem rum. *Früher* hab ich mal mit dem rumgehangen.

Ich hab nur gesehen, wie die angezündete Kippe in Buttsys Mund gewandert ist und wie sein Kopf genickt hat, als er noch was zu Joe gesagt hat. Er hat den Rauch ausgeblasen und die Asche abgeklopft, dann ist er sich mit dem Arm über die Stirn gefahren, und das war meine Chance – rumms! der wußte gar nicht, wie ihm geschah. Ich weiß nicht, wie oft ich ihm eins mit dem Stein draufgegeben hab. Wenn Devlin und Joe es nicht geschafft hätten, mich von ihm loszureißen, hätte ich ihn erledigt. Keinen Gedanken hätte ich dran verschwendet. Der hatte Joe dazu gebracht. Von sich aus hätte Joe das nie gesagt, er hat ihn erst dazu aufgestachelt. Ich hab ihm noch einen Tritt zu geben versucht, aber sie haben mich zurückgezerrt: nein, nein! Francie! Devlin sagt: Francie, das reicht jetzt. Der hat sich in die Hosen gemacht vor lauter Angst, daß ich auf ihn losgehen würde. Aber Devlin hat mich einen feuchten Dreck gekümmert, ich wollte mit Joe reden. Ich hab den Stein über die Böschung geschleudert. Joe, sag ich, was meinst du damit, warum hast du das gesagt?

Die Art, wie Joe mich angesehen hat – zuerst ist mir nicht eingefallen, an wen mich das erinnert hat, aber dann hab ich's gewußt. Es war Doktor Roche, der hat glatt durch einen hindurchgesehen. Joe, bitte, hab ich gesagt, aber er wollte mich nicht reden lassen. Ich hab gespürt, wie meine Knie nachgegeben haben, und ich mußte die Worte aus meinem Magen hervorquetschen: bitte, Joe!

Aber er wollte immer noch nicht hören. Er ist zurückgewichen und hat die Handflächen wie gegen eine Glaswand gepreßt. Nein, Francie, diesmal nicht, nicht nach alldem!

Immer wenn ich versucht hab, was zu sagen, hat er nur die Hand gehoben: Nein! hat er gesagt. Ich hab hinter ihm her gebrüllt: Joe – komm zurück, bitte! Ich tu alles. Alles, was du willst. Aber ich hab nur noch gesehen, wie er über die Bahnschranke geklettert ist, und wie ich noch mal hingeschaut hab, ist er verschwunden gewesen. Devlin hat mich angeblickt mit zitternder Lippe: Bitte, Francie!

Ich wollte schon auf ihn los, aber dann hab ich mir gesagt: Wozu denn, was zum Teufel nutzt das. Ich hab ihn einfach stehenlassen: *bitte, Francie,* und Buttsy ist am Boden entlanggekrochen: au! au! helft mir. Aber sicher doch.

Ich bin zum Volksfest gegangen. Man hätte meinen können, die Schiffsschaukeln würden gleich abheben und in den Himmel hinauf. Soviel Gekreisch hatte ich noch nie gehört, die Mädchen haben sich an ihre Freunde geklammert: *Rette mich!* und all so was. Da gab's Jim Reeves und große rosa Teddybären und funkensprühende Autoskooter, aber ich wollte nichts davon sehen. Ich bin zur Schießbude rüber, um mir die Goldfische anzugucken. Ich weiß nicht, wie viele in dem Bassin geschwommen sind. Vielleicht fünfzig. Jedesmal, wenn sie rumgeschnellt sind, hat's silbern geglitzert. Ich hab sie mir eine Weile angeschaut, wie sie da rumgeschwommen sind. Drüben bei den Autoskooters konnte ich die Mädchen sehen. Die haben nur dagesessen, ihre Beine baumeln lassen und hinter vorgehaltener Hand gekichert. Sie haben zu mir rübergeblickt und sich in die Rippen gestoßen, dann haben sie wieder angefangen zu gickeln. Da war so eine kleine Blonde, die haben sie immer wieder versucht, zu mir rüberzuschubsen, damit sie was zu mir sagt. Die Ältere sagt: mach schon, und bläst eine rosa Kaugummiblase, da sagt die Blonde: nö, mach ich nicht!

So haben sie eine Weile weitergemacht, und dann kommen sie doch tatsächlich zu dritt auf mich zu. Da stehen sie nun eingehakt und: du sagst's, nein, du sagst's. Ich hab gar nicht gewußt, wohin gucken. Ich bin rot geworden wie eine Tomate, ich hab nicht gewußt, worauf die hinauswollen oder was ich ihnen sagen soll. Die haben gesehen, daß ich rot geworden bin, und ich hab's auch gewußt, darüber haben sie gelacht. Schau dir den an, der wird ja ganz rot. Warum wird er denn bloß rot? Jedenfalls hab ich mir eingebildet, daß sie das gedacht haben, aber inzwischen denke ich, die haben das überhaupt nicht gedacht. Die wollten bloß über Joe reden. Die haben gesagt: Du bist doch mit dem Joe Purcell befreundet, nicht? Weißt du was? Sie ist in ihn verknallt!

Wieder haben sie die Blonde geschubst, und sie ist mir entgegengetorkelt. Ich wollte schon sagen: Paß auf, hast du dir was getan oder so was, aber ich hab mir nur was zurechtgestammelt. Aber es war sowieso egal, die waren schon längst wieder über alle Berge und haben sich was gekichert und gegickelt über Joe.

Das Haus hat nur so gewimmelt von Flaschen, wie ich heimgekommen bin. Pa hat auf dem Sofa geschlafen, neben sich die Trompete, und in einem Sessel hat irgend so ein alter Typ mit einer Mütze gesessen. Wir haben hübsch geplauscht über die gute alte Zeit, über die ganze Tower-Bar-Clique von früher. Er sagt: Sag deinem Vater, er soll sich mal keine Sorgen darüber machen, was Roche von sich gibt. Die Bradys sind zähe Burschen, harte Männer. Da braucht's schon mehr als ein bißchen Brustschmerzen, um denen was anzuhaben. Hab ich recht, Francie? fragt er.

Ich sag: ja. Ich hab nicht kapiert, was zum Teufel er daherquatscht, er und Roche, ich wollte nichts mehr wissen von Roche. Dann ist er eingeschlafen, und der Kopf ist ihm auf die Brust gesackt wie bei einer Stoffpuppe. Auch ich wollte jetzt schlafen. Ich hab gewußt, in ein paar Tagen würde alles wieder in Ordnung kommen. Wir würden wieder Spaß haben, ich und Joe. Ich konnte es nicht abwarten mitanzusehen, wie er Buttsy nachmachte. Au! Au! *Helft mir!*

Es gibt doch allerhand zu lachen in der Stadt, Joe, würde ich sagen. Dann würden wir unsere Gesichter ins Wasser tunken und den Fischen sagen, was sie mit sich anstellen sollen. Hätte ich nicht gedacht, daß ich schlafen kann – nach allem, was geschehen war. Konnte ich aber. Ich hab geratzt wie ein Murmeltier. Ich bin durch meine Träume gekurvt – yamma yamma yamma – über die Dächer der Stadt, und wie ich wieder zum See gekommen bin, kauert da Joe und sieht mich lächelnd an und sagt: Und selbst wenn wir Streit gehabt haben, na und? Wir sind immer noch Blutsbrüder – oder?

Logo, sag ich, und werden's immer bleiben. So soll es sein, Francie Boy!

Ich hab die Sache ein paar Tage auf sich beruhen lassen, damit alles vergessen ist. Dann bin ich zu Joe und hab Mr. Purcell gefragt: Ist Joe da? Nein, sagt er, der ist übers Wochenende bei seinem Onkel, kommt erst Montag zurück. Oh, sag ich, dann komm ich Montag wieder. Obwohl, ich war mir ziemlich sicher, daß ich ihn oben hinter der Gardine gesehen hab. Aber ich hab nichts gesagt, weil es hatte keinen Sinn, Stunk zu machen. Na schön, sagt Mr. Purcell, ich werd's ihm ausrichten. Danke, hab ich gesagt und bin los. Aber die Sache war die: Am Montag hab ich ihn auch nicht gesehen, weil Mr. Purcell hat ihn mit dem Auto nach Hause gebracht, und das einzige, was ich gesehen hab, war, wie er hinter der beschlagenen Windschutzscheibe vorbeigefahren ist. Ich hab nicht mitgekriegt, ob er rausgeschaut hat, um zu sehen, ob ich an der Ecke gestanden bin oder so.

Pa hat zu mir gesagt: Ich hab heut morgen mit Leddy gesprochen. Dann fängt er an, in diesen riesigen Rotzfetzen von der Größe eines Bettuchs zu husten.

Ich wollte gar nicht erst hören, worüber er mit ihm gesprochen hat.

Eines Tages bin ich Leddy persönlich begegnet, wie er in seinen Gummistiefeln die Straße entlanggewatschelt kam. Den Schweinekot hat man schon eine halbe Stunde gerochen, bevor man Leddy überhaupt gesehen hat. Ich höre, du kommst vielleicht vorbei, ein bißchen mit Hand anlegen, sagt er. Guck dir bloß den Leddy an, hab ich gedacht, wo wir schon von Schweinen reden! Was immer wir waren, der war mit Sicherheit eins. Der hat schon so lange mit denen gearbeitet, daß er selber eins geworden ist. Er hatte eine große rosa Visage und eine zusammengekniffene Schnauze. Es gibt auch ohne mich genug Schweine hier in der Gegend, hab ich gesagt. Ich hab die Nase voll von Schweinen. Aber trotzdem sag ich: vielen Dank. Na schön, sagt Leddy, wie du willst, und geht davon – plop plop plop – die Straße entlang.

Ich wieder bei Joe vorbei. Da sind Sie ja, Mr. Purcell, hab ich gesagt, ob wohl der Chef da ist? Einen Moment lang hat Mr. Purcell gar nichts gesagt, sondern nur dagestanden und sich auf die Lippe gebissen, dann sagt er: Warst du nicht heut morgen schon mal hier? Ja, sag ich. Und was hat meine Frau dir gesagt? Oh, ich glaube, sie hat gesagt, Joe wär damit beschäftigt, ihr in der Küche zu helfen. Da glaubst du was Richtiges, sagt er, und wenn du nichts dagegen hast, wird er auch den ganzen Abend beschäftigt sein. Und schlägt mir doch tatsächlich die Tür vor der Nase zu! Ich bin dagestanden und hab die blaue Farbe von der Tür angestarrt und hab nicht gewußt, was davon zu halten ist. Als ich das nächstemal vorbeigegangen bin, ist Mrs. Purcell zur Tür gekommen, und als ich sie gefragt hab, ob Joe mit zum Fluß rauskommt, da hat sie gesagt: Der ist beim Musikunterricht. Musikunterricht, sag ich, hab gar nicht gewußt, daß er Musikunterricht hat, wo hat er denn Musikunterricht? Oben in der Klosterschule, sagt sie, wo sie alle hingehen. In der Klosterschule, sag ich, hab gar nicht gewußt, daß er Musikunterricht hat, Mrs. Purcell. Der ist doch früher nie zum Musikunterricht gegangen? Nein, sagt sie, ist er nicht. Jetzt wollte auch sie schon die Tür zumachen. Am Ende des Wegs hat ein Tanklastwagen versucht zu wenden. Ich hab einen Augenblick lang zugesehen, und dann hab ich zu Mrs. Purcell gesagt: Na denn, Mrs. Purcell, muß ich wohl später noch mal vorbeikommen, vielleicht ist er ja dann da. Wie du meinst, Francis, sagt sie und späht durch den Türspalt. Dann schließt sich mit einem leisen Klicken die Tür. Ich war ganz verblüfft von der Art, wie sie gesagt hatte: Wie du meinst, Francis, und hab die Tür betrachtet, wie man einen Umschlag ans Licht hält, um zu sehen, ob irgendwas drin ist. Dann hab ich mir gedacht: Damit will sie sagen, ich hoffe, daß er nie wieder vor der Tür steht. Mir war, als hätt ich einen Hühnerknochen verschluckt, der ist in meinem Hals herumgewandert, und ich hab ihn einfach nicht rausgekriegt. Ich hab hochgeschaut zu den Schlafzimmerfenstern, mal sehen, ob jemand da ist und runterguckt. Aber da war natürlich niemand. Das war doch reiner Unfug, daß ich mir das eingebildet hab. Nur weil ich mir ein andermal eingebildet hatte, ihn da gesehen zu haben, hieß das noch lange nicht, daß er wieder da war – das heißt, falls er das erstemal da war. Ich bin den Weg entlanggelaufen, ich wollte einen Bummel machen, aber dann hab ich kehrtgemacht, weil ich nicht ganz durchgeblickt hab, wie Joe Musikunterricht haben konnte, wo er doch gar kein Klavier gehabt hat, der mußte wohl Gitarre lernen. Aber die Nonnen haben doch gar keinen Gitarrenunterricht erteilt. Mit dem Ärmel von meinem Pullover hab ich die Wohnzimmerfensterscheibe abgewischt, und sieh einer an – da ist's gestanden: ein neues Mahagoniklavier, und auf dem Notenständer hat das Notenheft gelegen, auf dem Umschlag der Eselskarren, der in die dunstig grünen Berge fährt. Ich hab's nicht lesen können, aber ich hab gewußt, was es war – *Musikalische Kleinodien Irlands*.

Philip hat mit der Notenmappe geschlenkert und vor sich hin gesungen, wie er an Mrs. Connollys Hecke vorbeigekommen ist. Ich bin hinter dem Tor vorgetreten und hab gesagt: na, Philip. Da fängt er wieder an herumzunesteln, diesmal allerdings nur am Henkel der Notenmappe, und ich glaub, er hat gesagt: hallo, Francis. Ich hab gesagt: Francie, nicht Francis. Francie, hat er gesagt, und dann ist er ganz rot angelaufen. Ich hab nicht gewußt, wie ich anfangen soll, mir sind ein paar Sachen eingefallen, aber nichts davon hat passend geklungen. Schließlich hab ich nur gesagt: Du hast Joe Purcell dein Notenheft gegeben, stimmt's? Nein, hab ich nicht, sagt er. Doch, sag ich, ich fürchte doch, aber darauf hat er nur gesagt: *Hab ich nicht*. Wenn du das nicht hast, sag ich, dann müßte es ja wohl noch in der Notenmappe sein – oder? Ja, sagt er, aber er hat mir gar nicht richtig zugehört. Er hat an dem Henkel rumgenestelt und wieder an mir vorbeigeschaut. Dann laß mich doch mal in deine Notenmappe sehen, dann werden wir ja sehen, sag ich, dann werden wir's genau wissen. Also, kann ich sie mal haben, Philip? Er hat mir die Mappe gegeben und weggeschaut. Ich hab meine Finger über die glatten Schuppen gleiten lassen, hat mir gefallen, wie die sich ablösen und an den Fingern kleben bleiben wie alte Farbe. Er hatte eine ganze Menge Bücher drin – Lieder, von denen ich noch nie gehört hatte. Da war eins von einem Mann, der singt den Mond an, mit zwei Palmen dahinter, und ein andres: *Bluebells in Spring* mit ganz vielen Blumen, die sich in der Brise wiegen, und einem Mädchen in einem blauen Kleid – la-li-la durch die Felder. Ein anderes Stück hieß *Etüde in F*. Unten in der Mappe hat auch ein Füller gelegen. Ich hab alles auf dem Boden ausgebreitet, um sicherzugehen. Scheiße, hab ich gesagt, tut mir leid, Philip. Da war eine Pfütze, die hatte ich nicht gesehen, und ein Heft war ein bißchen naß geworden. Es war die *Etüde in F*. Ich hab Philip immer wieder gesagt, wie leid es mir tut, aber er hat immer nur gesagt, es wär schon gut. Ich will nicht, daß du Scherereien kriegst, sag ich. Nein, nein, sagt er, nein. Danach hab ich sie mehrere Male überprüft, und dann hab ich gesagt: Es ist nicht hier, Philip. Er sagt: Ich weiß nicht, vielleicht ist es zu Hause, Francie, ich weiß nicht. Ich sag: Nein, Philip, zu Hause ist es nicht, und das weißt du – nämlich, du hast es Joe Purcell gegeben, vielleicht nur geborgt, aber gegeben hast du's ihm allemal. Oh, Francie, bitte, sagt er. Ich sag: Du brauchst es mir doch nur zu sagen, das kannst du wirklich. Ich hab's doch in seinem Haus gesehen, es liegt auf dem Klavier. Ich weiß nicht, Francie, fängt er wieder an, er könnte doch sein eigenes gekauft haben, oder vielleicht hab ich's ihm auch gegeben, ich weiß es nicht mehr. Du weißt nicht mehr, ob du's ihm gegeben hast oder nicht, sag ich. Er sagt wieder: vielleicht, aber ich sag: Sieh mal, es hat doch keinen Sinn zu sagen, vielleicht, Philip. Das ist das Heft, das du ihm gegeben hast, ich hab's doch in dieser Mappe hier gesehen – auf dem Umschlag ist ein Eselskarren mit Bergen. Und du hast es Joe Purcell gegeben, und jetzt sagst du, du hättst es nicht. Du hast es ihm doch gegeben, oder etwa nicht? Vielleicht nur geborgt, aber gegeben hast du's ihm, stimmt's? Du brauchst es doch nur zuzugeben, Philip, mehr will ich doch gar nicht wissen. Da stottert er: jajaja, und schnieft ein bißchen. Ich hatte mir durchaus gewünscht, daß er's zugibt, aber wie er's dann getan hat, hat's mir auch nicht gefallen. Zuerst wollte ich sagen: Na, siehst du, jetzt ist es raus, das hättest du doch auch gleich sagen können. Aber am Ende hab ich's nicht gesagt. Ich hab gesagt: Warum hast du das getan? Er sagt: Ich hab's ihm nur so gegeben, Francie, die Musiklehrerin wollte es. Da stellte ich mir Joe und Philip vor, wie sie im Zimmer von der Musiklehrerin stehen. Hier, Joe, hat Philip gesagt und ihm das Buch gereicht. Danke schön, hat Joe gesagt. Und Philip hat breit gelächelt. Ich hab zu Philip gesagt: Das hat alles mit den Goldfischen zu tun, stimmt's? Da sagt der doch: Was denn für Goldfische? Ich weiß gar nicht, wovon du redest, Francie.

Wie ich ihn angesehen hab, wie er mir das mitten ins Gesicht sagt, da hab ich gedacht: Bitte, Philip. Werd bloß nicht so wie deine Mutter.

Ich hab ihm alles erklärt. Es war ja in Ordnung, daß er Joe die Goldfische geschenkt hatte, solange ich in der Schule war. Aber damit hatte es sich jetzt. Brauchst nicht zu denken, daß du dich bei uns einschmeicheln kannst, indem daß du Joe Notenhefte schenkst, Philip. Es wäre nicht fair, dir was vorzuschwindeln. Ich hab ihn gefragt, ob er verstanden hat, was ich meine. Er hat gesagt: ja, und obwohl er enttäuscht war, hab ich gewußt, es ist besser für ihn, wenn er Bescheid weiß.

Ich sag dir was, Philip, hab ich gesagt. Wenn wir mal wieder auf Fährtensuche in die Berge gehen, darfst du mitkommen, ja? Aber erzähl ihr bloß nichts davon. Du weißt, was sie tun wird. Er hat gesagt: ja. Ich hab die Hefte aufgehoben und sie in die Mappe gesteckt. Dann bin ich ein Stückchen mit ihm den Weg entlanggegangen. An der Straßenecke hab ich tschüs gesagt und daß ich ihn bald wiedersehen würde. Dann bin ich nach Haus gegangen.

Als ich nach Hause gekommen bin, war kein Laut zu hören außer den Fliegen, niemand da außer Pa in seinem Sessel vor dem Radio. Ich hab ihm von Philip erzählt und daß es besser wär, ehrlich zu den Leuten zu sein und ihnen nichts vorzumachen. Ich hab mir mein Abendessen gemacht und ihn gefragt, ob er auch was will. Ich hab gesagt: Was machst du denn da? Das Schneeglöckchen beglotzen? Ich hab gesagt: Selbst wenn Philip mit mir und Joe zum Fluß raus will, kann er das, solange er kapiert, am Ende sind's immer ich und Joe. Ich hab gedacht: Vielleicht hat Pa in der Tower Bar eine Erinnert-ihr-euch-noch-an-die-gute-alte-Zeit-Fete gefeiert, das Haus ist nämlich übersät gewesen mit Flaschen, und die Trompete hat drüben bei der Scheuerleiste gelegen. Ich hab mir schon denken können, daß er nicht imstande war, mir zu antworten. Ich hab ihn an der Schulter gerüttelt, und als ihm das Taschentuch aus der Brusttasche gefallen ist, hab ich gesehen, daß es voll von geronnenem Blut war. O Pa, sag ich, ich hab nicht gewußt, was tun, und hab ihm die Stirn gefühlt, die war eiskalt. Ich hab gesagt: Keine Sorge, Pa. Ich kümmere mich um dich. Ich seh zu, daß du wohlauf bist. Ich hab dich vielleicht früher im Stich gelassen, aber diesmal nicht! O nein – diesmal nicht! Wir Bradys – wir zeigen's ihnen! Denen zeigen wir's, wir halten zusammen!

Ich hab ihn lächeln sehen, wie ich das gesagt hab. Ich hab seinen Sessel näher ans Feuer rangezogen und gesagt: Komm, setz dich da her, Pa. Ich hab das Feuer hoch aufgeschichtet. Ich hab alles verwendet, was ich im Hof finden konnte. Er war das erstemal, seit ich zurückdenken konnte, daß es im Haus ein Feuer gegeben hat. Es war schön, wie es aufgeflackert ist und die Schatten über die ganze Decke geschwärmt sind. Ich hab gestöbert und Brot gefunden. Das hab ich an einer Gabel geröstet. Dann haben wir Abendbrot gehabt. Wir sind nur dagesessen, mehr wollten wir nicht. Pa hat mich angeblickt, und wie ich diesen Blick gesehen hab, so traurig und so verletzt, da wollt ich sagen: Ich liebe dich, Pa.

Sie haben mir gesagt: Du wirst mich nicht verlassen, mein Sohn.

Ich hab gesagt: Nein, Pa. Ich werde dich nie verlassen.

Diesmal wird's werden – nicht wahr, mein Sohn?

Ich sag: ja. Wir werden doch noch eine glückliche Familie, Junge. Ich hab's gewußt: Am Ende werden wir's doch noch. Ich hab gesagt, wir sind's schon. Ich würde dafür einstehen, daß wir's sind, hab ich gesagt. Jetzt lag alles bei mir. Bei mir und sonst niemand. Da hat er zu mir gesagt: *die Trompete, hol die Trompete.* Ich hab sie aufgehoben und poliert, bis sie blank war, ganz wie früher. Dann hab ich sie in den mit Filz ausgeschlagenen Instrumentenkasten gepackt, so wie er's immer getan hat, und hab sie zur Ruhe gebettet, wie man nach einem langen Tag ein Kleinkind zur Ruhe bettet. *Sorg dafür, daß sie mir meine Trompete nicht anrühren, Francie!* sagt er.

Ich hab ihm gesagt, er braucht sich keine Sorgen machen, seine Sorgentage sind vorüber. Deine Sorgentage sind vorüber, hab ich gesagt.

Ich hab seinen Handrücken berührt.

Danke, Francie, hat er gesagt, und ich bin so glücklich gewesen, daß wir uns so was sagen konnten, daß ich geweint hab. Meine Tränen sind nur so geströmt, wie ich dagesessen und meinen Kopf an seine Schulter gelehnt hab.

Am nächsten Tag hab ich mir gesagt: Jetzt kommt's auf mich an, jetzt hängt alles von mir ab und sonst niemand. Die werden schon noch sehen, woraus die Bradys gemacht sind!

Ich bin in die Stadt gelaufen und in den Laden, mit Einkaufskorb und allem. Ich konnte sehen, wie Mrs. Connolly auf ihn gedeutet hat und die anderen Frauen die Stirn gerunzelt haben. Kommt nicht alle Tage vor, daß man Francie Brady mit einem Einkaufskorb sieht. So ist es, die Damen, sag ich, aber von jetzt an werden Sie eine ganze Menge davon sehen. Ich werd alle Hände voll zu tun haben! Ich weiß gar nicht, wo mir der Kopf steht, Mrs. Connolly, sag ich.

Ich glaube, einen Augenblick lang hat sie gedacht, ich mache Spaß. Aber als sie gesehen hat, daß ich nicht gelacht hab, hat sich ihr Gesichtsausdruck verändert, und sie ist ganz ernst geworden. O ja, sagt sie, Hausarbeiten macht keiner gern, aber erledigt wollen sie sein, haha. Stimmt, sagen die andern Frauen, wie wahr. Wie ich meine Einkäufe beisammen hatte, hab ich gesagt: So, die Damen, muß mich sputen, muß mich wieder an die Arbeit machen. Na ja, Francie, haben sie gesagt, wird langsam Zeit, daß wir uns selber auf den Heimweg machen. Wir würden den halben Tag verschwatzen, wenn man uns läßt. Haha, hab ich gesagt.

Als ich den Kohlenschuppen saubergemacht hab, was hab ich da gefunden? Den alten Fernseher! Ich hab ihn auf den Tisch gestellt, an dieselbe Stelle wie früher. Als ich mit allem fertig war, war der Schuppen picobello. So, was mach ich jetzt, sag ich. Ich hab Pa Abendessen gemacht und oben aufgeräumt. Ich hab drauf geachtet, daß wir nie *Friday Night Is Music Night* verpaßt haben.

Das war Pas Lieblingssendung. Früher ist er immer aus der Tower Bar nach Hause gekommen, um sie sich anzuhören – und wehe, man hat gesprochen, während sie gelaufen ist. Meine Damen und Herren – hier ist ihr Gastgeber Mr. Ian-Priestly Mitchell!

Egal, was ich genommen hab, ob Ata oder was, nach den Sardinen hat's immer noch ein bißchen Gestank und Fliegen gegeben. Da bin ich denn noch mal die Straße hoch und hab einen Fliegenfänger gekauft. Angeblich waren die besser als Spray, und außerdem konnte man sehen, wie viele man erledigt hatte.

Ab und zu hab ich den Fliegenfänger kontrolliert und nachgezählt. Das hat nicht lang gedauert. Im Handumdrehen hab ich elf Stück gehabt. Ich bin wieder losgelaufen, noch einen Fliegenfänger kaufen, falls der erste zu schnell voll wird. So so, sagt Vater Dom. Francis, sagt er, ich sehe, du bist jemand, der allerhand zu tun hat. Ich glaub, das ist nun schon das fünfte Mal, daß ich dich heute die Straße hoch und runter laufen seh. Was hat sich Dom denn eingebildet, wer er ist – Fabian von Scotland Yard? O ja, Hochwürden, ich mach ein bißchen Frühjahrsputz unten im Haus, dazu brauch ich dies und das – Sie wissen schon. Was hast du denn da, sagt er, sag mir bloß nicht, daß du rauchst. Aber nein, sag ich, das ist ein Fliegenfänger, das ist alles. Mich werden Sie schon nicht beim Rauchen ertappen, Hochwürden. Jedenfalls noch nicht, sagt er. Hm hm, sagt er, ich höre, du hast es ganz aufgesteckt, zur

Schule zu gehen, könnte das sein, Francis? Ja, sag ich, ich bin von der Schule ab, und damit hat sich's. Ist das nicht schade, sagt er, denn die werden dir sagen, der Unterricht kommt dir noch zustatten. So wird's wohl sein, na ja, so ist es nun mal. Dann hab ich gesagt, ich müßte in die Tower Bar und ein paar Flaschen Dunkelbier holen. Du trinkst doch wohl nicht etwa, Francis, erzähl mir nur noch, daß du trinkst. Aber nein, Hochwürden, sag ich, nur ein paar Flaschen für den Boß. Ach, verstehe, sagt er ganz erleichtert, die sind für den Chef. Das sind sie, sag ich und hab ihm viel Glück gewünscht, und er ist davongeschwebt, bis er irgendeiner Frau in die Arme gelaufen ist: Hochwürden, kommen Sie, hören Sie nur. Nach dem Bier war mein Geld zu Ende. In Pas Taschen war keins mehr, und im Mülleimer war auch nichts außer einer Brotkruste. Ich hab mich zu Pa gesetzt und nachgedacht, ob's irgendwas gibt, was ich tun kann, und schließlich bin ich zu Leddy gegangen. Mach dir keine Sorgen, Pa, hab ich gesagt, ich fange frühmorgens an und komme abends früh nach Haus. Es wird schon werden, wart's ab.

Er hat mich angesehen und gemeint: Du wirst mich nicht verlassen, Junge?

Aber er hätte sich keine Sorgen machen brauchen. Ich würde ihn schon nicht verlassen. Nie wieder würde ich Ma und Pa oder sonst jemand im Stich lassen.

Da ist ja der Mann, der mit Schweinen nichts mehr zu tun haben wollte, sagt er. Haben Sie Arbeit für mich, Mr. Leddy? frag ich. Dieser Gestank nach Pisse und Scheiße und dreckigen Gedärmen – so was hast du noch nicht erlebt. Neben dem Schlachthaus war eine Betongrube, da haben sie den Mist und die Gedärme und den Fleischabfall reingekippt, und der Berg ist immer höher geworden. Magengrube – so hab ich die Stelle genannt. Grouse Armstrong hat einen großen Fetzen weißer Haut mit Innereien dran über den Hof gezerrt und hat ab und zu angehalten, um daran zu rupfen und zu kratzen. Aus der Grube ist Dampf aufgestiegen, da hat's nur so gewimmelt von Schmeißfliegen. Man mochte meinen, sie bewegt sich, gleich würde sie aufstehen und über den Hof und auf und davon gehen. Alle zwei Sekunden hat Leddy tief Atem geholt, und wenn er den Rotz hochgezogen hat, hat's geklungen, wie wenn Papier zerreißt. Ich möchte behaupten, daß du noch nicht so oft an so einem Ort gewesen bist, sagt er, und ich hab ihm angesehen, daß er gedacht hat, so, das ist also der berüchtigte Francie Brady. Na, wir werden ja bald sehen, wie zäh der Bursche ist, wenn er sich erst mal Leddys Schlachthof von innen besieht. Aber ich hab nur gelächelt, und jedesmal, wenn er mir davon erzählt hat, hab ich gesagt: Das ist aber interessant. Und je schlimmer es geworden ist von wegen den Sachen, die ich bei ihm zu tun hätte, desto besser, hab ich gesagt, daß es wär. Du mußt in aller Herrgottsfrühe aus den Federn, sagt er, wie behagt dir das? Ich sag: Geht in Ordnung, Mr. Leddy. Wer glaubt, die Arbeit hier wär leicht, der sollte sich seinen Hirnkasten untersuchen lassen – um hier zu arbeiten, muß man zäh sein! Allerdings, Mr. Leddy, sag ich, und ich hab ihm angemerkt, es hat ihm gefallen, daß ich ihn so angeredet hab, und so hab ich ihn weiter so angeredet. Es wäre wohl nicht angebracht gewesen zu sagen: Ich nehme an, Sie werden's schon wissen, wenn man bedenkt, daß Sie selbst ein Schwein sind mit Ihrem großen rosa Schweinskopf. Aber so wie er dahergeredet hat, hätt ich's nur zu gern gesagt. Als wär er irgend so ein Gastprofessor von der Schweine-zerlegen-Universität. Je mehr er gequatscht hat, desto mehr wollte er quatschen. *Schweine,* von Mr. Leddy. So hab ich gedacht, aber ich hab nur genickt. O ja. Und hmm. Wenn du nicht dein Teil dazutust, sagt er, kannst du gleich umdrehen. Für Faulenzer hab ich keine Verwendung. Oh, mit mir werden Sie keinen Ärger haben, Mr. Leddy, sag ich. Gut, sagt er, denn in der Stadt bringen sie sich nicht gerade um, *dir* Arbeit zu verschaffen. So, sagt er, was machen wir denn mit dem Kerlchen hier, und durch das Gitter blickt mich dieses kleine Schwein an, was hältst du von dem? Ich sag: oh, wie niedlich, aber ich hatte mich ganz vergessen, denn das wollte Leddy nicht von mir hören. Niedlich, sagt er, du findest es niedlich. Gut, sagt er und faßt es mit den Armen unter. So, sagt er, jetzt sieh's dir mal gründlich an. Es war rosa wie ein Kinderpopo, und es hat zu mir gesprochen mit seinen großen Augen: Ich bin noch kein großes Schwein, ich verstehe gar nichts. Bitte – sieh zu, daß mir kein Leid geschieht! Und seine Vorderfüße baumeln über Leddys Tätowierung, das war ein

Schwert mit einer Schlange drumrum. Ist es nicht niedlich, sagt Leddy wieder, na freilich, allerdings – und was hat er als nächstes in der Hand? Eine Pistole, keine richtige Pistole, sondern ein Bolzenschußgerät für Schlachtvieh, und was tut er damit? Er legt's dem Ferkel an den Kopf an und – zack-bumm! – saust der Bolzen mittenrein in seinen Schädel – und was war das für ein Gequiekse! Dann – plumps! – auf den Beton und kein Gequiekse mehr. Das einzige, was man sehen konnte, war, daß es sagt: Du hast gesagt, du wirst mich beschützen, und nun hast du's nicht. Da sieht Leddy mich an: hah hah hah, als wollte er sagen: Na, was sagst du dazu, John Wayne, he, wetten, damit hast du nicht gerechnet? Was, sagt er, wie? Er war ganz aufgeregt, und seine Unterlippe hat angefangen zu zittern. Ich hab gewußt, so zäh, wie der getan hat, war er nicht, er hat nur gesagt: Treib bloß keine Mätzchen mit mir, Brady, genau wie der Lehrer. Aber eine gute Vorstellung war's schon. Wie findest du das, he? sagt er. Sehr gut, große Klasse, Mr. Leddy, Spitzenzeugnis von der Ferkel-erschießen-Universität. Oder ich hätte sagen können: Warum nur, warum mußten Sie ihm so was Entsetzliches antun? Es hat doch in seinem ganzen Leben niemandem was zuleide getan. Sie sind ein grausam-grausamer Mann, Mr. Leddy! und hätt mich auf das arme kleine, tote kleine Ferkelchen werfen können, wie's dalag mit weit geöffnetem Schnäuzchen.

Aber es hat mich nicht gekratzt, statt dessen bin ich zum Koben rüber und hab noch so ein Kerlchen bei den Haxen gepackt, das war noch jünger als das erste. Das war nun ganz übel dran, denn es hatte ja die ganze Sache mitgekriegt. Seine Augen: *Bitte, bitte, bring mich nicht um, ich tu alles dafür!* Wie steht's mit dem Bürschchen hier, hab ich gesagt, das sieht mir aber nach einem ganz schön üblen Kunden aus. Geben Sie mir doch mal die Pistole, Mr. Leddy, daß ich ihm Manieren beibringe. Leddy ist zurückgetreten, die Hand in die Hüfte gestemmt, und hat gelacht. Du bist mir vielleicht einer, Brady, denkst du, darauf falle ich rein, hat er gesagt. Aber gar nicht schlecht für den Anfang. Du mußt erst mal eine Weile hiergewesen sein, bevor du so was auf dich nehmen kannst, haha. Aber nein, Mr. Leddy, sag ich, nicht doch. Das wäre nicht fair dem kleinen Kerl gegenüber, ihn allein hier zu lassen, wo doch sein armer alter Kumpel hinüber ist. Nun geben Sie mir schon das Gewehr, und wir wollen mal sehen, was wir für ihn tun können. Du glaubst wohl, ich bin den Shannon in einer Blase raufgeschwommen, lacht Leddy. Von deinen Machenschaften hab ich schon gehört, sagt er, aber Jimmy Leddy kannst du nichts vormachen. Ich war in Bangkok, sagt er, da hat Benny Brady deine Mutter noch nicht mal gevögelt gehabt. Das hat mir gar nicht gefallen, was er da gesagt hat, das hat mir nicht die Bohne gefallen. Passen Sie nur auf, was Sie da über meine Mutter sagen, Leddy, aber ich hatte Pa mein Versprechen gegeben, und so hab ich denn nichts gesagt, ich hab bloß gesagt: Ich weiß, Sie haben eine Menge erlebt, Sie sind in der ganzen Welt rumgekommen, aber lassen Sie mich ruhig mal ran. Das Ferkel wollte nicht stillhalten, es hat gezappelt und sich gewunden: Bitte, Francie, Francie, bitte, laß mich los. Er reicht mir die Pistole. Hier, sagt er, versuch's, aber gib acht. Ich sag: keine Sorge, Mr. Leddy. Ich hab das Ferkel eine Weile angeschaut. Da war nicht viel dran, es hat mich immer noch angeschielt und ein Ohr übers Auge geflappt: bitte, Francie? In jeder anderen Situation hätte ich es wieder abgesetzt oder zurückgebracht. Aber ich wollte, daß Leddy mich umgehend einstellt, und ich mußte doch Sachen fürs Haus kaufen, und so hab ich nur mit den Achseln gezuckt, und ich weiß gar nicht, was Leddy wollte mit all seinem Getue. Ein Quieken und ein Aufbäumen, als der Bolzen einschlägt, und ich hab's auf den Boden geworfen neben den anderen Kerl. Leddy hat sich seine Tätowierung gerieben, sich auf die Lippe gebissen und mich angestarrt. Hinter ihm eine Reihe von Schweinen in Baumwollhemden. Und ein Klumpen Kuh auf einem Tisch mit Rippen wie ein halbfertiges Boot. Eins wollen wir von Anfang an klarstellen, du und ich, sagte er, als ich ihm die Pistole zurückgegeben hab. Dann hat er mich angestarrt, bis ich weggeguckt hab, und sagt: Du wirst tun, was ich dir sage, Brady.

Wie Sie wollen, Käpt'n Sau, sag ich. Nein, hab ich nicht gesagt. Ich hab gesagt: Kann ich jetzt anfangen, Mr. Leddy?

Morgen um neun Uhr bist du hier, sagt er und mustert mich von oben bis unten, wobei er sich immer noch die Tätowierung reibt. Machen Sie's gut, Mr. Leddy, sag ich und hab einen Luftsprung vollführt: juchhu, und mit einem Affenzahn die Straße runter. Jetzt hab ich wirklich für alles die Verantwortung gehabt. Ich hab mich gut gefühlt. Ich hab einen Job, Pa, sag ich. Alle Achtung, mein Sohn, sagt er, wußte ich doch, daß du was taugst. Jetzt könnt es losgehen, hab ich gedacht. Ich bin mir vorgekommen, als würde mir die ganze Stadt gehören.

Ich bin den Frauen begegnet und hab gesagt: Haben Sie schon gehört, haben Sie schon gehört, ich hab eine Stelle bei Leddy! Die haben gesagt, das ist ja großartig. Ist es auch, meine Damen, hab ich gesagt, warten Sie's nur ab, eines Tages werde ich mich noch umbenennen in Mr. Algernon Carruthers Brady. Die haben gar nicht kapiert, wovon ich rede, aber gelacht haben sie trotzdem. Na, na, haben sie gesagt, du bist mir ja ein ganz Schlimmer, Mr. Algernon Carruthers Brady! Hat man so was schon gehört?

So sieht's aus, meine Damen, sag ich, kann jetzt nicht mehr plaudern, muß weiter, ich weiß gar nicht, wo mir der Kopf steht vor lauter Besorgungen.

Da wirst du ja jetzt allerhand zu tun haben mit all der Arbeit, sagen sie.

Werd ich in der Tat, sag ich, aber Sie wissen ja selbst: Getan werden muß es!

Und du bist der rechte Mann dafür, Francie!

Sie sagen es, meine Damen – jetzt kommt's ganz auf mich drauf an!

Na, dann auf Wiedersehen, Francie, und die drei Hände winken wie Blätter in der Brise.

Jeden Tag hab ich meinen Abfallkarren vom Wirtschaftshof geholt, bin zu den Häusern und Hotels und hab Kartoffelschalen und vergammelte Essensreste eingesammelt. Schlempe hat das geheißen, und Francie der Schlemperich hat sie abgeholt. Wenn Leddy nicht da war, hab ich zu den baumelnden Schweinen gesagt: Okay, Jungs, das ist das Ende. Dann hab ich peng! gemacht und ihnen mit dem Bolzenschußgerät den dicken Schädel weggeschossen. Bringt sie nach Missouri, Leute, hab ich dann gebrüllt. Oh, bitte, bring mich nicht um, ich bin zu fett zum Wegrennen! Zu schlimm, du

Sau! Peng! Schweinchen Dick und Schweinchen Schalu – freßt blaue Bohnen!

Als nächstes sagt doch Leddy tatsächlich, du bist mir nicht der Schlechteste, du kannst mir im Laden hinterm Tresen aushelfen. Na bitte! Wie sich das Blatt doch wenden kann! Francie Brady, der Schlächterbursche! Oho, aber diesmal war's anders, dieser olle Schlächterbursche hat sich gefreut wie ein Schneekönig, den hat man nicht dabei erwischt, daß er Leute im Stich läßt, o nein, mein Herr! So, bitte recht schön, meine Dame! Knapp über anderthalb Pfund, ist es so recht? O ja, das ist schon recht, Francis, vielen Dank auch. Als nächstes sind die Lieferungen drangekommen, ich als Laufbursche aufs Lieferfahrrad. Auf der Seite war aufgemalt: J. Leddy, Lieferant. Raus in die Berge und Moore und Feldwege – klingelingeling – hier kommt er schon, der Schlächterbursche und pfeift sich eins in seinem blaugestreiften Kittel, immer guter Laune. Gar kein so übler Tag heut, gute Frau. Weiß Gott nicht, Francie. Hallo da, Sie alter Torftrottel, ich meine Herr Ökonomierat. Haben Sie schon das Heu eingefahren? Sie sind schwer dabei? Bin ich!

Wiedersehen dann! Klingelingeling! Pfeif pfeif, wau wau – *hau ab, du Hund!* Morgen, Chef! Nächste Woche das gleiche? Was darf's denn sein? Zwei Pfund Schweinekoteletts, zwei Nierchen und einen Lendenbraten. Oh, und ein paar Knochen für Bonzo! Wird gemacht, wird gemacht, Chef! Dann man tschussi!

Und schon geht's auf und davon – holterdiepolter. Menschenskinder, ja ist denn das die Möglichkeit, meine Liebe, sag ich zu einer Frau, hängt grad ihre Wäsche auf.

Die verzieht das Gesicht: Eh? sagt sie.

Da bist du ja wieder, Francie, der Herr steh uns bei, du bist ja wirklich überall gleichzeitig! sagen die Frauen. Klar doch, sag ich und schleudere die Fleischpakete auf den Marmortisch.

Da bist du ja, sagt der erstaunliche Vater Dom. Tut mir leid, Hochwürden, hab keine Zeit für ein Schwätzchen. Jetzt sieht die Sache schon anders aus, hab ich gefunden, bei all den Aufträgen. Ich hab keine Zeit mehr gehabt für Klatsch und Tratsch. Besonders nicht mit Leuten wie Roche. Hält der mich eines Tages an mit seiner schwarzen Tasche und steht bloß da und gafft mich an, natürlich wieder mal aus dem Nichts. Schauen Sie, Roche, wollte ich ihm sagen, wenn Sie mir den Spaß verderben wollen, gehen Sie woandershin und verderben Sie ihn jemand anders. Ich bin vielbeschäftigt und habe alle Hände voll zu tun. Ich habe Verantwortung und keine Zeit, herumzutrödeln und mit Ihresgleichen Scheiße zu reden. Also gehen Sie Ihren eigenen Angelegenheiten nach und lassen Sie die Leute in Frieden, daß sie ihre Arbeit tun können. Das war's, was ich Roche mit seinen schwarzen Augenbrauen sagen wollte.

Ich hab die Nase voll gehabt von ihm und allem, was mit ihm zu tun hatte, und das würde ich ihm auch sagen. Hab ich aber nicht, und was zum Teufel tut er da? Kommt er doch wahrhaftig auf mich zu, und ich krieg eine puterrote Birne. Ich weiß gar nicht, warum er da steht. Ich hab gehört, du arbeitest jetzt bei Leddy?

Ja, sag ich, und was gibt's daran auszusetzen?

Ich sag doch gar nicht, daß es daran was auszusetzen gibt, ich frag ja nur, sagt er.

Ich wollte sagen: Fragen Sie nicht, Roche, *fragen Sie bloß nicht!*

Gefällt's dir denn bei dem, sagt er und zieht – ruller ruller – seine Uhr auf.

Ja, sag ich, zehn Schilling die Woche.

Und was machst du damit?

Ich wußte, der wollte mich dazu bringen zu sagen: Davon kauf ich meinem Pa Stout, also hab ich gesagt: Ich bring's auf die Postsparkasse, Doktor.

Sehr klug, sagt er.

Hmm.

Ich wollte mich mit dir über deinen Vater unterhalten – er sollte in meine Sprechstunde kommen, ist er aber nicht.

Oh, sag ich, sollte er das?

Richtest du ihm aus, daß er vielleicht heut abend oder morgen mal vorbeischauen soll?

O ja, sag ich, werd's ihm ausrichten.

Wirst du's auch nicht vergessen?

Nein, sag ich, ich werd dran denken, und dann sagt er noch mal: Wirst du's auch nicht vergessen, und ich konnte sehen, wie er mich von oben bis unten gemustert hat. Das Schlimmste daran ist, daß man anfängt zu denken: Ach, da ist ja nichts, kein Schweiß auf der Stirn – und genau das treibt einem den Schweiß raus. Mir sind Perlen auf der Stirn gestanden. Ich konnte sie spüren, und je mehr ich sie gespürt hab, desto größer sind sie geworden. Die haben sich so groß angefühlt wie Beeren, und da platzt es denn aus mir raus: Ach je, Doktor, ich hab ganz vergessen, er ist ja nach England, Onkel Alo besuchen.

Was? sagt er und runzelt die Stirn, er ist *was*?

Da war's schon zu spät. Ich konnte es nicht mehr zurücknehmen oder in einen Scherz verwandeln. Ich mußte durch damit und mir eine ganze Geschichte ausdenken.

Verstehe, sagt er, und jetzt hat er mich doppelt so streng gemustert von oben bis unten. Ich hab meine Hand in die Hosentasche stecken müssen, damit sie nicht zittert, denn ich hab gewußt, wenn das anfängt, kriegt er's mit. Verdammt noch mal, der hat aber auch alles mitgekriegt – oder?

Da reibt er sich das Kinn und sagt: Na schön. Also – wenn er zurückkommt, dann richte ihm aus, daß ich ihn umgehend sprechen will. Es ist sehr wichtig.

In Ordnung, Doktor, hab ich gesagt und salutiert, wie um zu sagen: Macht mir doch nichts aus. Aber ich hab Roche angemerkt, daß es nicht danach ausgesehen hat, als würde es mir nichts ausmachen. Danach hat's nun wirklich ganz und gar nicht ausgesehen.

Ich hab mir gesagt: Ich werd nicht gleich zu Leddy zurückgehen, ich hol den Karren eine Weile von der Straße runter und setz mich hin und denk ein bißchen nach, dann geht's mir wieder besser, und so wär's mir auch gegangen, wenn ich nicht ausgerechnet Joe gesehen hätte, gerade wie ich am Café vorbei bin. Das Fenster steht offen, und die Musik schallt heraus. Er sitzt lachend zwischen der Blonden und noch einer, und wer sitzt auf der andern Seite neben ihr – natürlich Philip Nugent. Er hat ihr gerade irgendwas erklärt und mit den Händen in der Luft gezeichnet. Joe hat eine Kippe geraucht und genickt, wie die Blonde was gesagt hat. Die hat sich die Haare aus den Augen geschüttelt und haha gemacht, wie er was gesagt hat. Dann hat sie das Kinn auf die Hand gestützt und die Zigarettenasche abgestreift. Philip Nugent hat im Takt zur Musik auf den Resopaltisch getrommelt. Ich bin dagestanden und hab durchs Fenster gestarrt, und dauernd ist mir das Lied im Kopf rumgegangen: *When you move in right up close to me, that's when I get the shakes all over me!*

Dann hab ich gesehen, wie Joes Lippen sich bewegt haben. Er hat gesagt: Soll ich eine andere Scheibe auflegen, und die Blondine hat genickt. Ich hab gewußt – egal, was Joe gesagt hat, die hätte ihm zugestimmt: O ja, tu das, Joe. Als er aufgestanden ist, haben wir uns angeblickt, Auge in Auge durch die Fensterscheibe. Wenn's jemand anders gewesen wär, hätte ich ihnen mein Schlächterburschenzwinkern und ein breites Grinsen geschenkt. Aber es war kein anderer, es war Joe, und zum erstenmal in meinem Leben hab ich nicht gewußt, was ich ihm sagen soll. Er hat mit dem Kopf geruckt, so wie man es bei jemand tut, den man halb kennt, oder bei jemand, den man überhaupt nicht kennt. Dann ist er zur Musikbox gegangen und hat sich drübergebeugt, dabei hat er mit den Fingern auf die Seiten getrommelt. Ich hab drauf gewartet, daß er sich noch mal umschaut und sagt: Komm doch rein oder so. Hat er aber nicht, sondern hat immer nur weitergetrommelt und lautlos mitgesungen. Das einzige, was geschehen ist, war, daß die Blondine aufgeblickt hat, und wie sie mich gesehen hat, hat sie doch tatsächlich die Hand vors Gesicht geschlagen und zu dem andern Mädchen und Philip irgendwas gesagt. Das andere Mädchen hat auch aufgeschaut, um einen Blick auf mich zu werfen. Aber da war ich schon weg.

Am Wochenende hat Leddy zu mir gesagt: Ich will dir was sagen, Brady, du bist ein guter Arbeiter, was immer die Leute sonst über dich sagen. Hier hast du einen Zehn-Schilling-Schein, und – juhu – bin ich wie der geölte Blitz zur Tower Bar gesaust und hab ein paar Flaschen Dunkelbier gekauft. Dann bin ich in den Laden und hab mir ein ganzes Pfund Corned beef geholt. Pa hatte mir immer aufgetragen, jedesmal nur ein Viertel zu holen. Na, der würde Bauklötze staunen, wenn er das alles sieht. Ich würde alles ihm geben! Warum denn auch nicht? Ich hatte immer noch eine

Menge Geld über. Wenn ich wollte, konnte ich die ganze Dose kaufen. Ich konnte dem Ladenmädchen sagen: Siehst du die Dose Corned beef da? Gib mir die ganze Dose!

Und sie hätte sie mir gegeben. Auf dem Weg die Straße rauf hab ich Joe und die Blondine gesehen, wie sie auf dem Weg zum Volksfest über den Platz gekommen sind. Ich hab mich hinter einem Auto versteckt, falls ich an ihnen vorbeimußte. Aber ich hätte mir keine Sorgen machen brauchen, denn sie haben sich mit dem andern Mädchen und einigen von ihren Freundinnen getroffen. Hi! ruft die andere, und dann sind sie alle weitergezogen. Sollten sie doch – was hat mich das geschert. Ich mußte mich um meine eigenen Angelegenheiten kümmern. Los, Francie, hab ich gesagt, komm, wir verduften, und rein ins Geschäft. Ich hab mich nur gefragt, was Joe zu ihr gesagt hat, vielleicht hat er sich mit ihr über Musik unterhalten. Er würde wohl kaum mit ihr über John Wayne reden. John Wayne – Herrgottsack!

Ich hab zur Verkäuferin gesagt, ich will Corned beef. Du mußt aber eine Menge Sandwiches machen, sagt das Ladenmädchen. Nein, sag ich, nein! Ich mach keine Sandwiches. Wovon redest du überhaupt – *Sandwiches!* sag ich. Das Ladenmädchen ist rot geworden und hat gesagt: Ich meine ja nur, deswegen brauchst du mich doch nicht gleich anschnauzen. Das hat mich ganz nervös gemacht, und beim Rausgehen hab ich das Corned beef fallen lassen. Was glotzen die denn bloß? Mrs. Connolly hat so getan, als würde sie gar nicht herschauen, aber ich hab gesehen, wie sie sich im letzten Augenblick umgedreht und so getan hat, als würde sie einen Laib Brot betatschen. Ist der denn auch frisch? Was glotzen Sie denn so, Connolly, wollte ich sagen. Wenn Sie was sagen wollen, warum sagen Sie's dann nicht? Aber gerade noch rechtzeitig hab ich mir gesagt: Nein, sag das nicht, es ist schon gut, vielleicht hat sie dich ja wirklich nicht angeguckt. Ich hab gewußt, ich hätte auch zu der Verkäuferin nichts sagen sollen. Aber ich konnte schwerlich noch mal reingehen und sagen: Das mit den Sandwiches, das hab ich nicht so gemeint. Ich mache wirklich Sandwiches. Aber wahrscheinlich hatten sie gar nichts gemerkt oder alles vergessen, denn als ich sie das nächstemal gesehen hab, war alles in Butter, und sie haben nicht davon geredet. Ich hab sie alle in Dreiecke geschnitten und auf einen Teller gelegt und so. Was hältst du von den Sandwiches, Pa? hab ich gefragt. Soll ich noch mehr machen? Au ja – ich mach noch mehr. Ich hab fröhlich vor mich hin gesummt, während ich die Butter aufs Brot geschmiert hab. Auf der Böschung, da ist ein Schneeglöckchen gewachsen. Ich hab Pa von dem Schneeglöckchen erzählt und von den Kindern, die auf dem Weg spielen. Es macht schon einen Unterschied, die schönen Dinge im Leben, Pa. Gut, daß es die gibt. Ich hab stundenlang das Schneeglöckchen angestarrt und Radio gehört. *Friday Night is Music Night.* Hier ist es wieder, Pa, hab ich gesagt, und er hat gelächelt. Manchmal bin ich ins Geschäft und hab mir dreißig Nappos besorgt. Dreißig für eine halbe Krone. Das war spottbillig. Ich hab mir ein Nappo nach dem andern in den Mund gestopft. Jedesmal, wenn ich und Joe eine halbe Krone gekriegt haben, sind wir gleich rein in Marys Laden – dreißig Nappos, bitte. Mary konnte sie kaum alle herbeischleppen. Danach hab ich mich im Spiegel betrachtet. Ein Schokoladenbart. Meine Fresse! Manchmal bin ich um den See rum, mal sehen, ob die Kinder bei der Pfütze spielen. Seht ihr die Pfütze da? hab ich sie gefragt, und dann hab ich ihnen alles von Joe und mir erzählt.

Der Kleine mit dem Schal und der Bommelmütze sagt: Das hast du uns doch alles schon mal erzählt. Komm uns doch nicht immer mit denselben alten Schoten!

Ich bin von hinten ins Hühnerhaus und bin einfach nur dagestanden in dieser Welt aus Sägespänen und hab dem Kratzen der Krallen auf dem Blech gelauscht und dem Ventilator. Sein Surren hat die Stadt in Gang gehalten. Wie wir hier drinnen gewesen sind, haben ich und Joe gedacht: Nichts wird jemals schiefgehen.

Aber so war es nicht mehr.

Inzwischen hab ich schon fünf Fliegenfänger gehabt. Ich hab sie im Schrank aufbewahrt, wo die ganzen alten Klamotten waren. Das Beste vom Ganzen ist die Blaskapelle, Pa, hab ich gesagt, wenn sie Weihnachten auf dem Kirchenvorplatz spielt. Was meinst du? Er sagt: aber sicher. Was die Leute einem da alles gesagt haben. So Gott will, sind wir nächstes Jahr wieder alle hier und all so was. Wir haben uns auch lustig gemacht über Ma und die Sachen, die sie immer gesagt hat. Da ist es ja auch dies Jahr wieder, hat sie immer gesagt, mein Schneeglöckchen. Ich hab im Dunkeln gesessen, und man hat nur die grün zuckende Lichtperle vom Radiogerät gesehen und das Brummen des Ventilators draußen auf dem Weg gehört. Vom anderen Ende der Stadt ist die Musik vom Volksfest rübergedrungen. Für sie mußte es vor all den Jahren in Bundoran genau dasselbe gewesen sein, wie sie dagestanden sind mit dem Geruch von Pommes überm ganzen Strand. Nur die Musik war damals anders: *On the Sunny Side of the Street* hat die Platte geheißen, die sie damals gespielt haben, wie das Riesenrad sich gedreht hat, und Ma hat gekreischt: Rette mich, Benny, rette mich. Das spielen wir immer mit der Stadtkapelle, hat Pa gesagt, als er seine Finger mit ihren verschränkt hat. Sie sind nur dagestanden und haben auf das leise Rauschen des Meeres gelauscht. Jetzt, wo der Jahrmarkt dichtgemacht hatte, gab's nichts anderes mehr zum Zuhören. Sch, sprach das Meer. Mehr hat es nicht gesagt. Sch. Wir werden glücklich sein, Benny, ja? hat sie gefragt. Ja, hat er gesagt, wir werden die beiden glücklichsten Menschen von der Welt sein. Dann hat er sie in die Arme genommen, und sie haben sich geküßt. So richtig vorstellen konnte man sich Ma und Pa beim Küssen nicht, aber getan haben sie's, und wie sie sich in seinen Armen zurückgebeugt hat, ist der Mond so dicht hinter Ma gewesen, daß sie hätte hochgreifen können und ihn in die Tasche stecken.

Sie sind zurück zum Gästehaus gegangen, wo die Frau ihnen den Schlüssel unter die Matte gelegt hatte. Sie hat gesagt: Für den Mann, der mein Lieblingslied für mich gesungen hat – *I dreamt that I dwelt in marble halls!*

Hast du das für die Wirtin gesungen, Pa? frag ich.

Hab ich, sagt er, weißt du, wie sie uns genannt hat?

Wie denn, Pa? frag ich.

Turteltauben, sagt er.

Ich hab sie mir vorgestellt, wie sie auf der rosa Frotteedecke gelegen haben, und ich hab gewußt, die haben beide an dieselben Dinge gedacht, an all die schönen Dinge in der Welt.

Was hatte sich noch verändert, seit ich bei Leddy angefangen hatte? Die Stadt.

Die hatte sich in einen großen Ozeandampfer verwandelt, der war auf den Meeresgrund abgesunken, und jetzt ist er mit glitzernden Lichtern und flatternden Wimpeln aus den Wogen aufgestiegen – bereit, mich überall hinzubringen, wohin ich nur wollte. Wenn ich hätte zu Joe gehen können, ihm davon erzählen, wär's gut geworden, so gut wie noch nie. Was immer du willst, Joe, würde ich mir auf dem Weg zu seinem Haus vorsagen, jetzt kannst du es haben, denn ich werd's dir kaufen. Wir würden auf Deck gehen können, und ich würde es ihm zeigen, alles würde ausgebreitet vor ihm liegen, und ich würde ihm sagen, was immer du willst, Joe, es gehört alles dir. Von hier aus konnte man sogar die Lichter ferner Städte erkennen. Wo willst du hin, Joe? Du bist der Boß. Ich würde mit Bündeln von Zehn-Schilling-Scheinen auf die Dächer herabstoßen und sie wie Konfetti über der Stadt verstreuen. Es wäre schön, wenn's so gekommen wär mit Joe, aber das würde es ja nicht, also hatte es auch gar keinen Sinn, daran zu denken.

Ich wollte in die Tower Bar gehen, mir zu den Sandwiches ein paar Flaschen Stout kaufen, und wie ich rausgekommen bin, hab ich Mr. Purcell aus seinem Wagen steigen sehen. Die Flaschen wollten einfach nicht aufhören zu klirren. Hört auf zu klirren, Flaschen, hab ich gesagt. Ich bin nur dagestanden in der Seitengasse, wo ich nicht gesehen werden konnte. Mr. Purcell hat die Wagentür zugemacht und den Kragen von seinem Regenmantel hochgeklappt. Da steigt doch tatsächlich auf der anderen Seite Philip Nugent aus, die Haare hängen ihm in die Augen, und es überläuft mich ganz kalt, wie ich ihn sehe. Dann geht er rüber und stellt sich zu Joe, schlägt ein Buch auf und fängt an, ihm irgendwas dadrin zu zeigen, und die beiden lachen. Mr. Nugent hat die andere Tür aufgemacht, und dann ist Mrs. Nugent ausgestiegen. Sagt er: Komm, ich helf dir – soo. Danach sind sie alle in Nugents Haus rein und haben die Tür zugemacht. Es hat angefangen zu regnen. Ich hab die Straße überquert und mich vors Fenster gekauert. Im Wohnzimmer konnte ich das graue Flimmern des Fernsehers sehen, als er eingeschaltet wurde. Joe hat auf irgend etwas gedeutet. Dann ist Philip Nugent erschienen und hat seine Haare zurückgeschleudert. Guck mal, guck mal, hat Joe gesagt, das ist *Johnny Kidd und die Piraten*. Ich konnte nur die schemenhaften Umrisse erkennen, aber das Klimpern der Gitarren hab ich gehört. Mir war ganz schlecht, weil ich von Gitarren oder von Liedern und dergleichen nichts verstanden hab. Ich hab mir gesagt: Das einzige, worüber du Bescheid weißt, ist John Wayne, Francie. Bei dem Lärm des Fernsehers ist es mir schwergefallen, die anderen Stimmen zu verstehen. Mr. Nugent und Mr. Purcell haben übers Gärtnern gesprochen und über das Setzen von Saatkartoffeln. Sehr wahr, in der Tat, sehr wahr, hat Mr. Nugent gesagt. Dann hat er was dahergeredet von den Larven an seinen Kartoffeln. Mrs. Purcell ist in bester Stimmung gewesen und hat auf Mrs. Nugent eingeredet. Einen Augenblick lang hab ich gar nicht kapiert, daß sie von mir und Joe gesprochen haben, ich war ganz verwirrt von wegen der Frau in der Glotze. Das Beste, was unserem Joe passieren konnte, sagt Mrs. Purcell, wir waren ganz krank vor Sorge, solange er sich noch mit diesem anderen Kerl rumgetrieben hat. Oh, Joseph ist ein prima Junge, sagt Mrs. Nugent, der allerbeste, wir mögen ihn sehr gern. Die sind ganz versessen auf Musik, sagt Mrs. Purcell, aber ich schätze mal, alle Teenager sind so.

O ja, das sind sie, sagt Mrs. Nugent. Sollen sie ihre Freiheit ruhig genießen, das ist meine Meinung. Sind wir nicht auch mal jung gewesen, Mrs.?

Und ob, und ob, Mrs., Sie sagen es. Sollen sie sie jetzt nur genießen, denn nächstes Jahr werden sie keine Zeit mehr dafür haben. Nächstes Jahr geht's ernstlich los mit dem Lernen. Dann wird sich nicht mehr rumgetrieben.

Mrs. Purcell hat die Arme verschränkt.

Oh, da fällt mir ein, sagt Mrs. Nugent, erinnern Sie sich noch, ich hab Ihnen doch vom St. Vincent's College erzählt?

Dann sind Joe und Philip aus dem Zimmer gegangen und nach oben, und wieder geht dieser Song los: *When you move in right up close to me.* Ich glaube, das war eine richtige Gitarre. Ich glaub, Philip hat gespielt. Dann hab ich Mrs. Nugent mit einem

Teller reinkommen sehen. Sie ist mitten im Zimmer gestanden und hat gesagt: Mögen Sie ein paar Scones, Mrs. Purcell?

Erst wie ich nach Haus gekommen bin, hab ich gemerkt, daß ich die Flaschen vergessen hab. Aber wie ich zurückgegangen bin, waren sie verschwunden. Das Auto von den Purcells war auch nicht mehr da, die Straße war schwarz und menschenleer, und es war nur der Wind zu hören, der hat eine Blechdose über den Platz geblasen.

Am nächsten Tag hab ich Leddy danach gefragt, aber der hat nur gesagt, ich soll's Maul halten und aufhören zu faseln. Was wüßte er denn von Schneeglöckchen und Apfelsinenhimmeln? Danach hab ich gedacht: Vielleicht hat er recht, ich scheiß auf Schneeglöckchen und Himmel und auf die Kinder und den ganzen Mist. Und an dem Abend hab ich zu Pa gesagt: Ich komm erst spät nach Haus, du kommst doch allein zurecht – oder? Dann bin ich zur Tower Bar, und zum Zehn-Schilling-Schein sag ich, wir gehen nicht nach Haus, bevor nicht jeder Penny auf den Kopf gehauen ist, dann aufs Deck von dem Ozeandampfer. Auf geht's, sag ich, und mir ist es egal, wohin wir fahren. Juhu! hab ich geschrien und bin gestrauchelt und auf die Straße gefallen, bis zu den Kiemen voll mit Whiskey. Der betrunkene Bursche hat mich angebrüllt – *Kennst du mich?*

Ich schwankte ein bißchen mit erhobener Schulter und schrei zurück: Kennst du *mich*?

Nö, sagt er, kennst du *mich*?, und so geht's eine ganze Weile immerfort, bis wir zwei über den Platz stolpern und singen: *I wonder who's kissing her know?*

Ich bin auf den Stufen zur Bank gestanden und hab geschrien: Brady, die Schweinskartoffel. Die Henne ist aufgeflogen, und der Hahn streckt sie nieder!

Alle Achtung, hat der besoffene Bursche gesagt, du bist mir vielleicht einer, Brady! In jede Kneipe der Stadt sind wir eingekehrt. Die Schweinskartoffeln sind hier, hab ich geschrien und mich auf alle viere niedergelassen, und der Betrunkene ist auf meinem Rücken geritten und hat gesungen: *I wonder who's kissing her now?* Da haben sie uns hochleben lassen. Hab gar nicht gewußt, daß Schweine singen können, sagt so ein Typ lachend. Na, dann weißt du's jetzt, sag ich, und Whiskey trinken können sie auch – also los, laß mal was springen. Grunz, sag ich, und hoch die Tassen!

Wenn der besoffene Bursche nicht zu finden war, hab ich im Eingang zur Tower Bar gelegen und in den Hals einer Bierflasche gesungen.

Ich bin auch tanzen gegangen, aber ich hab gewußt, mit mir würden sie nicht tanzen. Tut mir leid, haben sie gesagt, aber mit Schweinen tanz ich nicht. Was hat mich das schon gekratzt? Haben die sich etwa eingebildet, daß mir das was ausmacht? Da war eine in einer rosa Strickjacke, die hat sich an ihre zwanzig Kippen geklammert und weggeschaut, wenn sie mich hat kommen sehen. Der Besoffene hat immerzu gesagt: Los, los, nun fordere sie schon auf, und ich sag: Ich mach ja schon, wirst du mir endlich aus dem Weg gehen, verdammte Scheiße, weil der hat mich dauernd am Ärmel gezupft. Entschuldige, sag ich zu ihr, hast du Lust zu tanzen? Sie hat ein schwarzes Haarband angehabt und so getan, als würde sie es zurechtrücken. Dann sagt sie: Nein, ich bin mit meinen Freundinnen hier. Ich hab gesehen, wie der besoffene Bursche sich eins gelacht hat: Guckt euch mal den Brady an, guckt euch bloß den Brady an, sagt er. Ich hab gesehen, wie er immer noch zu mir rübergelinst hat, da sag ich zu ihr: Warum hast du nicht dein Strickzeug mitgebracht?, und sie ist rot geworden wie eine Tomate. Ich davon und hab mich krumm und kringelig gelacht. Der Besoffene hat gedacht, das wär die absolute Spitze. Himmel, sagt er, du bist der Cleverste in der ganzen Stadt – *hast du dein Strickzeug mitgebracht?* Allen, die ihm über den Weg gelaufen sind, hat er das erzählt. Danach gab's kein Halten mehr – was hab ich den Schnepfen nicht alles an den Kopf geworfen. Zu mir würde keine mehr *nein danke* sagen, denn die Chance würde ich ihnen gar nicht erst geben. Der besoffene Bursche hat mich über die Weiber aufgeklärt: *Wenn die erst mal auf dem Rücken liegen, sind sie alle gleich!* sagt er. *Ha, nun schau dir bloß mal die an,* sagt er, *der würd ich's besorgen, das kann ich dir aber sagen! Ich bin genau der Mann dafür, bei der hätt ich meine Quaste im Handumdrehen drin!* Manchmal haben wir auf der Bühne gesessen und zu den Musikern rübergeschrien: Ihr spielt den letzten Scheißdreck! Die Band hatte weiße Anzüge an und hat gesungen: *I Love My Mother* und *Take Me Back to Dixie*. Im Saal wurde kein Alkohol ausgeschenkt, da haben der Besoffene und ich halt unseren eigenen mitgebracht. Sagt der Rausschmeißer: Ihr könnt hier drin nicht trinken, aber ich sag nur: Wieso denn nicht? Weil ich es sage, deshalb, meint er. Ich hab ihn angeschaut und hab lachen müssen. Der hatte eine gebrochene Nase und eine Visage wie eine verbrühte Garnele. Ich mag das nicht, wenn Leute lachen, sagt er. *Raus!* Nö, sag ich, da meint der besoffene Bursche: Himmel, sag das bloß nicht zu dem, der war beim Barras. Er hat mich gepackt und im Saal rumgestoßen, getreten hat er mich wie ein Bündel Zeitungspapier, und die Weiber haben gekreischt: ii ii. Er hat mich an die Luft gesetzt und mit Tritten eingedeckt. Ich bin hierhin geflogen und dorthin geflogen und hab nur noch verschwommene Lichter und die Gitarren mitgekriegt, die zum Abschluß die Nationalhymne runterleiern. Er hat mich gegen die Motorhaube von einem Auto gedrückt – mit Spucke auf der Lippe – und hat mir seine Wurstfinger unters Kinn gehalten. Wenn du dich noch mal hier blicken läßt, Brady, verpaß ich dir eine Abreibung, da ist das hier nichts dagegen. Ja, sag ich, schluchz. Aber die Woche drauf bin ich wiedergekommen, und wir haben wieder Johnny Walker gekippt, und der Rausschmeißer kommt auf uns zu: Hey, hey, verflucht noch mal, was hab ich dir denn letzte Woche gesagt, Brady? Leddy hat immer zu mir gemeint: Um Gottes willen, wo hast du dir denn bloß die blauen Flecken geholt, wie siehst du überhaupt aus? Oh, hab ich dann gesagt, ich bin über einen Strohballen gestolpert, und eine Henne hat mich gekratzt. Manchmal bin ich zu anderen Tanzsälen in der Gegend gegangen und hab mich im Hintergrund gehalten, bis ich einen gesehen hab, der sich einbildet, ein guter Kampfhahn zu sein. Der hat mit seiner Freundin getanzt und ihr was über Cliff Richard ins Ohr gebrüllt, oder der hat behauptet, der Gitarrist in der Band wär sein Cousin oder irgendeinen anderen Sack voll Lügen. Dann hab ich ihn angerempelt, und er sagt: Paß doch auf, Mann. Vielleicht hab ich gar nichts gesagt oder ihn bloß blöde angeglotzt mit einer großen Unschuldsmiene, daß man denken konnte, ich würde gleich in Gelächter ausbrechen. Was gaffst du denn so, sagt er dann, aber ich sag immer noch nichts und kratz mich nur an der Nase oder popele, irgend so was. Da verliert er die Geduld, weil er denkt, sein Mädchen sagt gleich zu ihm: *Also, läßt du dir das nun von dem gefallen, oder unternimmst du was dagegen?*, und dann fällt er über mich her. Aber es war anders als mit dem Rausschmeißer, von dem hier hab ich mir nichts gefallen lassen. Wenn der Kampf aus war, sind sie immer auf dem Boden rumgekraucht: So helft mir doch, und die Weiber haben schier den Verstand verloren. Nun komm schon, du Hosenscheißer, hab ich dann gesagt und bin mit geballter Faust über ihnen gestanden, aber die sind einfach liegengeblieben. Wenn ich nach Hause gekommen bin, war's schon fast hell, und es hatte keinen Sinn mehr, sich noch schlafen zu legen. Da hab ich mich denn einfach zu Pa gesetzt und nachgedacht. Zum Beispiel hab ich gedacht: Stumme müssen schwarze Löcher in ihren Mägen haben, weil die können nichts aus sich rausschreien.

Jedes Wochenende bin ich jetzt mit dem besoffenen Burschen in die Stadt gegangen. Pa hat nichts dagegen gehabt. Ich hab immer dafür gesorgt, daß er eine Decke um sich geschlagen hat, und ihm immer gesagt, wo ich hingeh. Er hat gesagt: Wenn du jemanden von der Tower-Bar-Clique siehst, dann sag ihnen, daß ich nach ihnen gefragt hab. Ich hab's ihm versprochen, und dann bin ich losgezogen. Wir sind zur Diamond Bar, und er sagt: Ich kenn dich, und du kennst mich, und legt seinen Arm um mich. Klingklang, hat die Musik gemacht: *Take me back to Mayo, the land where I was born.* Ihr seid doch alle ein Haufen Aaaarschlöcher! schreit der Besoffene. Es hat ein Pfeilwurfspiel gegeben, und das ist die schlechteste Regierung, die wir je hatten, und trinkst du noch einen, ach, ich glaub nicht, ach, nun komm schon, und Sie hören Nachrichten, Kubakrise, das hat sich alles im Kreis gedreht, bis ich zu allem Überfluß auch noch Kopfschmerzen gekriegt hab. Wo willst du denn hin, ruft er, komm doch zurück! Ich bin zum Fluß hinaus und in die Seitenstraßen. Ich bin zum Café, mal sehen, ob da jemand dringesessen hat, aber es war alles verrammelt, und die Lichter waren aus. Ich wollte mich auf den Platz stellen und brüllen: *Könnt ihr mich hören?* Aber ich hab nicht gewußt, was es war, das sie hören sollten. Dann bin ich zur Apotheke und von hinten reingeklettert. Da war's schön. Ich hab mir gesagt: Was machen denn all die Fotoapparate da? Fotoapparate – warum seid ihr nicht in einem Fotogeschäft, sondern in einer Apotheke?

Da hab ich herzlich lachen müssen. Ich hab so sehr gelacht, daß ich gedacht hab: Ich schau lieber mal nach, ob mir ein paar von den Tabletten dabei helfen, mein Lachen abzustellen. Es gab alle möglichen Sorten in kleinen dicken braunen Gläsern. Sie waren wie kleine Fußballer in zweifarbigen Trikots. Wie haben die doch gleich geheißen? Keine Ahnung. Flupsch, die schlucken sich schneller als Tiddlys Rolos. Als nächstes ist einem ganz wirr im Kopf gewesen, als würde man sich in Melasse verwandeln. Da war dieses Mädchen auf einem Foto, hatte irgendwas mit Sonnenöl zu tun, die ist mit einem Badetuch in der Hand über den weißen Pulversand geschritten. Die hat mich angelächelt und gesagt: Francie, dann haben ihre Lippen sanft und lautlos Pop gemacht. Ich hab gespürt, wie die Hitze der Sonne durch die schwankenden Palmen hinter ihr gekommen ist. Ich war ja so schläfrig. Sie hat gesagt: Schade, daß du nicht bleiben kannst.

Ja, sag ich, das würde ich jetzt von allem in der Welt am allerliebsten machen, bei dir bleiben.

Ich weiß ja, sagt sie, nur kommt doch dein Onkel Alo nach Haus. Wenn sie das nicht gesagt hätte, ich glaub nicht, daß ich mich überhaupt daran erinnert hätte. Du solltest dich beeilen, Francie! sagt sie. Mach! Nun mach schon! Rasch! Du willst ihn doch nicht sitzenlassen – oder?

Ich bin in dem Geschäft rumgeschliddert wie Spucke auf einem Kochherd und überhaupt nicht vorangekommen. Ich muß nachdenken, sag ich. Dann hat mir geschwant, daß es im Haus nicht das geringste zu essen gibt. Ich bin wieder aus dem Fenster geklettert, und einen Augenblick lang hab ich nicht gewußt, ob's eine Straße war oder was es war, ich hatte den Namen dafür vergessen. Aber dann war's wieder gut, schon gut, Francie, lauf die Straße hinunter. Wusch, sause ich los. Ich hab bei der Heimbäckerei angeklopft, aber da hat sich nichts gerührt. Da bin ich von hinten rein. Ich hab die Arme mit Kuchen vollgeladen, so viele ich tragen kann. Ich hab überall nach Biskuittörtchen gesucht, aber es war nichts zu machen. Das Beste, was ich finden konnte, waren Sahnehörnchen. Ich hab gedacht: Die schmecken ihm bestimmt, da nehm ich ein Dutzend mit.

Ich bin in den Verschlag hinter der Tower Bar gegangen, Whiskey besorgen. Richtig geglüht hab ich vor Aufregung. Verdammte Kiste! Da hatte ich doch wahrhaftig was vergessen! Die Liebesperlen! Ich also wieder zurück zur Bäckerei, welche holen. Ich hab den Fliegenfänger abgenommen und einen neuen aufgehängt. An Fliegenfängern hat kein Mangel geherrscht. Es hat wieder gerochen, die Hunde mußten wieder eingedrungen sein, also mußte ich auch zur Apotheke noch mal zurück. Ich hab alles mitgehen lassen, was mir zwischen die Finger gekommen ist. Parfüm hab ich besorgt und Duftspray und Talkumpuder, und das hat den Geruch vertrieben. Man konnte doch nicht Leute im Haus haben bei so einem Gestank! Das Parfüm und der Puder haben viel ausgemacht. Ich hab die ganzen Kuchen zu einer großen Burg aufgestapelt, die konnte jeden Augenblick umkippen. Pfefferkuchenhaus. Ich hab Pas Arm gedrückt. Dauert nicht mehr lang, sag ich und schwirre immer wieder ab in die Küche und schaue zum Fenster raus, den Weg runter. Immer noch niemand zu sehen. Ich hab einen Tropfen Whiskey getrunken. Als nächstes hör ich doch tatsächlich, wie eine Autotür zugeschlagen wird. Pa! ruf ich. Ich war ganz heiß und rot und aufgeregt, aber es war toll. Siehst du! hab ich gesagt, wie sie alle reingestiefelt kommen. Die hatten auch alle ganz rote Backen und hatten Schneeflocken auf den Mänteln und haben die Arme ausgestreckt: Nun seht mal, wer da ist, sagen sie, Francie Brady, ein frohes Weihnachtsfest allen in diesem Haus! Und wer steht da vorn? Natürlich Mary und strahlt übers ganze Gesicht. Alo schon da? Sie hatte ein halbes Pfund Lakritzkonfekt dabei. Nein, noch nicht, Mary, sag ich, aber es kann nicht mehr lange dauern. Weißt du was, Francie, ich kann's nicht erwarten, ihn zu sehen, sagt sie, ich wette, du hast gar nicht gewußt, daß ich in ihn verliebt war. Ich wette, das hast du gar nicht gewußt!

Da irrst du dich aber, Mary, sag ich. Ich hab's gewußt – ich hab's die ganze Zeit gewußt.

Diesen Winter sind's jetzt schon zwanzig Jahre in Camden, wer hätte das gedacht? Die Korken haben geknallt, und wir haben uns ums Klavier gestellt und auf ihn gewartet. Wo ist denn nur mein Bruder abgeblieben, sagt Pa, du meine Güte, er ist doch ein arger Schwerenöter! Sing uns eins, Mary, wenn wir schon warten, sagt er. Na schön, sagt sie und lockert die Finger, und schon geht's los mit *Tyrone among the Bushes*. Ich hab ein bißchen mitgesungen, dann bin ich abgezischt, um mir noch einen Schluck zu holen. Eben bin ich dabei, die Flasche aufzumachen, da steht doch wahrhaftig Alo im Eingang mit seinem blauen Anzug und dem roten Taschentuch in der Brusttasche. Alo, sagt Pa, da bist du ja endlich, und umarmt ihn. Laß dich beschauen, sagt er, und dann haben sie mit ihren Dönkes angefangen. Ich erzähl euch noch eine bessere, sagt Pa, weißt du noch, wie wir den Pfarrgarten geplündert haben? Weißt du noch, Alo? Und ob ich das noch weiß, sagt Alo, als könnte ich das jemals vergessen. Noch mehr Tee? frag ich, und langt zu, es gibt noch jede Menge Kuchen. Alo legt Mary die Hände auf die Schultern und singt *When you were sweet sixteen*. Da steht Mary auf und schlingt die Arme um ihn. O Alo, sagt sie, ich liebe dich. Ich will, daß du mich heiratest. Hurra, und alles jubelt und klatscht. Habt ihr auch alle noch genug Kuchen, hab ich von der Spülküche her gerufen. So ist Alo! sagt Pa. Alo ist dagestanden, hat Mary in den Armen gehalten und ihr in die Augen geblickt. Ich hab rausgeguckt, und es war am Schneien. Ich hab gedacht, ich könnte die Kinder draußen spielen hören, aber das konnten sie nicht sein, dafür war's zu spät. Also gut, wer will noch ein Liedchen, sagt Alo und räuspert sich. Ich wollte sagen: Will noch jemand Kuchen, aber das hatte ich ja schon gesagt gehabt. Ich hab überlegt, ob wohl die Pfütze auf dem Weg zugefroren ist. Natürlich war sie das. Mary hat auf Alos Knien gesessen und hat ihm beim Singen das Gesicht gestreichelt. Die Küche war von Stimmengemurmel erfüllt. Ich bin überall rumgesaust, hab mit allen geplaudert und hab gesagt: Noch mehr Kuchen gefällig? Amüsiert ihr euch auch schön? Ist das nicht toll, daß Alo wieder daheim ist?

Zehn Mann unter sich, hab ich gesagt. Ich hab mir die Hände wundgeklatscht und gerufen: hurra.

Zuerst hab ich nicht kapiert, wer der Wachtmeister war. Ich hab hinausgespäht, und da ist er auf dem Hof gestanden in seinem langen Regenmantel. Er hat zu mir reingestarrt. Sein Gesicht war verschwommen, als wär er unter Wasser. Ich konnte gerade noch erkennen, daß er's war, mehr aber auch nicht.

Alo hat zu Mary gesagt: Nur einen Augenblick, und ist zu mir rübergekommen. Er hat die Hand ausgestreckt und gesagt: Es wird schon alles gut, Francie.

Ich hab gesagt: Bitte, Alo, kannst du mir helfen?

Aber er konnte mir nicht helfen, denn es war gar nicht Alo. Es war Doktor Roche.

O Alo, sag ich. Die andern hab ich nicht weggehen sehen. Die sind weggegangen, ohne sich zu verabschieden. Ich hab mich nach Pa umgeschaut, aber der war auch verschwunden. Die Fliegen haben sich an den Kuchen auf dem Klavier zu schaffen gemacht.

Ich hab gespürt, wie mich eine kalte Hand berührt hat. Die ist so kalt gewesen wie Pas Stirn. Da waren alle möglichen Stimmen, die haben sich verquirlt wie Rauchfähnchen.

Alo, sag ich.

Der Wachtmeister sagt was zu einem anderen Polizisten. Er sagt: Maden – sie haben sich durch ihn hindurchgefressen.

Der andere Polizist sagt: Heilige Mutter Gottes!

Es wird schon alles gut, Francie, sagt Doktor Roche. Ich hab's nicht böse gemeint, sag ich. Ich weiß, sagt er und krempelt meine Ärmel hoch. Es war nur ein winziger Nadelstich, und dann hab ich mit dem Rücken auf einem Bett aus Schneeglöckchen gelegen.

Da bist du ja, sagt Joe. Ich hab dich gesucht. Ich konnte das Flüstern des Wassers in der Nähe hören.

Das ist der Fluß, sag ich. Joe hat sich nicht mal umgedreht.

Natürlich ist es der Fluß, sagt er. Was hast du denn erwartet – den Rio Grande?

Dieser Sackarsch Wachtmeister Würstchen! Hatte er's wieder mal geschafft! Hatte der denn nichts Besseres zu tun, als mich im ganzen Land rumzukutschieren und in einem von diesen Löchern abzuliefern? Ich glaub – ach, ich hol mal rasch den Wagen und fahr

Francie Brady in eine von diesen Pennen mit hundert Fenstern, na, wie gefällt dir das, Francie? Hoho! Haha! Da werden sie dir aber gründlich Manieren beibringen!

Es hat nach modrigen Schubfächern und Ata gestunken. Als letztes hab ich Bubble gesehen, wie er am Ende einer langen Reihe von Betten am Fenster gestanden ist. Er hat hinterm Rücken mit den Fingern geschnipst. Dann hat er sich langsam umgedreht und mir direkt ins Gesicht gestarrt. Auf den Schultern hatte er den riesigen Kopf eines außerirdischen Wesens – wie eine Wespe. Das Komische war – er hat trotzdem ausgesehen wie Bubble. Man hat gewußt, daß er's war, trotzdem es eine Wespe war mit pelzigen Fühlern auf dem Kopf. O Scheiße! hab ich gerufen. Ich hab nicht gewußt, soll ich Angst haben oder nicht. Er hat sich nicht vom Fleck gerührt. Er ist nur dagestanden und hat mich angestarrt. Ich hab mich umgeblickt, um zu sehen, ob noch jemand Angst hatte. Aber da war niemand, nur ich und Bubble, ich meine Hochwürden vom anderen Planeten. Dann bin ich wieder eingeschlafen. Als ich aufgewacht bin, war er fort, und es gab nur noch einen Strahl leuchtenden Sonnenlichts, der ist durch das gleiche Fenster schräg eingefallen. Ich konnte die scharfen Ränder und die Umrisse von allem kristallklar erkennen. Dann hab ich Musik gehört. Es war ein Lied, das ich gekannt hab. Juchhu! Ich hab's nicht gleich erkannt, aber ich hab gewußt, es hatte was mit dem Schneeglöckchen zu tun und mit dem Gekreisch der Kinder, die auf dem Weg gespielt haben. Es hat so ungefähr besagt: Vielleicht irrst du dich über all diese Dinge, Francie. Vielleicht sind all diese Dinge schön und lohnenswert. Lausch auf die Musik, und du wirst schon verstehen, was ich meine. Sie ist angeschwollen, es war Musik mit Flügeln, Musik für Schwebender Vogel, und sie hat besagt, nie wieder wird was Schlimmes passieren. Ich war so hingerissen davon, ich bin über die Schornsteinkappen der Stadt dahingeglitten und hab nach Pa und nach Ma gerufen, um ihnen davon zu erzählen. Es wird doch noch alles wieder gut werden, hab ich gerufen. Aus der Vogelschau konnte ich das Schneeglöckchen am Wegrand erkennen. Die Kinder waren Farbkleckse, die sind in riesigen Schuhen unten auf dem Weg herumgestiefelt und haben auf einer

Holzkiste das Spielzeugteegeschirr gedeckt. Bommelmütze hat auf das Eis von der gefrorenen Pfütze eingehackt. Ich bin seitwärts gewirbelt, und das schwarze Loch, das in meiner Magengrube gewesen ist, hat sich mit Licht gefüllt. Ich bin auf einem Zweig gelandet und hab ihm eine Minute lang zugesehen. Dann sag ich: Hast du deinen Kumpel Brendy schon gesehen? Der Typ, der für die Pfütze verantwortlich ist?

Da hat er aber einen Schreck gekriegt, wie ich das gesagt hab. Läßt er doch tatsächlich seinen Stock und alles fallen und rast den Weg entlang. He! He, Jungs! schreit er, wißt ihr, was ich in dem Baum da gesehen hab? Einen sprechenden Vogel!

Herrgottsack!

An einem anderen Tag waren er und Brendy da, und ich sag zu ihnen: Was würdet ihr tun, wenn ihr hundert Millionen Billionen Trillionen Dollar gewinnen würdet?

Hmm, sagt der andere Bengel und legt den Finger auf die Lippen. Jetzt haben sie sich nichts mehr draus gemacht, daß ich ein sprechender Vogel war, denn jetzt hatten sie sich an mich gewöhnt. Ich wollte jubeln. Ich bin von meinem Zweig aufgeflogen und hab mich wieder in die Lüfte erhoben, und was für eine Farbe hatte der Himmel?

Die Farbe von Apfelsinen.

Wie ich das nächstemal aufgewacht bin, war das außerirdische Wesen oder die Wespe oder was es auch war wieder da, nur diesmal mit Leddys Gesicht. Was ist denn das für eine Scheißmasche, sag ich, aber es hat eine ganze Weile vorgehalten, und ich konnte nichts dagegen unternehmen.

Einmal hab ich versucht aufzustehen, ich hatte die Nase gestrichen voll, so wie die Dinge lagen, aber dieser große Kerl im weißen Kittel und mit Armen wie Baumstämmen sagte: Na na, nun mal nicht so eilig, und hat mich wieder ins Bett gesteckt.

Da hab ich denn Hunderte von Wochen lang gelegen. Oder vielleicht auch Monate. Schließlich ist der Arzt zu mir gekommen und hat gesagt: Du kannst jetzt aufstehen und eine Weile rumlaufen, wenn du magst. Ich bin ans Fenster, nach diesem Wespenwesen Ausschau halten oder wie zum Teufel man es nennen will, aber es war keine Spur von ihm zu sehen. Kommt so ein alter Knacker im Bademantel zu mir rüber und kneift ein Auge zu. Bild dir bloß nicht ein, daß du mich hinters Licht führen kannst, du Arschbeißer aus Cavan, sagt er. Bevor ich eine Gelegenheit hatte zu sagen *Ich bin nicht aus Cavan* oder auch nur irgendwas, rauscht er schon ab zum anderen Ende der Station, deutet mit dem Finger auf mich und flüstert einem Kerl mit Haaren, die ragen auf wie verbrannte Zweige, hinter vorgehaltener Hand was zu. Der hat nur wie toll genickt. O ja. Aber ja. Das ist wirklich wahr, hat er gesagt oder irgend so was.

An manchen Tagen bin ich mit den Ärzten in so ein Zimmer gegangen mit zwei Bildern drin. John F. Kennedy und Unsere liebe Frau. Na, daß wir uns mal wiedersehen, sag ich und zwinkerte ihr zu. Bist aber ein ganzes Stück weitergekommen seit dem unteren Feld in der alten Schweineschule, sag ich, und sie fängt an zu lachen. Die waren alle sehr dran interessiert, was darüber zu erfahren. Und wen hast du noch gesehen? Oh, den ganzen Laden, sag ich. Die hl. Theresia von den Rosen, die ganze Bagage. Da war dieser fleckige Bursche, der hat ausgesehen wie Walter der Streber aus *Dennis the Menace* in *Beano*, der war ganz wild auf Informationen, die er aufschreiben konnte. Kritzel kritzel – und immer hängt ihm die Zunge im Mundwinkel. Die konnten sich gar nicht satthören an all den Heiligen. Haben Sie mal eine Kippe, sag ich und hab ihm noch mehr erzählt. Ich und Unsere Liebe Frau, wir sind alte Bekannte, sag ich. Die erscheint nicht jedem x-beliebigen Arschloch, verstehen Sie. Jaja, in der Tat – kritzel kritzel. Dann haben sie mich nach meinen Träumen ausgefragt. Hast du irgendwelche Träume gehabt, haben sie gesagt. O ja, sag ich, und ob. Mehr Kippen. Und wovon hast du da geträumt? Von Wespen, sag ich, mit Bubbles Gesicht. Oder von Bubble mit Wespengesicht. Da haben sie angefangen von wegen Bubble, und ich mußte ihnen alles haarklein über ihn erzählen. Je schlimmer es war, desto besser hat's ihnen gefallen, da hab ich halt eine Menge dazuerfunden: wie Bubble mich gestochen und mir den Kopf abgebissen hat.

Hochwürden vom anderen Planeten sagt: Du mußt sterben, du Erdbewohner, du Hund! Und dann hat er gelacht und all so was. Das war vielleicht zum Totlachen. Ich weiß, was ich mit Bubble gemacht hätte, wenn er das versucht hätte. Zieh Leine, du wespiger Arsch! hätt ich gesagt. Der sollte es nur versuchen.

Schnipp!

Wollen wir doch mal sehen, wie Sie jetzt die Welt erobern, Hochwürden.

Das war gut. Ich hab gedacht, Walter würde gleich von der Tischkante rutschen, so flink hat der mitgeschrieben. Sie haben mich nach Tiddly gefragt, aber ich hab sie immer wieder abgelenkt mit den komischen Stellen über Bubble und den Gärtner. Mit dem hab ich angefangen. Ich hab ihnen gesagt, der hätte Leichen im Kesselhaus, aber ich weiß nicht, ob sie dem nachgegangen sind. Vielleicht haben sie Fabian von Scotland Yard hingeschickt. Das hat mir auch gut gefallen, da hab ich ihnen noch mehr davon erzählt: Junge Leute aus der Stadt würden auf mysteriöse Weise aus der Stadt verschwinden, und daß er's war, der sie mit seiner Kartoffelgabel in Stücke hackt und hinter dem Heizkessel verstaut. Aber das mußte mir danebengegangen sein, denn von dem wollten sie nichts mehr wissen, die wollten nur noch von Tiddly reden. O ja, Vater Sullivan ist ein sehr netter Mann, sag ich. Schade nur, daß die Eingeborenen ihn in den Kochtopf gesteckt haben. Hat's dir in der Besserungsanstalt gefallen, haben sie gefragt. Aber ja, besonders an Donnerstagen, weil da haben wir zum Mittagessen immer zwei Würstchen gekriegt. Du warst doch bei Vater Sullivan Meßdiener, stimmt's? Ja, das stimmt. Hast du ihn gemocht? Sicher doch. Ein sehr frommer Mann, sag ich, der betet zur hl. Theresia von den Rosen. Sehr gut, sagen sie, das dürfte für heute genügen. An anderen Tagen haben sie mich in andere Werkstätten gebracht und mich in einen großen Stuhl gesetzt mit so einem Helm auf dem Kopf und Drähten dran, die sind von überall her gekommen. Das hat mir gefallen. Das war das Beste vom Ganzen, in diesem Stuhl sitzen. Und all diese steifen Studentenärsche mit ihren Klemmbrettern, die einen anglotzen: *Ich hoffe, der springt nicht vom Stuhl auf und hackt uns in Stücke!*

Aber ich hab ihnen gar keine Beachtung geschenkt. Ich war viel zu sehr damit beschäftigt, Adam Eterno, Herr über die Zeit, zu sein auf diesem großen Stuhl. Sollten sie doch kritzeln, soviel sie wollten, ich war unterwegs im Hyperraum. Hallo da, Ägypter, hab ich gesagt, Pyramiden und all so was. Adam kann heut nicht kommen, ich bin's statt dessen – Francie aus der Siedlung. Wie nett von dir, Francie, haben sie gesagt. Die hatten diese winzigen Hüte mit Schlangen drauf. Oder Römer. Laß diesen Christen gefälligst in Ruhe, Löwe, sag ich. Oh, danke, danke, Francie, sagt der Christ. Keine Ursache, Kumpel, dann mach ich mich wieder auf die Sokken, mal sehen, was denn die Cowboys so treiben.

Wohin die dich wohl stecken werden, sagt der alte Knabe mit hochgezogener Braue. Bild dir bloß nicht ein, daß du nicht beobachtet wirst. Dann blickt er zum anderen Ende der Station, und da stehen die anderen Knacker und nicken sich was. Ich hab ihm gesagt, er soll durch die Weiten von Raum und Zeit reisen wie in *Dan Dare*, da bringen sie mich nämlich hin, und er schaut mich an. Was? fragt er. Da hab ich's ihm noch mal gesagt, und das hat ihm aber gar nicht gefallen. Er hat mich am Pullover gegrapscht und gesagt: Wußt ich's doch. Wußt ich's doch, daß du ein Arschbeißer aus Cavan bist – von dem Augenblick an, wo du mir unter die Augen gekommen bist Bild dir bloß nicht ein, du kannst hier einfach aufkreuzen und mich zum Narren halten. Na, komm schon, du Sauhund! schreit er, ich hab's noch mit ganz anderen Männern aufgenommen als wie mit dir!

Die Baumstämme mußten ihn von mir wegzerren. Ich hab mir den Staub abgeklopft und mich bei ihnen beschwert. Eine Schande ist das, hab ich gesagt, man kann ja hier nicht mal rumlaufen, ohne tätlich angegriffen zu werden.

Wieder so ein Tag, und er kommt rüber: So, also eine Schande ist das? Angegreift werden ist eine Schande?

Angegreift! *Angegreift!*

Na, sagt er, ich hab gehört, die wollen dich in die Mangel nehmen. Da wirst du aber nicht mehr so eine freche Lippe riskieren, wenn sie dich wegschaffen und dir Löcher in den Schädel bohren. Weißt du, was sie dann machen? Die saugen dir das Gehirn aus. Ich weiß Bescheid! Ich bin schon lange genug hier. Ich hab den letzten Patienten hier gesehen. Der ist den ganzen Tag lang am Fenster gestanden und hat Papierfetzen gefressen. Magst du gern Papier? Dann fängst du mal besser damit an, es zu mögen. Der wird mir bald nicht mehr so klugscheißen, schreit er dann zu dem Kopfnikker am anderen Ende der Station. Vor Schadenfreude hat er sich die Hände gerieben.

Ich hab herzlich darüber gelacht. Mir das Gehirn aussaugen, meine Fresse. Aber das war, bevor ich eines Tages aufgewacht bin, und am Bettende steht Walter und unterhält sich flüsternd über mich, aber gehört hab ich's trotzdem: *Schließlich ist es das Beste für ihn!* Ich hab gewußt, es hatte gar keinen Sinn, dem irgendwas zu sagen. Ich bin aus der Station gerannt und geradewegs ins Büro. Da hat eine Besprechung stattgefunden, aber das hat mich nicht geschert. Ich hab denen gesagt: Mich dürfen Sie nicht anrühren! hab ich gesagt. Mir dürfen Sie kein Härchen krümmen! Ich will hier raus!

Ich wollte wieder ausreißen, aber es hatte keinen Zweck. Na na, Francis, und wieder eine Spritze in den Arsch. Diesmal muß es eine große Spritze gewesen sein. Wie sie mich die Treppe runtergetragen haben, konnte ich nur noch hm hm sagen.

Jetzt können wir, sagt der Doktor und hält die Nadel ans Licht. In der Tat, sagt Walter und schaut mich an. Da blick ich nach unten, und was hat er da in der Hand, natürlich so einen Bohrer, mit dem man Regalbretter anbringt.

Kannst du bitte deinen Kopf etwas bewegen, Francis?

Brrrrrrrrrrrrrrrrrrrrrrrrrrrrrrr.

So. So ist es besser, sagt er mit weicher Stimme. Reichen Sie mir doch bitte die Watte, Doktor.

Da klopft es an die Tür, und wer steckt den Kopf herein? Joe.

Ist Francis hier? Komm, Francis, wir reiten los. Wir müssen uns beeilen!

Ein Pony hat gewiehert.

Komme schon, Joe, hab ich gesagt und das weiße Laken von mir geschleudert.

Das hast du dir so gedacht, sagt Joe, und draußen vor der Tür konnt ich die Blondine lachen hören.

Joe, hab ich gerufen, Joe!

So, du bist also Herr über die Zeit, sagt der Römer, bist du bereit zu sterben, und schon hab ich an den Füßen gebaumelt.

Joe, hab ich von neuem gerufen, aber das Zimmer war leer.

Ich konnte das leise Rauschen des Meeres hören.

Ich hab runtergeschaut und Mrs. Connolly gesehen. Die hat mir zugesehen, wie ich hin und her gependelt bin, und mit verschränkten Armen vor sich hin gelächelt. Mach, daß du da runter kommst, sagt sie, ich also runter. Die anderen Frauen haben mich vom anderen Ende des Geschäfts angesehen. Wie geht's dir heut, Francie, sagt Mrs. Connolly.

Mir geht's gut, sag ich.

Mrs. Connolly hat wieder die Arme verschränkt. Ah, hat sie gesagt, und die Frauen haben gelächelt.

Ich wette, das hättest du nicht gedacht, Francie – ich wette, du hättest nicht gedacht, daß ich dir was mitgebracht habe.

Nein, Mrs. Connolly, sag ich.

Aha, hab ich aber! sagt sie. Was hältst du davon?

Das ist aber nett, Mrs. Connolly, sag ich.

Ach, ist er nicht *niedlich*, sagen sie wieder.

Wirst du mir ein Liedchen vorsingen? Wird er uns ein Liedchen vorsingen, die Damen?

Sie sagen: Wirst du's tun, Francis?

Ein Liedchen – und der Sonderpreis gehört ganz allein dir! sagt Mrs. Connolly.

Sie hat ihn hinter dem Rücken versteckt.

Also – was wirst du singen? Wirst du mir mein Lieblingslied vorsingen? Du weißt doch, wie sehr mir das gefällt. Hm?

Ja, Mrs. Connolly, sag ich.

Ich bin dagestanden mit zusammengepreßten Knien und hängendem Kopf – ganz auf schüchtern. Ich hab ausgesehen wie eins von den Bildern, die man auf einem von diesen Brettspielen sieht.

Hurra! hat Mrs. Connolly gerufen. Ruhe jetzt, die Damen. Auf geht's, Francis!

Ich hab ein paar irische Tanzschritte getan, die hatten uns die Nonnen beigebracht – hopsassa tirallala im Geschäft herum – und hab gesungen:

Ich bin ein kleines Ferkelchen,
Daß ihr's nur alle wißt!
Rosa Öhrchen, Ringelschwänzchen,
Hab ich Spaß an einem Tänzchen,
Ein Ferkelchen in seinem Mist!

Als ich ausgesungen hatte, war ich ganz erhitzt und atemlos. Danke, danke, hat Mrs. Connolly gesagt, und die Frauen haben geklatscht: Das ist ja besser als im Londoner Palladium!

Dann hat Mrs. Connolly die Hand gehoben. Scht, sagt sie, und aus dem Nichts erscheint ein praller, rotglänzender Apfel.

Oh! ächzen die Frauen.

Er hat mitten auf Mrs. Connollys Handteller gesessen.

Wie-gefällt-dir-*der*? fragt sie und zwinkert mit den Augen.

Der ist aber schön, sag ich.

Möchtest du gern mal hineinbeißen? fragt sie.

Ja, Mrs. Connolly, sag ich, würde ich wirklich gern, und nicke. Ich konnte ihn schon in meinem Mund schmecken.

Was meinen Sie, die Damen? Soll ich ihm einen Bissen gönnen?

Da haben die Frauen gemacht: hm hm, nun ja, und all so was und hatten eine große Diskussion.

Ja, sagen sie dann – wenn er ihn aufhebt wie ein Schwein!

Mrs. Connolly hat ihn an ihrem Ärmel gerieben und gesagt: Nun, Francis – *wirst* du ihn auch aufheben wie ein Schwein?

Ich hab ja gesagt, und sie hat sich auf ein Knie niedergelassen und ihn langsam auf der Gummimatte entlanggerollt. Ich hab versucht, ihn mit den Zähnen zu packen, aber so auf allen vieren war schwer an ihn ranzukommen. Ich hab schon gedacht, jetzt hab ich ihn, da ist er wieder runtergefallen, und jedesmal haben die Frauen aufgejauchzt. Oh! haben sie gesagt, er hat ihn wieder fallen lassen. Dann haben sie geklatscht und gejubelt und gesagt: Komm, Francis, du schaffst das schon! Aber ich hab's nicht geschafft. Es war zu schwer. Darf ich eine Hand benutzen? hab ich gefragt. Eine Haxe meinst du wohl, haben sie gesagt. Uh-uh, tut uns leid, das verstößt gegen die Regeln. Ich weiß nicht, wie viele Male ich ihn fallen gelassen hab. Vielleicht zehnmal oder elf. Am Ende hat sich Mrs. Connolly meiner erbarmt und mir den Apfel gereicht.

Ach, du armes kleines Ferkelchen, sagt sie, Gott sei dir gnädig. Kannst du denn nicht mal einen Apfel aufheben?

Mach dir nichts draus, Francie! sagten die Frauen, jetzt gehört er ganz dir! Mach zu – nun friß ihn schon!

Ich wollte ihn nicht essen, solange sie mir zusehen, aber ich mußte. Andauernd haben sie gesagt: Und jetzt noch einen Bissen!

So haben sie weitergemacht, bis ich beim Grotzen angelangt war. Da ist Mrs. Connolly zum Fenster gegangen und hat hinausgesehen. *Da kommen sie ja!* hat sie gesagt, und alle haben sie wieder angefangen, vom Wetter zu reden und wie schwer es ist, bei den Preisen zu wirtschaften. Ich hab gar nicht gewußt, auf wen sie warten, denn ich bin nur dagestanden und hab beobachtet, wie sich das Fruchtfleisch des Apfels in meiner Hand braun verfärbt. Dann hab ich aufgeschaut und gesehen, wer's war: Mutter und Vater Schwein sind dagestanden. Als sie eingetreten sind, sind die Frauen verstummt, und Mrs. Connolly hat Ma angelächelt. Dann hat sie gehüstelt und sich mit einem Tempotaschentuch die Nase getupft. Sie hat sich zu der Frau neben ihr gebeugt und geflüstert: Gleich werden wir Zeugen eines herrlichen Streits zwischen denen!

Sie haben abgewartet und sie von oben bis unten gemustert. Damit haben sie sagen wollen: Nun macht schon! Sagt was, wir wollen einen Streit sehen!

Aber es hat keinen Streit gegeben. Mutter und Vater Schwein hatten Angst zu sprechen oder irgend jemand ins Auge zu blicken.

Oh, bitte! Laßt und doch streiten! hat Mrs. Connolly gedacht. Sie hat das Taschentuch in ihrer Hand zerknüllt.

Wir haben die ganze Zeit umsonst gewartet – jetzt gibt's doch keinen Streit!

Es hat auch keinen gegeben. Der Streit hat erst angefangen, als wir draußen waren. Mutter Schwein war den Tränen nahe.

Warum hast du denn nichts *getan*? Warum hast du nichts *gesagt*? hat sie gerufen.

Ich? hat Vater Schwein gefaucht, wieso denn immer ich?

Er ist ganz heiser geworden vor Streiten und hat sich von Rot in reinstes Weiß verfärbt. Dann sind sie beide auf mich losgegangen.

Warum hast du den Apfel genommen, du dummes kleines Ferkel? haben sie gefragt. Ich hab gestottert und gestammelt. Ich hab nicht gewußt, was ich sagen soll. Wußte ich doch nicht, warum ich den blöden Apfel genommen hab. Die ganze Stadt war auf den Beinen, um uns den Church Hill hinaufgehen zu sehen. Hallo Schweine, hat Doktor Roche gerufen, gar kein so schlechter Tag heute!

Er hat seinen Wagen abgeschlossen, und wie er ins Hotel gegangen ist, hat er gesagt: Das ist vielleicht eine großartige Familie, die Familie Schwein!

Es hat so viele Leute gegeben, die haben gewunken und was rübergerufen, daß wir ganz erschöpft waren, wie wir zur Tower Bar gekommen sind. Außer uns war niemand in der Bar. Es hat nach abgestandenem Bier gerochen, und von der Herrentoilette ist ein Gestank herübergeweht, es war eine Bar der toten Jahre. Der Barmann hat gewußt, daß wir's waren, ohne auch nur aufzusehen. Er hat sich die Hände mit einem Lappen gerieben und gesagt: Na, Schweine, was darf's denn sein?

Vater Schwein hat bestellt, und er hat die Getränke eingeschenkt. Er hat gesagt, es wär ziemlich kalt. Vater Schwein hat ihm zugestimmt, und danach hat niemand mehr gesprochen. Da hat ein Bild gehangen von einem schnurrbärtigen Seelöwen, der hat eine Flasche Dunkelbier auf der Nase balanciert, das hab ich mir lange angeschaut. Ma hat nur dagesessen, hat das Kinn auf die Brust hängen lassen und hatte Angst aufzuschauen. Jedesmal, wenn Vater Schwein den kleinen Finger gehoben hat, hat der Barmann sein Glas nachgefüllt. Wie er von der Toilette zurückgekommen ist, war's draußen dunkel. Er ist gegen einen Hocker gepoltert, und der Barmann hat gesagt: Den schafft ihr jetzt besser nach Haus.

Ja, hat Ma gesagt, und der Barmann hat uns so lange fixiert, bis wir aufgestanden sind und Pa nach draußen geschafft haben. Ma hat gesagt: Versuch dein Bestes, Junge, dann hat sie sich einen Arm um die Schultern gelegt, und ich hab den anderen genommen, und so sind wir losgezogen, und seine Beine sind am Boden geschleift, und die beiden winzigen Schweinsäuglein sind in einem Knäuel rosa Haut gesessen, und alle sind mit verschränkten Armen in den Türen gestanden: Seht mal, da ziehen sie ab, da drüben, die den Platz überqueren. He! He! Hallo! Schweine! Schweine! Hu-hu!

Ach, seht nur, sind sie nicht toll, Mami Schwein, Papi Schwein und Kindlein Schwein, drei kleine Schweinchen und schnaufen und prusten den ganzen Heimweg über.

Verzeihst du mir? Ich wollte schon sagen: ja, Pa. Aber ich war schon wieder fort und hab an den Füßen herabgebaumelt, und der römische Soldat mit dem Schwert, das war niemand anders als Leddy, der hat seinen Zigarettenstummel weggeschnippt und sagt was zu mir, aber ich konnte nicht verstehen, was. Dann hat er das Schwert erhoben und es herabgeschwungen und hat mich in zwei Hälften zerteilt.

Eine Hälfte konnte die andere sehen, aber alle beide haben an Fleischerhaken gebaumelt.

Da tritt doch tatsächlich Joe aus der Dämmerung, aber er hat mich nicht gesehen, sondern ist aus dem Eingang vom Schlachthof ins Licht hinausgegangen.

Wie ich aufwache, steht da Walter. Es wird schon alles gut, Francie, sagt er, und die Schwester hält mir mehr Tabletten hin. Doc, sag ich, der Drecksack da unten behauptet, Sie wollen mir Löcher in den Schädel bohren. Der Typ muß mich gehört haben, denn ich hab ihn wie der geölte Blitz aus der Tür verschwinden sehen. Als sie mir die Tabletten verabreicht haben, hat's keinen Herrn über die Zeit mehr gegeben oder irgend so ein krauses Zeug. Manchmal haben sie mich nach unten ins Zimmer gebracht und mir allerhand Zettel gegeben, die waren ganz mit Tinte bekleckst. Was hältst du davon, fragt der Doc. Sie werden mir keine Botschaften mehr auf dieses Papier schreiben, sag ich. Warum denn nicht, sagt der Doc und nimmt die Brille ab. Das ist doch unbrauchbar gemacht, sag ich, das sehen Sie doch. Hmm hmm. In der Schule für Docs kriegen sie das beigebracht. Nehmen Sie die Brille ab und sprechen Sie mir nach – hmm hmm!

Eine Weile ist mir ganz duselig gewesen – vollgepropft wie ich war mit igelstacheligen Nadeln. Aber die Tabletten müssen ihren Zweck erfüllt haben, denn eines Tages, wie ich draußen in den Anlagen diesen Typ gesehen hab, bin ich hinter ihm hergewetzt. *He,* ruf ich, *du Fotzenlecker!* Der tut so, als hätt er mich nicht gehört, und fängt an, so richtig schnell hinter die Küche zu laufen. Aber ich bin andersrum gerannt, und was hat der für einen Schreck gekriegt, wie er mich plötzlich vor sich sieht. Ich geb dir gleich Löcher in den Schädel, du Drecksack! hab ich gerufen. Ich hatte bloß die Hand gegen ihn erhoben, ich hätte ihm gar nichts getan, aber da fängt der doch schon wieder an mit diesem Quatsch über die Leute aus Cavan. *Da gibt's keinen,* sagt er, *der einem nicht den letzten Penny aus seiner Tasche geben würde. Die besten Patienten, die je den Fuß in dieses Krankenhaus gesetzt haben,* sagt er, *sind aus Cavan!* Dann sieht er mich mit diesen großen Augen an: *Du wirst mich doch nicht etwa verprügeln – oder?* Wollte ich ja gar nicht. Ich wollte gar nichts tun, ich mußte gleich Körbe flechten und Bilder malen gehen, denn damit haben sie mich jetzt beschäftigt. Nur weiß ich nicht, ob man das, was ich geflochten hab, Körbe nennen durfte oder nicht. Das ist aber ein schöner Korb, sagt dieser Kerl neben mir und hat nicht einen Halm Haare auf dem Schädel. Und aus heiterem Himmel fängt er an, was von Weibern zu faseln. Was die mit unsereinem tun, sagt er, da führen sie uns hinter einen Baum und führen uns doch nur hinters Licht. Nämlich die sagen: Erinnerst du dich noch, wie du mich mal angerufen hast, und ich hab gelacht, und du hast gelacht, und dann hat Ma gelacht, und wir alle haben gelacht. Das war vielleicht ein schöner Tag! So sind die Weiber!

Genau so, sag ich. Hat der vielleicht einen Korb gemacht, und ich hab gedacht, meiner wär schlecht! Überall sind die Enden vorgestanden. Wie wir zur Messe sind, was tut er wohl, als der Priester die Hostie hochhält? Steht auf und schreit aus voller Kehle – Bist ein Pfundskerl! Jetzt, wo du ihn hast – *lauf!* Ins Netz mit dem Ding! Bei Gott, dieses Jahr haben wir die beste Mannschaft überhaupt!

Die mußt du einnehmen, sagt Walter, dann hast du keine Probleme mehr. Es war, wie wenn der Schließer dem Häftling am Tor die Hand schüttelt und Wiedersehen sagt und geht lächelnd wieder rein. Denkt er doch, was für einen tollen Job er hat, bis er am nächsten Tag hört, daß der Gefangene eben wieder ein paar Leute zerstückelt hat. Aber so war's ja gar nicht, weil ich hatte gar keine Absicht irgend jemand zu zerstückeln. Ich war nach Haus entlassen und wollte nichts mehr wissen von Drecksäuen aus Cavan oder Körben oder Löchern im Schädel und all dem Scheiß. Von dem ganzen Zirkus hatte ich die Nase voll. Ich und Walter haben uns die Hand geschüttelt, und einen Augenblick lang hab ich mich ganz vergessen und sag mit tiefer Yankee-Stimme: Nun, Doc, schätze, jetzt heißt's Abschied nehmen. Damit hab ich aber ziemlich schnell wieder aufgehört, als ich gesehen hab, wie Walter mich anguckt und denkt, ob er sich's lieber noch mal anders überlegen und mich wieder ins Haus schleifen soll – mehr Tabletten und diesmal vielleicht den Bohrer. Nein danke, Walter. Also Wiedersehen, Francie, wir sehen dich bald wieder. Er sagt, sie würden mich so einmal im Monat besuchen kommen, um zu sehen, was ich so treibe. Er sagt, ich würde die nächste Zeit über eine ganze Menge Besuch kriegen, mal sehen, was aus mir wird. Was, wieder auf die Schweineschule, sag ich, zur Hölle damit, Doc, ich meine: nein danke, Doc. Aber nein, sagt er, da wirst du nicht wieder hinmüssen. Am besten mal einfach abwarten und Tee trinken, Francis. Na dann, Doc, und schon bin ich mit dem Bus den Hügel runtergefahren. Yippie! ruf ich, bringt sie nach Missouri, Leute, und diese alte Schachtel linst hinter ihrem *Woman's Weekly* nach mir.

Rasieren Sie sich lieber mal Ihren Schnurrbart, gute Frau, ruf ich, und da zieht sie vielleicht eine Schnute! Aber was hat mich das geschert? Yippie – den Hügel runter, und dein Pimmel sagt: *Mann, ist das prima, mach weiter so.*

Also, ich hab ja meinen Augen nicht getraut. Sardinen? Keine Spur davon. Fliegen? Für immer verschwunden. Kacheln – man hat sein Gesicht darin spiegeln können. Und der Geruch nach Politur! Das ganze Haus war gereinigt worden, millionenmal sauberer, als ich es je gekonnt hätte! Ich bin die Straße rauf, und wen hab ich getroffen, natürlich Mrs. Connolly mit einem Grinsen, das schwingt wie ein Sprungseil zwischen ihren Ohren. Na, Francis, hast du denn schon das Haus gesehen? Aber klar, Mrs. Connolly, sag ich. Sie hat mich am Arm berührt und gesagt: Jetzt zerbrich dir mal nicht den Kopf, Francis, ich werd immer mal vorbeischauen und dir ein bißchen Staub wischen.

Ich hab gesagt: Schönen Dank auch, Mrs. Connolly, und da sagt sie doch: Ach je, Gott steh dir bei, wen hast du jetzt noch auf Erden, jetzt sind sie alle tot. Ich hab gedacht: Wieso muß sie das jetzt anbringen, wieso muß sie das ausgerechnet jetzt anbringen?

Ich hab sie einen Augenblick lang angesehen, aber dann hab ich mir gedacht: Nein, ich sag lieber nichts, und hab nur gesagt: Nochmals vielen Dank, Mrs. Connolly, das ist sehr nett von Ihnen, daß Sie so freundlich sind. Ach, würde nicht jeder anständige Nachbar das gleiche tun? sagt sie und wirft mir einen Blick zu. Man hätte denken können, sie muß unbedingt mal aufs Klo und konnt's kaum noch halten. Einmal hab ich sie und die anderen Frauen gesehen, wie sie sich mit Mrs. Cleary von der Siedlung unterhalten haben, als die aus dem Krankenhaus gekommen ist mit ihrem Baby, das hat ausgesehen wie in einem Horrorfilm. Anstatt einer Hand hatte es eine Klaue. Zu der hatte sie auch gesagt: Ach je, Gott steh Ihnen bei, und den Säugling unter der Decke gekitzelt und gesagt: Ah, ist das nicht so ein richtig niedliches Baby, ich komm heut abend vorbei mit den Kleidern und dem Krimskrams von unserer Stella, den ich Ihnen versprochen hab. Man hat Mrs. Cleary immer nur sagen hören: Danke, o vielen Dank. Ich weiß nicht, wie oft sie danke gesagt hat, und Mrs. Connolly: Aber nicht doch, das ist doch das mindeste, was wir tun können. Aber als Mrs. Cleary reingegangen ist, hab ich sie sagen hören: Die arme Mrs. Cleary, Gott sei ihr gnädig, ich glaub, die weiß die halbe Zeit nicht, wo ihr der Kopf steht. Gestern abend um acht hab ich zwei von ihren anderen Bälgern auf der Straße rumlaufen sehen, die hatten kaum einen Faden auf dem Leib.

Sie kommt einfach nicht mehr nach, Gott steh ihr bei, haben die anderen Frauen gesagt.

Da sind sie alle gestanden und haben ihr nachgeschaut, wie sie die Straße runtergegangen ist. Dann hat Mrs. Connolly gesagt: Es ist nicht recht, Gott verzeih mir, ich wage nicht auszudenken, was mein Sean sagen würde, wenn ich mit so einem Ding aus dem Krankenhaus nach Haus kommen tät! Und sind einfach dagestanden, und die drei Köpfe haben vor sich hin genickt.

Hey! Hey! ruft der besoffene Bursche, wie er mich sieht. Vor dem Eingang zur Diamond Bar zählt er gerade sein Kleingeld. Er kommt auf mich zugelaufen: Ich brauch nur noch anderthalb Pence.

Tut mir leid, sag ich, die Francie-Brady-Bank hat heut geschlossen. Eh? sagt er und blinzelt ins Licht.

Geschäftsschluß, sag ich und geh davon.

Mensch, schreit er mir nach, bist du vielleicht eine Drecksau!

Ich bin, ich weiß nicht wie oft, ums Haus rumgelaufen, so gern hab ich den Politurgeruch gerochen. Blumen und all so was auf dem Kaminsims. Auch im Spülbecken konnte ich mein Gesicht sehen. Hoho, hab ich gedacht, das wird aber lange dauern, bis es hier mal wieder Sardinen in der Spüle gibt! Jawohl, mein Herr! Hier wird sich allerhand verändern!

Dann hab ich mich so richtig vornehm eingekleidet. In der Auslage vom Textilwarengeschäft hat ein weißes Sakko gehangen, wie Cliff Richard eins trägt, und ein Hemd mit so Schnürsenkeln zum Binden. Ich hab mich im Spiegel betrachtet. Das Schnürband war ganz im John-Wayne-Stil, aber ich hab mir gesagt: Die Sache mit John Wayne und all dem Zeug – das ist ein für allemal vorbei. Dann hab ich mir das Sakko abgebürstet und bin zum Café.

Ich wollte gleich reingehen und Joe und die anderen alle, die da gesessen sind, mit großem Hallo begrüßen, und wenn sie mich einladen würden, würd ich mich zu ihnen setzen – um so besser, das würd ich, und ich würd ihnen und Joe alles erzählen, was in der

Werkstatt passiert ist und so. Das heißt, nur wenn sie wollten. Ich würd sagen: Hallo, Philip – wie kommst du mit der Musik voran?

Der würd sagen: prima.

Dann würd ich lächeln und ein bißchen von dem Lied singen: *When you move in right up close to me!*

Ich hab's jetzt ganz gut gekannt, vom Radio her.

Dann würd ich aufstehen und zur Musikbox gehen. Ich würd mich einen Augenblick drüberbeugen und mit den Fingern auf die Seiten trommeln, während ich überlege, was ich auflegen soll. Falls die Blondine oder die andere da zu mir rüberblicken sollte, dann würd ich sie angrinsen oder ihr vielleicht zuzwinkern. Dann würd die Platte gewählt und anfangen zu spielen. Ich würd Zigaretten kaufen, damit ich ihr beim Hinsetzen eine anbieten könnt. Man konnte einfach dasitzen, nachdenken und den Leuten zusehen, die draußen auf der Straße vorbeigehen, und der Rauch würde sich zur Decke kringeln. Während man so dasaß, konnte man mit den Lippen die Worte formen: *Shaking all over!* und dann die Stelle mit der Gitarre.

Ich hab gar nicht erst nachdenken brauchen, ich hab einfach die Tür aufgestoßen, die ist weit aufgeflogen, und ich rein. Ich hab gedacht, die würden drüben am Fenster sitzen unter dem Elvis-Presley-Poster, aber da hat nur der Besitzer in einem Nylonkittel gesessen und Zeitung gelesen. Sonst war da niemand, man hat nur die Kaffeemaschine zischen hören, und in der Küche hat jemand mit den Kochtöpfen geklappert. Ja bitte, sagt der Typ, ohne auch nur aufzublicken. Was? frag ich. Zuerst hab ich ihn gar nicht gehört, dann hab ich gesagt: Schon gut, ich such nur jemand, aber ich glaub, der hat mich auch nicht gehört. Ich hab die Tür hinter mir zugezogen und bin wieder die Straße entlang. Ich bin aufs Volksfest, aber da war auch keine Spur von ihnen, keine Menschenseele zu sehen, und die Hälfte von den Schaubuden hatte geschlossen oder war weitergezogen. Die haben immer wieder dieselbe Jim-Reeves-Platte gespielt, und man konnte kaum noch was hören, so zerkratzt war die. Bis kurz vor Mitternacht habe ich auf den Straßen rumgelungert, aber es war keiner da. Ich hab nur gesehen, wie der besoffene Bursche aus der Tower Bar rausgeschmissen worden ist. Er hat an die Tür gehämmert, um wieder reinzukommen. In der ganzen Stadt hat man ihn gehört. Ich hab kehrtgemacht und bin nach Haus, bevor er mich sieht, aber geschlafen hab ich nicht. Ich bin nur beim Fenster gesessen und hab rausgestarrt.

Am nächsten Tag bin ich zu Leddy rüber. Wohin glaubst du denn, daß du gehst in diesem Aufzug, sagt er, verzieh dich. Aber ich hab mich nicht verzogen, ich hab von der Werkstatt und von all dem erzählt. Ich hab gar nicht mehr aufhören können, und schließlich hat er's satt gekriegt und sagt: Also schön, nimm den Bettelkarren und geh zum Hotel und sammle ein, was die da haben, das dürfte inzwischen eine ganze Menge sein. Jawohl, Mr. Leddy, sag ich, danke, daß Sie mich wieder einstellen. Tausend andere würden es nicht, sagt er und geht rein. Ich also los, pfeifend und schubkarrenschiebend die Straße runter, Francie Brady, der Bettelkönig der Stadt. Hallo da, sag ich. Ah, bist ein Prachtkerl, Francie. Und kein schlechter Tag heut. Nein, Gott sei Dank. Francie, bist du wieder da? Bin ich. Klingelingeling. Das ist ja vielleicht ein Hammer, unser alter Kumpel Francie! Hallo, ihr Lieben! Ein Pfund Gehacktes, bitte sehr! Allmächtiger, ich freß einen Besen!

Wer war denn das da eben auf dem Fahrrad? Wovon redet der denn – Besen?

Am nächsten Tag hab ich mich wieder feingemacht und bin runter zum Café. Ich hab gewußt: Früher oder später *mußten* dic ja einfach dadrin sitzen. Ich hab mich an ihren Stammtisch gesetzt und die Platte aufgelegt. Hab mir eine Kippe angesteckt und dann noch eine. Das hat mir gutgetan, durch die gekräuselten Rauchkringel so auf die Straße rauszuschauen. Die Platte hab ich immer wieder von vorn gespielt, aber die haben sich immer noch nicht blicken lassen. Ich hab eine ganze Masse Kippen geraucht. Vielleicht zwanzig oder dreißig Stück. Am nächsten Tag bin ich wiedergekommen und hab das gleiche gemacht. Und am Tag darauf auch. Als ich nach Hause wollte, war es dunkel. Der Besitzer war am Ausfegen. Das war ein Italiener.

Er sagt: Nix viel los. Nix Leite.

Ich hab ihm zugestimmt. Er sagt: Winter nix gut in Stadt. Ich sag: Joe und die Mädels und Philip – wieso kommen die denn nicht?

Einen Augenblick lang hat er gar nicht kapiert, wen ich meine. Dann verzieht sich sein Gesicht zu einem breiten Lächeln. Ah, Joseph! sagt er – und Philip! Jajaja!

Dann schüttelt er den Kopf und versucht, mit dem Besen ein KitKat-Papier unter dem Sitz hervorzuholen.

Nein, sagt er, ich fürcht, die schon lang nicht mehr gesehen haben. Die weg. Die gewesen gute Kunden von mich. Ich sie vermissen.

Ich sag: Was meinen Sie damit, weg?

Ich nix wissen, sagt er, weg, mehr ich nix wissen.

Ich wollte mir eine Kippe anstecken, aber da war keine mehr, nur noch eine leere Schachtel. Ich hab ihn gefragt: Haben Sie Zigaretten? Nein, sagt er, ich nix verkaufen Zigaretten, wir zumachen, bitte.

Ich muß ihn noch mal nach Kippen gefragt haben.

Er sagt: *Ich dir gesagt! Zigaretten ich nix verkaufen! Jetzt bitte!* Er hat mir die Tür aufgehalten.

Nur eine einzige Kippe, sag ich, *ich zahl Ihnen sechs Pence.*

Bitte! sagt er.

Ich hab dauernd gedacht, ich würde Joe oder der Blonden oder einigen von denen auf der Straße begegnen, deswegen wollte ich das Sakko nicht ausziehen, nur für alle Fälle. Leddy hat deswegen gegen mich vom Leder gezogen – um Himmels willen, sagt er, und all so was. Aber ich sag: Was geht Sie das an, was ich anhab. Es geht Sie bloß was an, daß ich die Schlempe abhole. Solang ich das tu, geht Sie das gar nichts an, ob ich mit einem Cowboyhut antanze! Verflucht noch mal! sagt er, und am Ende hat er seine Kippe einfach in die Gosse geschleudert und gesagt: Also, von mir aus, mach doch, was du willst, verdammt noch mal. Es hat ja doch keinen Sinn, mit dir zu reden. Verflucht sei der Tag, an dem ich dich eingestellt hab!

Ich hab gesagt: Keine Sorge, jetzt, wo ich zurück bin, werd ich zweimal so hart arbeiten. Sie sollen keinen Grund zur Klage haben, Mr. Leddy!

Danach hab ich gar nicht erst abgewartet, daß er mir eine Arbeit zuteilt. Ich hab saubergemacht und abgespritzt und gehackt und gesägt und verpackt. Was immer zu tun war – ich hab's erledigt, bevor Leddy überhaupt gewußt hat, daß es zu tun war. Ich hab geschuftet, bis mir der Schweiß aus den Poren rann. Wenn ich Feierabend hatte, bin ich auf und davon, um nachzugucken, ob Joe irgendwo zu sehen ist, weil ich hab mir gesagt, der Cafébesitzer hat sich das aus den Fingern gesaugt. Geh doch zurück nach Italien, hab ich gesagt. Einige Male hab ich gedacht, ich hätt sie gesehen, aber das war nur ein anderes Mädchen mit blonden Haaren. Abends hab ich den Bettelkarren im Schlachthof neben der Magengrube stehenlassen und abgeschlossen. Es gab da eine Sache, in der hatte Leddy recht, und das war, daß ich mir mein schönes Sakko allerdings verdorben hatte, denn als ich einen Mülleimer in den Karren ausgeleert hab, hab ich den ganzen Schmortopf oder was es war abgekriegt. Ich hab überlegt, ob ich wohl zurückgehen und das Sakko säubern soll, bevor ich zu Joe geh. Denn dazu war ich fest entschlossen, ich hab die leeren Straßen und die ewige Warterei nicht mehr ausgehalten. Dann hab ich gedacht: Wozu willst du das saubermachen – denkst du etwa, das schert den Joe, daß deine Jacke ein bißchen schmuddelig ist? Von wem redest du eigentlich, Francie? Von Joe Purcell – Menschenskinder, das ist dein Freund! Dein bester Freund!

Ich sag: Worauf zum Teufel will ich eigentlich hinaus, und meine damit mein Sakko. Du denkst vielleicht ein bescheuertes Zeug. Das muß mein Aufenthalt in der Werkstatt gewesen sein, hab ich mir gesagt. Dann bin ich los zu Joe.

Im Vorderzimmer hat Licht gebrannt. Ich hab gedacht, Joe sitzt wahrscheinlich über seinen Büchern, wir könnten uns hinterher Platten anhören. Was für Platten willst du denn haben, Joe, ich besorg sie dir. Cliff Richard! Das war der einzige, den ich gekannt hab. Aber Joe hat viel mehr gekannt, es würde nicht lange dauern, bis ich auch alles kannte. *When you move in right up close to me!* sag ich und papp mir die Haare an. Von dem Eintopf hab ich, soviel ich konnte, abgekratzt – dann hab ich an der Tür geklopft und übers ganze Gesicht gegrinst, wie wenn ich im Lotto gewonnen hätte. Hallo, Mr. Purcell, hab ich gesagt, ich hätt gern gewußt, ob der Chef da ist. Mr. Purcell hat mir direkt in die Augen geblickt und ist ein klein bißchen zurückgezuckt, dann hat er gesagt: *was?* Da mußte ich noch mal von vorn anfangen. Und da hat er gelächelt, wie wenn ich ihm einen Witz erzählt hätte oder was. Er hat sich die Stirn gekratzt und an mir vorbeigestarrt, als ob er versuchen würde, die Aufmerksamkeit von jemand zu erregen, der gerade auf der anderen Straßenseite vorbeigeht. Dann sagt er: Ja, aber Joe ist doch auf dem Internat, der ist doch schon seit sechs Monaten in Bundoran am St. Vincent's College. Ich wollte schon sagen: Ach ja, natürlich, das hab ich ganz vergessen, aber ich hab's nicht geschafft, weil in meinem Kopf hat so ein brr angefangen, wie das Geräusch, das die Flimmerkiste früher gemacht hatte, wenn man abends beim Fernsehen eingedöst war. So hab ich's denn nicht gesagt, und dann ist die Tür zugefallen – klick –, ganz leise, all diese Türen, die immer zuklicken, und es hat angefangen zu regnen.

Ich bin immer noch dagestanden und hab zugesehen, wie sich die Gosse mit Wasser füllt, und hab mich gefragt, was ich denn jetzt anfangen soll. Da hab ich Mrs. Connolly gesehen, die ist mit Mrs. Nugent auf der anderen Straßenseite vorbeigekommen. Sie hat den Regenschirm in der Hand gehalten und Mrs. Nugent auch mit druntergelassen, damit sie nicht naß wird. An der Ecke vom Hotel haben sie haltgemacht, und ich hab gesehen, wie Mrs. Connollys Hand über ihren Mund fährt. Mrs. Nugent hat heftig genickt. Sie hat gesagt: Das ist wahr. Oh, mir brauchen Sie nichts zu erzählen, Mrs. Connolly! *Mir brauchen Sie nichts zu erzählen!*

Dann haben sie sich getrennt, und es war da nichts mehr außer dem Regen, der durch die Stadt fegt, und außer den Kaminfeuern, die in den Wohnzimmern glühen, und dem Geruch nach Gebratenem und dem grauen Flimmern der Bildschirme hinter den Vorhängen.

Ich bin hinausgegangen zum Fluß, der hat sich dahingewälzt und ist kurz davor gestanden, über die Ufer zu treten. Man konnte den Fischen in die Augen sehen. Ich hab gezittert vor Kälte und Nässe. Ich hab die Grashalme am Uferrand gezupft und all die Menschen gezählt, die ich inzwischen verloren hatte.

1. Pa
2. Ma
3. Alo
4. Joe

Wie ich Joes Namen ausgesprochen hab, da mußte ich plötzlich herausplatzen. Herrgottsack! hab ich gesagt, Joe und verloren. Wie zum Teufel konnte ich Joe verloren haben!

Das war ja der größte Witz!

Es hat noch geregnet, wie ich Mrs. Connolly besucht hab. Der Regen ist mir richtig in den Mund genieselt. Als sie die Tür aufgemacht hat, konnte ich Schinkenspeck und, ich glaube, Fritten riechen. Ich konnte sie alle drinnen beim Kamin sitzen sehen, die haben Scones gegessen. Ich hab gehört, wie einer von ihnen gesagt hat: Mag noch jemand Scones? *Ich!* Ich nehm gleich den ganzen Teller, wenn Sie nichts dagegen haben. Hab ich aber nicht gesagt, nichts dergleichen, denn ich hatte mit Connolly Geschäftliches zu bereden. Da hat ein Barometer gehangen wie bei den Nugents. Es war mildes Wetter angezeigt, war das vielleicht ein Barometer. Sie hat mich angelächelt und die Hände an der Schürze abgewischt: Ah, hallo, Francie, hat sie gesagt. Darauf hebt sich auch schon gleich ihre *Was-willst-du-denn?*-Augenbraue. Ich hab den Fuß in die Tür gestellt, falls sie versucht zuzumachen, bevor ich ausgeredet hab. Der Regen hat jetzt ganz salzig geschmeckt, er ist mir in die Augen gelaufen und mir furchtbar auf die Nerven gegangen. Sie sagt: Was kann ich für dich tun, Francie, und ich sag: Oh, es ist nur wegen meinem Vater. Ach ja, dein armer Vater, sagt sie, der Herr sei seiner Seele gnädig. Sie fängt an, mit ihren Fingern rumzufummeln und auf den Boden zu blicken, wie sie das sagt. Deswegen hab ich gesagt: Nein, nein, nichts da mit Seele und gnädig und so, Mrs. Connolly. Warum haben Sie sich nicht um Ihre eigenen Angelegenheiten gekümmert, darum geht's, und da sieht sie mich an und fängt an zu stammeln. Um meine eigenen Angelegenheiten gekümmert? Was willst du damit sagen, wovon sprichst du überhaupt? Ich hab gesagt: Das wissen Sie sehr gut, wovon ich spreche, und sie versucht's mit dem Trick von Mrs. Nugent und drückt eine Träne ins Auge: Niemand hat mehr für deinen armen Vater getan als ich, Francie, ich hab das Begräbnis gerichtet, weil sonst hätt's ja keiner getan, ich hab geputzt und gescheuert, weiß Gott, das hab ich, und mein Mann sagt: Wozu machst du das bloß, aber ich hab's getan, weil ich Mitleid hatte mit deinem lieben verblichenen Vater, Gott hab ihn selig. Niemand ahnt ja auch nur, wieviel Arbeit ich in das Haus gesteckt hab. Dann fängt sie an zu schniefen, und ich sag: Wer hat Sie denn gebeten sauberzumachen, das ist ja der Ärger mit den Leuten in dieser Stadt. Nie kümmern sie sich um ihre eigenen Angelegenheiten, *immer stecken sie ihre dreckigen Nasen in anderer Leute Angelegenheiten!*

Ich hab meine Stimme erhoben, wie ich das gesagt hab, und da steht doch plötzlich irgend so ein Bursche mit einem Schnurrbart vor mir, ich weiß gar nicht, wer das war, und was sagt der? Der sagt: Am besten machst du dich, so schnell du kannst, aus dem Staub, bevor ich dies tu, bevor ich das tu – all die Sachen, die der tun wollte. Ich hab der Connolly gesagt, sie soll sich von unserem Haus fernhalten. Wenn ich sie noch mal dort vorfinde, würd ihr das aber gar nicht gut bekommen, und das war auch so gemeint. Wie ich das gesagt hab, wollte der Schnurrbärtige mir einen Schlag verpassen, aber ich hab's geschafft, ihn am Handgelenk zu packen und hab ihn daran festgehalten, bis ich ausgesprochen hatte, was ich sagen wollte. Ich wollte sagen: Gehen Sie mir aus dem Weg, Connolly, das hat mit Ihnen nichts zu schaffen und hat noch nie was mit Ihnen zu schaffen gehabt, und ich will Ihnen noch was sagen, sag ich, *ich will Ihnen noch was sagen!* An ihrer Nase hat Rotz gehangen, und sie hat geflennt: bitte, bitte. Der Schnurrbärtige hatte sich halb vorgebeugt. Ich hatte noch nie jemand gesehen, der so bekloppt ausgesehen hat mit seinen Haaren, die ihm in die Augen hängen. Der wußte gar nicht, was er sagen sollte – verpiß dich, oder: ich bitte dich, laß mich in Frieden. Also hat er am Ende gar nichts gesagt, sondern hat bloß dagehangen wie ein Schwachsinniger, ganz rot von wegen seinem vorlauten Gerede. Ich will Ihnen noch was sagen, Connolly, hab ich gesagt, ich will auch keinen von Ihren Äpfeln! Hören Sie – *ich will keinen von Ihren Äpfeln! Ich brauch keinen von Ihren Scheißäpfeln!*

Dann hab ich sein Handgelenk losgelassen und hab gesagt: Merken Sie sich das, und hab die beiden stehenlassen. Ich wollte mit ihnen nichts mehr zu schaffen haben. Ich bin durch die Stadt gelaufen. Ich hab nicht so recht gewußt, was ich anstellen soll, ich hab dauernd gedacht: So, die Connolly ist erledigt, was soll ich jetzt anfangen? Aber da war nicht viel, was ich anfangen konnte. Also bin ich los und hab ein paar Kippen gekauft. Ich hab mir eine angezündet, mich hingestellt und sie geraucht. Da hör ich plötzlich Joe von der Gasse neben dem Kino nach mir rufen. *Joe!* sag ich und lass die Kippe fallen. Joe, sag ich, bist du's? Francie, komm mal schnell, sagt er, aber wie ich rüber bin, war da keine Spur von ihm. Dann sehe ich, wie Nugents Auto vorbeifährt und Wasser auf den Gehsteig spritzt, und Mr. Nugent lehnt sich raus, um die Windschutzscheibe zu wischen, in der anderen Hand hält er eine Pfeife. Mrs. Nugent hat am Steuer gesessen. Hatte ich gar nicht gewußt, daß die fahren konnte. Als nächstes bremst sie und hält vor Purcells Haus. Ich hinten rum und hab mich auf die andere Straßenseite hinter einen geparkten Laster gestellt, um mitzukriegen, was da vor sich geht. Bevor Mrs. Nugent ausgestiegen ist, hat sie auf dem Rücksitz rumgewühlt und was hervorgeholt, eine Schachtel oder so was. Dann hat Mr. Nugent geschellt.

Philip war nicht dabei. Wo hat der bloß gesteckt? Da kommt Mr. Purcell zur Tür, und Mrs. Purcell späht ihm über die Schulter: Ah, hallo, das ist aber eine Überraschung. Daraufhin hält die Nugent doch tatsächlich die Schachtel in die Höhe. Jetzt konnte ich sie besser erkennen, sie war ganz in Papier eingeschlagen. Es war gar keine Schachtel, es war ein Geschenk. Wie ich wieder hingeschaut hab, war die Tür zu, und im Vorderzimmer ist das Licht angegangen. Ich konnte sehen, wie Mr. Purcell Gläser herumreicht und den Kopf zurückwirft. Jemand hat eine lustige Geschichte erzählt. Aber, aber, hat er gesagt. Ich hab ihn zwar nicht hören können, aber ich konnte es an seinem Gesicht ablesen, daß er das gesagt hat. Das einzige, was ich hören konnte, war das Glucksen des Wassers in der zerbrochenen Dachrinne hinter mir, und schließlich hab ich's nicht länger ausgehalten. Wie Mr. Purcell die Tür geöffnet hat, war er in Schlafanzug und Morgenmantel und hat sich die verschlafenen Augen gerieben. Was sollte denn das nun wieder? Ich konnte die Nugent drinnen hören: *Wer ist das, wer ist das?* Jemand hat das Licht im Vorderzimmer ausgelöscht, ich weiß nicht, wer von ihnen es war. Im Haus war nicht der leiseste Mucks zu hören. Ich hab zu ihm gesagt: Wozu denn die Party, Mr. Purcell, und er sagt: Party? Was denn für eine Party? Die Party, sag ich, das Geschenk und all das. Party, sagt er, ich weiß nicht, wovon du sprichst. Ich hab zu ihm gesagt: Schauen Sie, Mr. Purcell, ich wünschte, Sie würden endlich damit aufhören. Ich will nur wissen, ob das was mit Joe zu tun hat, das ist alles. Ist das seine Begrüßungsparty, ist es das? Aber er wollte es mir nicht verraten, er hat immer nur gesagt: Was denn für eine Party, und wovon redest du, und was ist nur mit dir los. Ich glaube, das war's, da wußte ich, daß er mir nichts verraten würde, und wie ich Mrs. Purcell gehört hab: Wer ist das, wer ist das, was in aller Welt geht da vor sich, es ist ein Uhr morgens, da hab ich nur gesagt: Bedaure, Mr. Purcell, ich hab die Nase voll von Leuten, die sich dauernd einmischen und mir nichts verraten wollen. Ich hab Sie nur gebeten, mir von der Party zu erzählen, und Sie wollen mir nichts verraten. Soll mir recht sein, Mr. Purcell, ist ja Ihr Haus, aber Sie brauchen mich deswegen nicht gleich anzulügen. Er sagt: *Ich hab dich nicht angelogen!*, aber ich wollte davon nichts mehr wissen. Ich hab gesagt: Doch, haben Sie, Mr. Purcell, tut mir leid, aber das haben Sie. Ich hab gesagt: Früher haben Sie das nicht getan, Mr. Purcell, früher konnte ich Joe immer abholen, und Sie haben gesagt: Na klar kann er rausgehen und mit dir spielen, Francie, weshalb sollte er denn nicht? Damals haben Sie mich nie angelogen oder so, das ist doch wahr – oder?

Sein Gesichtsausdruck hat sich verändert, und er hat ganz gepeinigt ausgesehen, und da mochte ich ihn wieder, er war wieder der alte Mr. Purcell. Er wollte mir was sagen, aber er wußte nicht, wie. Aber das hat mir nichts ausgemacht, denn ich hab gewußt, was er sagen wollte. Es ist alles in Ordnung gewesen, bis die dahergekommen ist, stimmt's, Mr. Purcell? Es hat alles bestens gestanden, bis Mrs. Nugent angefangen hat, sich überall einzumischen und Scherereien zu machen. Nur deswegen macht sie Ihnen Geschenke – stimmt's, Mr. Purcell?

Ich hab ihm ins Auge geblickt und gesagt: Ist doch wahr, oder?

Seine Augen haben traurig ausgesehen, und er hat gesagt: Francie.

Ich hab gewußt, er wollte mir noch was sagen, aber er konnte es nicht, weil er gewußt hat, daß Mrs. Nugent im Wohnzimmer zuhört.

Ich hab den Finger an die Lippen gelegt. Ich wollte, daß er weiß, ich versteh ihn. Er hat sich übers Auge gerieben, wie wenn er Kopfweh hätte, und an der Art, wie er mich angeschaut hat, hab ich gemerkt, das war seine Art, um Entschuldigung zu bitten. Ich hab gelächelt. Das war nett von Mr. Purcell. Hatte ich doch die ganze Zeit gewußt, daß die Purcells nicht wollten, daß es so kommt.

Wenn doch nur die Nugents nicht in die Stadt gekommen wären, wenn die uns doch bloß allein gelassen hätten – mehr hätten sie doch gar nicht tun brauchen.

Ich bin nicht nach Hause gegangen. Ich bin die ganze Nacht hindurch rumgelaufen und hab gedacht: Was soll ich jetzt nur machen. Eine Weile hab ich im Hühnerhaus geschlafen. Tausend Hühneraugen haben gedacht, wer schläft denn da in unserer Welt aus Sägespänen – gluck gluck –, ich wollte sagen, ich bin's, Francie, aber ich war zu müde.

Wie ich aufgewacht bin, ja war denn das zu glauben – da haben doch die Fliegen auf mir draufgesessen. Laßt mir den Eintopf in Frieden, und – patsch! – hab ich drei von den Ärschen erwischt, zwei schwarze Flecken auf meinem Jackettaufschlag. Was haltet ihr davon, Jungs, ich meine Fliegen?

Ich hab zehn Schilling gehabt, also bin ich aufs Volksfest zum Schießstand. Man brauchte nur dreimal hintereinander ins Schwarze treffen, und schon hat man einen Goldfisch gekriegt. Es hat einen ganzen Schwarm davon gegeben, die sind rumgeschwommen, die knochigen Mäuler auf und zu: Hier sind wir, hier sind wir. Ich hab den Kolben gegen meine Schulter gestützt und den Abzug durchgezogen: *peng!*, beim erstenmal daneben, aber das passiert jedem, ich hab gedacht, der Mann vom Schießstand sieht zu mir her und denkt: Nicht gerade ein blendender Schuß. Ich hab mich umgedreht und wollte ihm einen bösen Blick zuwerfen, aber der hat mir den Rücken gekehrt und sich mit einer Frau unterhalten. Jetzt aber richtig, hab ich gesagt, auf geht's, dreimal hintereinander ins Schwarze. Ich frag mich, wie lang Philip Nugent dazu gebraucht hat, wahrscheinlich hat er ein Vermögen ausgegeben. Auf geht's, hab ich gesagt, aber ich hab wieder danebengeschossen. Ich weiß nicht, was los war. Ich hab eine Fünfzig geschossen, aber das hat ja nichts genutzt. Zum Schaubudenbesitzer hab ich gesagt: An den Gewehren haben Sie doch was getrickst, stimmt's?

Ich hab gewußt, so was machen die. Die haben ein ganz kleines bißchen den Lauf verkrümmt, daß man nie ins Schwarze trifft. Sie haben doch bestimmt darauf geachtet, daß Sie dem Philip eins von den guten geben – oder? hab ich gesagt. *Was?* sagt er und fängt an zu lachen. Ich wollte zu Leddy gehen und ihn noch mal um zehn Schilling bitten, aber dann hab ich gedacht: Warum zum Teufel sollte ich? Dem Joe Purcell ist das doch egal, ob ich ihm einen Goldfisch bringe. Ich hab mir gesagt: Worauf zum Teufel willst du eigentlich hinaus, Francie – *Goldfische?*

Der Schausteller hat die Hände auf den Tresen gestützt und mich angestarrt: Willst du nun noch einen Versuch oder nicht?

Ich hab angefangen zu lachen. Nö, will ich nicht. Sie und Ihre Goldfische, sag ich. Sie und Philip Nugent, da haben sich die Richtigen gefunden.

Ich muß eine weiche Birne haben, hab ich gedacht, daß ich mir wegen Goldfischen Sorgen mache. Wenn ich zu dieser ollen Penne in Bundoran geh, Joe besuchen, würde er da etwa sagen: O hallo, Francie – ich hoffe, du hast den Goldfisch mitgebracht?

Das würde er. So ein Blödsinn – als ob er das würde! Ich und Joe, wir hatten Gescheiteres anzufangen mit unserer Zeit, als uns um Goldfische kümmern.

Goldfische! würden wir sagen, zieht Leine.

Ich bin zur Klosterschule gegangen und hab mir aus dem Schuppen ein Fahrrad geholt, die Mädchen haben sie da immer stehenlassen. Ich hab mir eine Zigarette angezündet und mich auf den Sattel geschwungen. Ich hab mir gesagt: So, die Sache mit John Wayne soll aus und vorbei sein, wie? Das werden wir ja noch sehen! Und ob wir das sehen werden! Paff paff – und die Kippe fliegt in den Straßengraben. Freilauf Freilauf – tick tick tick –, und los geht's, den Church Hill runter. *Bringt sie nach Missouri, Männer!*

Klingelingeling! Klingelingeling!

Ab in den Fahrtwind, Kippen durchziehen und Liedchen pfeifen – *My old man's a dustman, he wears a dustman's hat!* Hallo, Löwenzahn, verpiß dich! Hoppla – mit einem Stockschlag purzeln die Köpfe runter, entschuldige mal, was zum Teufel bildest du dir ein – zack zack hoppla hops aauutsch!, was zum Teufel geht hier vor, wo sind unsere Köpfe? Yippie! ruf ich, und weiter geht's. Eine alte Frau hat Teeblätter in eine Abzugsrinne gekippt. Hallo, junger Mann, hast du schon die neuesten Nachrichten gehört, sagt sie. Nachrichten, sag ich, was für Nachrichten denn? Ach, sagt sie und kratzt sich den Rücken, die Kommunisten. Ah, sag ich, was weiß ich denn von den Kommunisten. Hoho, wenn dieser Glatzkopf Chruschtschow erst mal auf den Knopf drückt, wirst du aber anders daherreden. Und drücken wird er, darauf kannst du Gift nehmen!

Sie hat ein Auge zugekniffen. Glaubst du etwa, er tut's nicht?

Sie hat vor sich hin gelacht: Oho, ja, aber ich fürchte, dann ist es zu spät. Die, wo jetzt nicht ihren Frieden gemacht haben, denen nutzt das ganze Wimmern nichts. Ich hab's denen im Laden unten gesagt, holt schon mal den Rosenkranz vor, sag ich, denn nächste Woche um diese Zeit ist's schon zu spät. Die sagen, sie fürchten sich vor Chruschtschow nicht. Aber bei Gott, jetzt kriegen sie's mit der Angst! *Jetzt wird's ernst, mein Junge!* sagt sie. Komm rein, und wir beten den Rosenkranz, und dann kriegst du einen Becher Tee, bevor du dich wieder auf die Reise machst.

Na schön, gute Frau, sag ich, und wir sind auf die Knie gesunken. Du, o Herr, wirst öffnen meine Lippen, sagt sie, bitte, lieber Jesus, erlöse uns von allem Übel, laß das Ende der Welt nicht kommen. Sie hatte die Augen geschlossen. Über mich hat sie kein Wort verloren. Ich hab nur gesagt: hm hm und itze bitze klitzeklein, wie die Ausdrücke, die ich bei Tiddly verwendet hab. Im Namen des Vaters und des Sohnes und des Heiligen Geistes, Amen, sagt sie und sagt: Du bist aber ein sehr frommer Bub, nun setz dich hierher, daß ich Wasser aufsetze. Jawohl, gute Frau, sag ich. Das ist aber ein prima Haus, sag ich zu mir. Schwarzer Kessel auf dem Kamineinsatz und Sitzbank in der Ecke, und von unten drunter lugt Herr Schlitzauge, der Kater, hervor und funkelt mich an: Was machst du denn hier, wer zum Teufel hat dich hergebeten, hau ab, das ist *mein* Haus! Hier, bitte recht sehr, sagt sie. Menschenskinder, sag ich, das ist der beste Kanten Brot meines Lebens, und schlag die Zähne rein – gluck gluck – mehr Tee in die Tasse. Nur zu, sagt sie, wo der herkommt, gibt's noch mehr, und vielleicht auch noch ein bißchen was Stärkeres, wenn du damit fertig bist, falls du das verträgst. Dann geht sie lachend unter die Treppe und kommt zurück mit einer Flasche in einer braunen Papiertüte. Hier, nimm einen Schluck. Der Kater hat vielleicht Zustände gekriegt, wie er das gehört hat. Wie wir ausgetrunken hatten, haben wir gleich nachgefüllt. Wo willst du denn hin? fragt sie. Nach Bundoran, sag ich. *Bundoran*, sagt sie, *wo die Flöhe den Missionar zerstochen haben!*

Nimm noch einen Schluck, mein Junge, ist wohl nicht das erstemal, daß dir ein Tropfen John Jameson über die Lippen kommt.

Dann stößt sie das Fenster auf und ruft hinaus: Mach nur Chruschtschow, du Glatzarsch! JFK ist genau der Richtige für dich!

Sie hat mir erzählt, daß sie in England sechs Töchter und einen Sohn namens Packy hat. Der hat's zu was gebracht, sag ich, hat einem prima Job, was? Hat er, sagt sie, oh, unser Packy hat's zu was gebracht, aber woher weißt *du* denn das? Zehn Mann unter sich, sag ich, und da ist sie überglücklich los und hat nach Whiskey gesucht und ist überall angestoßen. Ich geh Joe Purcell besuchen, sag ich. Joe Purcell, sagt sie, und wer möchte das wohl sein? Ein treuer Freund ist durch nichts zu ersetzen, sagt sie. Da bin ich ihm das erstemal begegnet, am Tag mit dem Eis, sag ich. Bist du vielleicht ein Glückspilz, sagt sie, es gibt nicht viele in dieser Welt, wo so einen Freund haben. Ich weiß, sag ich. Na bitte, so gehst ihn also besuchen, na, dann viel Glück dabei, ich wünschte, ich hätt so einen Freund statt diesem bucklichten Kerl da, wo in der Türe steht. Was? sag ich, und wie ich mich umdreh, steht doch da tatsächlich dieser Bauer in umgekrempelten Gummistiefeln und zupft an seiner Mütze rum. So, sagt er, das war's dann wohl, sie haben nein gesagt, nächste Woche um diese Zeit wird kein einziger Ochse mehr auf der Weide stehen. Wir sind allesamt erledigt – alle Männer, Frauen, Kinder und Rindviecher in dieser Gemarkung!

Es war gut, daß er aufgetaucht ist, denn als ich rausgeschaut hab, hat's schon angefangen, dunkel zu werden. Zum Teufel, sag ich, höchste Eisenbahn. Der Bauer starrt mich und sie an mit offnem Mund. Viel Glück dann, gute Frau, sag ich und hab nur noch mitgekriegt: *Jawohl, ich hab ein Gläschen Whiskey getrunken, und weder du noch Glatzkopf Chruschtschow noch sonst irgend jemand wird mich daran hindern!*

Drei- oder viermal wär ich beinah in den Graben gefahren. Paß doch auf, sag ich, aber es war keine Menschenseele zu sehen. Mit dieser Gegend wird Chruschtschow aber nicht viel Arbeit haben, die ist sowieso schon hin, hab ich gesagt, als nächstes den Hügel runter – huiii – und wieder auf offenes Gelände, und die Kühe, die blicken über den Graben: Wo willst du denn hin, Francie? Kümmert euch um eure eigenen Angelegenheiten, ihr verdammten Färsenschnüffler. Löwenzahn, aufgepaßt, jetzt komme ich! Ich konnte gar nicht mehr aufhören zu lachen, soviel Whiskey hatte ich intus – und der Wind in meinem Gesicht und die Kieselsteine, die nach allen Seiten spritzen. Das Ende der Welt, sag ich, was schwatzen die daher, das ist der Anfang der Welt, nicht das Ende.

Hab ich recht, Joe?

Logo, Francie Boy, sagt Joe.

In Bundoran hatte Chruschtschow auch nicht viel zu tun. Das einzige, was es da zu sehen gab, waren zwei Zeitungsfetzen, die haben sich mitten auf der Hauptstraße gebalgt, ein Schiff im Hafen und auf der Kirmes nichts als ein Wohnwagen ohne Räder und ein ausgemergelter Köter, der war an einen Zaun gebunden. Die Häuser waren grau und blau und naß und haben geschmollt wegen dem Winter. Schluchz schluchz – es kommt niemand mehr, in uns wohnen. Ich hab überlegt, wo die wohl den Rosenkranz beten. Ich hab in einen Brandungstümpel gespuckt – spinnenartige Tentakel und all die korallenroten Farben, die da treiben. Bist du bereit, für den Rest deines Lebens von Kartoffeln und Salz zu leben, Annie? Mehr kannst du einem Mädchen wohl nicht bieten, Benny Brady?

Da haben sie auf der Frotteedecke gelegen und konnten hören, wie die Leute langsam vom Tanzsaal nach Hause geschlendert sind, bis daß es hell geworden ist. Vor dem Fenster das Meer – sch sch sch –, mehr war nicht zu hören. Ich hab gewußt, wie die Fremdenpension geheißen hat. Über den Wogen. Ich hab zwar nicht gewußt, wo sie gestanden ist, aber was machte das schon? Klingeling! Mr. Grunz würde nicht lange brauchen, um eine Fremdenpension zu finden, nein, mein Herr. Entschuldigen Sie bitte, mein Herr, könnten Sie mir wohl in einer kleinen Angelegenheit behilflich sein? Ja, mein Guter, was kann ich für dich tun?

Algernon Carruthers. Tick tick tick huii – den Strand entlang, und der Strandkies spritzt gegen die Speichen. Fraawwncis, mein Lieber, ich glaub, es wird Zeit, daß wir speisen.

Ich bin ins Hotel gegangen und hab mich hingesetzt – plink plonk – Xylophonklänge und Besteck, das klappert in der Ferne. Ja bitte, sagt das Mädchen, was möchtest du. Alles, sag ich. Was soll das heißen – alles? Ich sag: Speck, Eier, Würstchen, Bohnen in Tomatensoße und Tee – alles halt. Sie kritzelt auf ihrem Block rum. Du bist mir ja ein ausgehungerter Kunde, sagt sie. Ja, sag ich und stopf mir die Serviette in den Hemdkragen, ich könnt ein lebendes Huhn verdrücken.

Am anderen Ende hat ein Geschäftsmann mit Glatze und Brille gesessen. Der hat ausgesehen wie der Bruder von Humpty Dumpty. Ich hab gedacht: Vielleicht hält er sich in der Stadt auf, um die Ermittlungen zu leiten. Ich weiß, wer's war! Ich hab gesehen, wie die Ihren Bruder rumgeschubst haben! würde ich ihm sagen. Aber der hat gar keine Ermittlungen geleitet, der hat bloß die *Irish Times* gelesen. Von meinem Platz aus konnte ich die Schlagzeilen sehen: Kubakrise – Neue Befürchtungen. Neue Befürchtungen? Das war ja zum Kringeln. Ich hatte mich nie besser gefühlt. Wenn die nur gesagt hätten: Geh und erschieß uns doch mal die ganzen Kommunisten, Francie!, ich hätte glatt gesagt: Klar doch, Kumpel.

Sag ich zu Humpty: Ich bin genau der Richtige dafür! Denen bring ich ein bißchen Vernunft bei! O ja! Darauf können Sie Gift nehmen. Der hat die Brille abgezogen und auf mich runtergeguckt. Ich glaube, ich muß ein ganz schönes Bild abgegeben haben mit dem Eintopf und all dem auf meinem guten Jackett und dem Gestank nach Schlempe, ich weiß gar nicht, ob er den riechen konnte oder nicht. Aber wenn ich ihn riechen konnte, dann ja wohl auch er. Aber was hat mich das gekratzt? Schlempe? Was hat das damit zu schaffen? Ich scheiße auf die Schlempe!

Ich wollte einen Luftsprung machen wie die Grüne Laterne oder die Menschliche Fackel und auf Humptys Tisch landen. Also gut, Humpty, reden wir über Ihren Bruder! Ich will über diese Kommunisten aufgeklärt werden, und zwar auf der Stelle!

Aber das hat erst mal gereicht. Ich wollte bei dem alten Humpty keinen Herzinfarkt auslösen. Ich hab mir die Serviette in den Kragen gestopft und gesagt: Oho, das sind vielleicht Kanaillen, das sind bösartige Bestien. Aber Humpty hat so getan, als hört er mich nicht. Aber diesmal haben sie ihren Meister gefunden. O ja, in der Tat. Diesmal haben sie's zu weit getrieben! John F. Kennedy. Ich hab den Namen ausgesprochen wie John Wayne, John Ayuff Kennedy. Jawohl! sag ich, das haben sie wirklich!

Er hat die Zeitung steifgeschüttelt und die Brille wieder auf die Nase gesetzt: Könntest du bitte ruhig sein, siehst du nicht, daß ich lesen möchte.

Das Mädchen hat ihm sein Frühstück gebracht, er hat die Zeitung zusammengefaltet, und dann leckt er sich doch tatsächlich die Lippen. Ah! sagt er und ist ganz Zufriedenheit. Da hab ich auf sein Frühstück gedeutet und lachend gesagt: Es geht doch nichts über eine gute Mahlzeit, aber er hat keinen Ton von sich gegeben. Nur das Kratzen seiner Gabel hab ich hören können – schmatz schmatz.

Dann hab ich gesagt: Das ist der Ort! Das ist er!

Er schaut mich an, und ein Stück Speck schwabbelt ihm vor der Nase.

Was für ein Ort? fragt er.

Na, wo sie ihre Flitterwochen verbracht haben, natürlich!

Was soll das heißen, ihre Flitterwochen? *Wer* hat seine Flitterwochen hier verbracht?

Der hatte keinen blassen Dunst, wovon ich geredet hab, also mußte ich ihm die ganze Geschichte von Anfang an verklickern.

Verstehe, sagt er und behält mich weiter im Blick, aber ich hab gewußt, die meiste Zeit hat er mir gar nicht zugehört. Sehen Sie, sag ich. Jetzt muß ich die Fremdenpension finden, wo sie gewohnt haben. Über den Wogen hat sie geheißen. Wissen Sie, wo die ist?

Nein, sagt er, ich kenn mich hier nicht aus, ich bin hier nur geschäftlich unterwegs.

Ich wollte schon sagen: Schon gut, schon gut, Sie brauchen deswegen nicht gleich die Nerven verlieren, Humpty. Aber ich hatte keine Chance mehr, als nächstes steht er nämlich auf, wischt sich den Mund ab und geht grummelnd davon und läßt sein halbes Frühstück auf dem Teller liegen. Das hatte sich ja nun gar nicht gelohnt. Da ist das Mädchen zurückgekommen, und ich hab sie gefragt. Sie sagt, sie weiß es nicht, aber sie kann's rausfinden. Ich nehme an, du wirst noch eine Weile hier sein, sagt sie und blickt auf den riesigen Berg auf meinem Teller. Sie sagen es, hab ich gesagt und mit der Gabel zugelangt. Ich war gerade dabei, das letzte Fitzelchen Ei zusammenzukratzen, als sie mit dem Geschäftsführer zurückgekommen ist. Ich höre, du suchst irgendein Haus, ich kenne Bundoran wie meine Westentasche. Wo ist Über den Wogen, sag ich. Verflixt, da bin ich überfragt, sagt er und macht ein zerknirschtes Gesicht und fängt an, sich zu kratzen. Aber ich will dir was sagen, ich könnt's rausfinden für dich. Ich hab mir noch mehr Tee bestellt, und dann ist er zurückgekommen mit so einem alten Knilch, der muß an die hundert Jahre alt gewesen sein. Der Mann hier kennt jeden Berg in Donegal, sagt er, und der Typ sieht mich an mit einem Gesicht, das sollte heißen: Ich bin berühmt!

Ja! sagt er. Das ist allerdings wahr, ich kenne jeden Berg in Donegal! Wozu auch immer das gut war, Berge kennen. Aber war mir schnurz, der sollte soviel Berge kenne, wie er wollte, ich wollte nur nach der Fremdenpension fragen. Wie ich gesagt hab: Über den Wogen, da hat sich sein Gesicht erhellt. Aha! hat er gesagt, und ob ich das kenne, komm ich da nicht jeden Tag dran vorbei auf dem Weg vom Postamt. Na bitte! strahlt der Geschäftsführer, hab ich's dir nicht gesagt, und das Mädchen hinter ihm sagt: mich auch nicht zu vergessen, wie vom Zauberer der Gehilfe.

Der alte Knilch ist neben mir die Strandpromenade entlanggehumpelt, er war ein bißchen so wie der Gärtner in der Schweineschule, nämlich der hat auch dauernd über Michael Collins gequatscht, nur daß er gesagt hat, das wär der größte Drecksack auf Erden gewesen, weil er hat das Land verraten. Sie sagen es, hab ich gemeint, und was ist mit de Valera? Al ich das gesagt hab, hat er wieder von vorn angefangen. Aber ich hab ihm überhaupt nicht zugehört, ich war ganz aufgekratzt und fidel und hab immer nur an Über den Wogen gedacht. Über den Wogen – da hat alles angefangen. Der Typ hat immer noch gequasselt. Freistaatler, hat er gesagt, denen würde ich jedem zwei Kugeln in die Birne ballern. Da ist das Haus, das du suchst, sagt er und zeigt mit seinem Stock drauf, da am unteren Ende. Es ist noch ein Stück, aber du bist ja kerngesund, du wirst dir schon kein Bein ausreißen. Beinahe hätte ich ihn über das Geländer ins Meer geschubst, so aufgeregt war ich. Ich bin, ich weiß nicht wie oft, vor den Häusern auf und ab gegangen. Ich hab durchs Fenster gelinst und wieder weggeschaut. Ich hab mich hinter einem abgestellten Wagen versteckt und versucht, ein bißchen den getrockneten Eintopf von meinem Jackett abzukratzen. Der wollte nicht abgehen, da hab ich's mit einem Stück von einem abgebrochenen Lutscherstiel versucht. Ich hab bei mir gedacht: Das ist ja vielleicht ein Ding, weil ich glaub, das ist der Lutscherstiel, mit dem ich und Joe damals an dem Eis rumgehackt haben. Glaub ich jedenfalls. Bin ich mir ziemlich sicher. Man konnte nur Messingpötte sehen und große Pflanzen, große

Gummibäume und Bilder von Pferden oder Jachten, die haben in der Dämmerung gehangen, aber das hat keinen Unterschied gemacht, denn die Häuser haben immer noch geschmollt und haben auch nicht aufgehört damit, egalweg, was man getan hat. Sieh uns nur an, haben sie gesagt. Bessere Häuser als uns findest du nirgends, aber kein Sünder will in uns übernachten. Ich will euch sagen, was ich tun werde, Häuser, hab ich gesagt. Ich schnipse mit meinen Herr-über-die-Zeit-Fingern, und was passiert? Scharen von Kindern rennen im Haus herum und kreischen: Guck mal, guck mal, wie ich das Geländer runterrutsche, und all so was. Klick – und schon sind wir im Kettenkarussell auf der Kirmes, und das Wirbeln des Karussells wickelt die Stadt ein mit glänzenden musikalischen Bändern wie ein Geschenk. Meer! hab ich geschrien, riesige schäumende Brecher sind tosend gegen die Kaimauer gekracht. Den ganzen Strand entlang vergnügtes Gekreisch. Dutzende von Schiffen weit draußen am Horizont. Fahrten um den Leuchtturm herum. O doch, das hast du, Hanswurst. O nein, hab ich nicht. O doch, das hast du, Hanswurst! O nein, hab ich nicht, ihr frechen kleinen Lauser!

Es brutzeln Speck und Eier, und der Geruch weht durch die geöffneten Fenster. Frauen mit Krampfadern watscheln des Wegs – die besten Frauen, die wir je gehabt haben. In der Tat, dank Francie Brady – dem Herrn über die Zeit. Das wäre ein schöner Zauber.

Ich hab geklingelt, bin draufzu gesprungen, denn ich hab gewußt: Wenn ich es nicht getan hätte, dann würde ich, wenn der Sommer wirklich kommt, immer noch auf und ab gehen. Nein, tut mir leid, das ist Nummer siebenundzwanzig, nicht Nummer siebzehn. Oh, 'tschuldigung, hab ich gesagt. Ich weiß gar nicht, wieso mir das herausgerutscht ist, dieses Oh, 'tschuldigung. Das war wie Toots oder Little Mo aus *Beano*. Ich weiß nicht, bei wieviel Häusern ich danach noch geläutet hab, vielleicht bei zehn oder elf oder zwölf oder dreizehn, dabei hätt ich bei keinem von denen läuten brauchen, nämlich wenn ich das erstemal richtig hingeguckt hätte, dann hätte ich's gleich gesehen, es ist die ganze Zeit dagestanden. Da war ein Namensschild mit einem Anker und einem aufgemalten Seemann und genau über der Tür Über den Wogen – Zimmer frei. Beinahe wär ich davongerannt, bin ich aber nicht, sondern hab mich zurechtgemacht und hab gehüstelt und, so gut ich konnte, die Fliegenflecken und den Eintopf abgekratzt, und da geht auch schon die Tür auf, und sie steht vor mir. Ich hab gewußt, die würde so aussehen, mit einer Kette an der Brille und allem Drum und Dran.

Wie sie erst mal angefangen hatte, hat's kein Halten mehr gegeben. Oh, sagt sie, kein Vergleich zu früher. Früher hatte ich immer zwanzig oder dreißig Leute gleichzeitig im Haus wohnen, und ich sag: Ah, dann erinnern Sie sich wahrscheinlich nicht mehr an die alle. Aber nein, sagt sie, da irrst du dich aber, so alt wie ich bin, ein Gesicht vergeß ich nie. Ich hab ein prima Gedächtnis für Gesichter, nicht eine Person, die hier in diesem Haus gestanden ist, an die ich mich nicht erinnern würde. Dann geht sie zurück zu den allerersten Anfängen von früher. Aber das beste Jahr, das wir je gehabt haben, das war der Eucharistische Weltkongreß. Himmel, ich hätte nicht gedacht, daß es so eine Masse Leute gibt im Land – die Menschentrauben, die hier auf den Bahnsteig gequollen sind. Und nach dem Krieg hatten wir natürlich eine Menge Gäste aus England. Und weißt du was – nicht einer von denen hat mir irgendwelche Scherereien gemacht, die haben pünktlich ihre Rechnungen bezahlt, nie hat es Krach gegeben. Es sind nicht alle so, das kann ich dir sagen!

Hast du auch noch genug Tee? fragt sie. Ich sag: Doch, doch.

Ach, komm, trink noch einen Schluck, sagt sie. Na schön, sag ich.

Zu meiner Zeit hatte ich durchaus auch prominente Besucher, o ja. Hast du schon mal was von Josef Locke gehört? Sie hat die Lippen gekräuselt und mich angeblickt. Von dem hatte ich in meinem Leben noch nicht gehört, aber ich hab über den Tassenrand geschaut und gesagt: *Josef Locke?!*

Ja! sagt sie. Dreimal hat er hier übernachtet.

Er hat mir vorgesungen, sagt sie, im Salon. Oh, was für ein wunderschöner Abend das war. Wir hatten einen Lehrer, der ist jedes Jahr aus Derry zu uns gekommen, Schulmeister McEniff, der hat Klavier gespielt. Die Melodien von Tom Moore. Kennst du Tom Moore? fragt sie.

Ich hab einen Tom Moore gekannt, der hat im Hühnerhaus gearbeitet. Aber ich hab gewußt, den hat sie nicht gemeint. Aber ich konnte ja trotzdem sagen, daß ich ihn kenne. Ja, hab ich gesagt.

Das war ein Abend, den werde ich in Ehren halten, so lange wie ich lebe, sagt sie.

Dann hat sie wieder losgelegt – irgendein Schauspieler, der immer bei ihr gewohnt hat und Gedichte rezitiert hat. *Das grüne Auge des kleinen gelben Gottes*, sagt sie. Ja, sag ich, und *Die Einäscherung von Sam McGee*!

Das hab ich von dem Abend von Alos Party gekannt.

Richtig! sagt sie und ist ganz entzückt und reicht mir die Kekse.

Ja, sagt sie, ich hatte immer Gäste aus der Unterhaltungssparte, die hatte ich immer.

Ich hab auf dem Stuhlrand gesessen und auf eine Gelegenheit gewartet, die Sache mit Pa einzuwerfen – wie er für sie gesungen hat. Meinen Tee hatte ich ganz vergessen, so gespannt war ich. Da sagt sie zu mir: Was du dir anschauen mußt, junger Mann, ist meine Fotosammlung. Ich hab Fotos von fast allen Gästen, die jemals eine Nacht unter diesem Dach verbracht haben. Ich weiß nicht, wie viele Fotos sie gehabt hat, vielleicht tausend. All diese Burschen mit verblichenen braunen Gesichtern und weiten Hosen. Die haben mit Mädchen neben Heumieten gesessen. Haben sich, wenn sie aufs Meer hinausgestarrt haben, die Augen beschattet. Auch Picknicks. Ich hab immer weiter geblättert, aber von Ma und Pa hab ich immer noch keins finden können.

Oh, das ist So-und-so, sagt sie, der hat einen vollen Monat hier gewohnt. Der war Richter in Dublin, sie war eine Verwandte von So-und-so, all so was. Aber immer noch kein Pa. Als wir alle durchgegangen waren, hat sie gemischt und sieht auf: Wie sagtest du gleich wieder, hat dein Vater geheißen?

Brady, sag ich.

Brady, dann sagt sie wieder, da war ein Lucius Brady, der war Musiker, der hat Klavier gespielt, und ein guter Sänger war er auch – ich erinnere mich noch. Wie hieß doch gleich das Lied, das dein Pa gesungen hat?

I dreamt that I dwelt in marble halls, sag ich.

Hmm, sagt sie, das Lied kenn ich natürlich, aber ich könnt nicht sagen, daß es bei mir eine Erinnerung wachruft. Er hat's aber gesungen, sag ich, er hat's mir erzählt. Sie haben ihnen den Schlüssel unter die Matte gelegt! *Hm?* sagt sie da ganz überrascht. O nein, das würde ich nie tun! Ich weiß nicht, wievielmal sie das gesagt hat.

Egal, sagt sie dann, laß mal sehen. Sie ist noch ein paar Bradys durchgegangen, die ganze Zeit über hab ich sagen müssen: Nein, der ist es nicht.

Wie war doch gleich sein voller Name? fragt sie. Bernard Brady sag ich, und sie hat ihn mehrere Male nachgesprochen und hat den Kopf geschüttelt, und erst wie ich gesagt hab: *Benny,* hat sie die Kinnlade fallen lassen und mich ganz anders angesehen. Von woher, sagst du? fragt sie, und wie ich's ihr gesagt hab, hat sie angefangen, die Fotos zusammenzuscharren und herumzudrucken. Ich sag: Er hat immer von der Zeit hier erzählt und von den schönen Dingen und all so was. Aber urplötzlich wollte sie nicht mehr davon reden. Sie sagt: Ich räum die Sachen jetzt lieber zusammen. Weiß der Himmel, ich weiß gar nicht, wo ich anfangen soll mit der ganzen Arbeit. Ich sag: Aber was ist denn nun mit Pa und all dem, Sie haben's mir doch versprochen.

Aber da sagt sie: Oh, ich weiß nicht, mein Gedächtnis ist auch nicht mehr das, was es mal war. Sie hat versucht, das Ganze spaßig aufzuziehen. Das Alter holt mich ein, sagt sie, haha. Sie hat die ganzen Fotos wieder in die Schachteln und das Album gesteckt, und ich hab gesagt: Warum wollen Sie mir's denn nicht sagen? Sie haben versprochen, Sie würden's mir sagen. Die hat bloß den Kopf geschüttelt. Bitte, sagen Sie's mir doch, sag ich, ich muß es wissen, ich muß es wissen. Nein, sagt sie, laß mich. Dabei wollte ich doch nur hören, wie sie dagelegen und auf das Meer draußen vor dem Fenster gelauscht haben, aber es hat alles nichts genutzt, ich hab's nicht zu hören gekriegt. Wie ich zu ihr gesagt hab: Nun sagen Sie's mir doch, Sie haben's doch versprochen, da sagt sie: *Rühr mich nicht an, hörst du!* Was kann ich schon von einem Mann erzählen, der sich vor seiner Frau so benommen hat wie der. Nicht besser als ein Schwein, wie der sich hier aufgeführt hat! Keiner würde einen Priester so beleidigen, wie er's getan hat. Der arme Vater McGivney, der keiner Fliege was zuleide tun würde, und ist mehr als zwanzig Jahre hierhergekommen! Weiß Gott, der schuftet schwer genug im Waisenhaus in Belfast, da braucht er sich solche Schmähungen, wie der Mann sie ausgestoßen hat, nicht auch noch gefallen zu lassen! Gott steh der armen Frau bei, während ihrer ganzen Flitterwochen hat sie den nicht einen Tag nüchtern angetroffen!

Dann hat sie noch gesagt: *Tut mir leid*, aber wie sie das gesagt hat, war ich schon in der Diele, das tat jetzt auch nichts mehr dazu. Mit einem leisen Klicken hab ich die Haustür zugezogen. Ich bin die Straße hoch, und wem begegne ich da, natürlich dem Geschäftsführer. Oh, sagt er, hast du das Haus gefunden, nach dem du gesucht hast. Hab ich, sag ich und recke den Daumen in die Höh. Noch einen schönen Aufenthalt in Bundoran, sagt er. Wird schon werden, hab ich hinter ihm hergerufen. Der Wind hat geblasen, ich bin in ein Geschäft und hab mir ein paar Kippen gekauft, dann bin ich zum Strand und hab ein paar geraucht. Das Meer war schmutzig und grau wie ein Wischlappen, es gab ein paar Boote, ich glaub, es gab drei. Ich hab noch eine Kippe geraucht, einige Kippen hab ich nur zur Hälfte geraucht, die anderen hab ich ganz aufgeraucht. Ich hab gezählt, wie viele ich noch in der Packung hab. Eins zwei drei, ich hatte noch drei über. Ich bin wieder zur Stadt rauf, da waren ein paar Leute, die sind ihren Angelegenheiten nachgegangen. Da war eine Frau, die ist einkaufen gegangen, ein Mann von der Stadtverwaltung in Gummistiefeln, der hat sich über einen Kanalschacht gebeugt, und Klosterschülerinnen vor einem Café. Ich hab mir einen Kamm gekauft, meine Haare waren ganz verfilzt. Aber die Sache war die, neben dem Laden, wo ich den Kamm gekauft hatte, da war noch ein Laden, den mußte ich auf dem Hinweg verpaßt haben. Über der Tür hat ein Hund gehangen, der hat in eine Trompete gestiert und versucht, die Stimme seines Herrchens zu finden. Ich bin hier drin, hol mich raus, Fiffi, sagt Herrchen. Aber wie denn? fragt Fiffi. Woher soll ich das wissen, sagt Herrchen, nun mach endlich, ja, mein liebstes kleines Hündelein? Im Schaufenster war alles, was das Herz begehrt. Ich meine, was mit Musik zu tun hat. Ein silbernes Saxophon war zu haben. Trompeten. Berge von Schallplatten und eine rotbackige Frau mit wehendem Haar und einem halbgestrickten Halstuch aus Noten, die sind ihr aus dem Mund gequollen. Die hat gewollt, daß jedermann mitsingt. Würde ich schon. Ich würde mitsingen. Ich nichts wie rein, und wer anders steht hinter dem Tresen als der Musikverkäufer, der hat vor sich hin gesummt und Noten in ein Notenheft geschrieben wie Pa früher, bevor er die ganze Zeit in der Tower Bar abgeblieben ist. Der Musikverkäufer hat ausgesehen wie ein Telegrafist – klick klick –, eine Nachricht für den Sheriff in Abilene und all so was, mit einer großen goldenen Uhr an einer Kette, die hat ihm quer über die Weste gehangen. Ich hab zu ihm gesagt: Ich weiß was über Sie.

Oh, sagt er, und was möchte das wohl sein?

Sie kennen jede Melodie in der Welt, sag ich. Wetten, daß Sie aber auch jede einzelne kennen?

Nicht alle, sagt er mit einem Lächeln, aber ganz schön viele, ich würde sagen, ich kenne ganz schön viele. Ich hab mich umgeschaut. Plattenspieler, und wie viele, vielleicht zwanzig. Sämtliche Modelle. Große Trompeten, kleine Trompeten. Was das Herz begehrt. Dann höre ich dieses Glucksen, und wie ich hinsehe, schenkt sich der alte Musikverkäufer doch tatsächlich eine Tasse Tee ein. Magst du welchen? fragt er. Einen Fingerhut voll Tee, sagt er. Der hatte ein paar gute Sprüche drauf, dieser Musikverkäufer. Seine Sprüche haben mich so glücklich gemacht, am liebsten hätt ich losgeheult. Aber was ist denn das? Aus dem Nichts tauchen diese Kuchen auf, ja ist denn das die Möglichkeit, Biskuittörtchen! Menschenskinder, sag ich, woher wissen Sie denn das? Er hat nur gelächelt und gesagt: So, hier bitte, und der Tee sprudelt und gluckert in die Tassen. Sag halt, sagt er. Ich weiß immer noch nicht, woher er das gewußt hat, war aber egal, ich war schon dabei, ihn über Ma und Pa ins Bild zu setzen und über die Kartoffeln und das Salz und das Lied und den Rosenkranz auf dem Felsen und all das. Also, Trompete gespielt hat er, dein Vater, sagt er. Ja, sag ich und hab ihm einige Melodien genannt. Also, wenn er dabei Solo gespielt hat, sagt er über eins von den Liedern, dann hat er aber wirklich gewußt, wie man Trompete spielt! Das hat er, sag ich und leck mir die Sahne von den Fingern. Draußen die Stadt hatte sich in Glas von der Farbe der Morgendämmerung verwandelt. Von der Decke haben klirrende Mobiles in Form von Noten gehangen – klirr klirr pling –, mehr hat man nicht gehört. Unmengen von Schallplatten, eine nach der anderen bin ich durchgegangen, aber man mußte achtgeben, die konnten einem zwischen den Händen zerspringen. *Paß auf, Francie!* hab ich gesagt und gelacht: *Keine Sorge, ich paß schon auf!*

John McCormack, den hab ich gekannt. Pa hat immer in der Luft dirigiert, wenn der gespielt wurde, mit den Zeigefingern hat er immer große Wickelbänder aus der Luft herausgeschnitten. Ich mußte wieder lachen. Dann hab ich es gesehen, und wie ich es gesehen hab, wär ich beinahe ohnmächtig geworden. Ich weiß gar nicht, weshalb, ich hatte es doch schon so oft gesehen. Meine Beine haben sich in Beine aus Sägemehl verwandelt. Trab trab – macht der Esel mit den traurigen Augen und zieht den Karren in die dunstig grünen Berge und die blauen Wolken in der Ferne. Und genau über der Abbildung steht in großen schwarzen Lettern: MUSIKALISCHE KLEINODIEN IRLANDS. Ich hab wieder und wieder die Seiten umgeblättert und die ganzen Namen gelesen, und wie ich den Musikverkäufer bezahlen wollte, sind mir die Münzen überallhin gerollt, und da hab ich ihm die ganze Geschichte mit Philip und Joe und allem erzählt. Es war wie ein Kavallerieangriff mit Worten, die sind mir nur so aus dem Mund geschossen, ich hab gar nicht gewußt, wo die alle hergekommen sind. Man hat schon gedacht, nun sind alle Reserven erschöpft, da ist wieder eine ganze Horde über den Hügel galoppiert gekommen – hüah, warten Sie nur, bis Sie das noch hören. Und die ganze Zeit über hat er sich angehört, was ich gesagt hab, und man konnte ihm von den Augen ablesen, daß er nicht etwa gedacht hat: Ich wünschte, dieser Francie Brady würde endlich das Maul halten von Joe Purcell und dem ganzen Kram, ich hab gewußt, der hat's wirklich hören wollen. Denn dann hat er nämlich das Beste von allem gesagt: Aber heutzutage gibt's natürlich ein viel besseres Buch als das. Da hinter dir liegt's. Ein viel besseres Buch. Es hat IRISCHER MELODIENSCHATZ geheißen. Auf dem Einband gab's keinen Eselskarren, nur eine alte Frau in einem Unhängetuch, die ist vor so einer Halbtür gestanden und hat in die hinter den Bergen untergehende Sonne gestarrt. Besser als das andere Buch? frag ich. O ja, sagt der Musikverkäufer, viel besser. Das möchte ich kaufen!

sag ich ganz aufgeregt und hab doch tatsächlich noch mehr Münzen auf dem Boden verstreut. Das hat der Musikverkäufer zum Totlachen gefunden. Er hatte doch nicht die Absicht, mir das zu verkaufen. *Schenken* wollte er's mir. Geschieht schließlich nicht alle Tage, daß ich jemand kennenlerne, dessen Vater so wie deiner Trompete spielen konnte, sagt er. Reicht es nicht, daß du die Lieder magst? Dann ist er irgendeine neue Melodie summend nach hinten gegangen und hat's mir eingewickelt. Ich hab den Musikverkäufer nur angestarrt, wie er's mir überreicht hat. Warten Sie nur, bis Joe das sieht! hab ich gesagt. Aber er ist überhaupt nicht aufgeregt geworden. Wenn die anfangen würden, ans Fenster zu hämmern und zu schreien: Die Außerirdischen fressen alle kleinen Kinder in der Stadt, was würde er tun? Er würde sagen: Schon recht. Komme gleich. Ich schließe nur eben noch den Laden ab. Er war der netteste Mann, dem ich je begegnet bin, dieser alte Musikverkäufer. Ich hab mir immer wieder das Heft angesehen und versucht, mir Joes Gesicht vorzustellen, wenn ich's ihm überreiche. Ich war mir nicht sicher, welche Straße zum Internat ich nehmen soll. Ein paarmal bin ich in die falsche Richtung gefahren. Was haltet ihr von dem Heft, hab ich sie gefragt. Es ist schön, haben sie gesagt. Ja, hab ich gesagt, das ist für Joe Purcell. *Musikalische Kleinodien Irlands* ist überhaupt nichts dagegen.

Die schwarze Straße hat sich durch die hügelige Landschaft gewunden wie ein Band. Am Ende würde Joes Schule stehen, und was würde er sagen: Meine Fresse, Francie, das hast du wieder mal astrein hingekriegt! He, Joe! würd ich schreien. Aufgesattelt! Wir reiten los! Hüah!

Ich bin genauso unruhig geworden wie Ma. Wusch hierhin, dann wusch dahin. Ich mach dies, nein, ich mach das. Wieder ein Gewusche und Gehusche. Ich weiß – ich denk nur noch eine Kleinigkeit an Joe und die alten Zeiten. Aber dann noch mehr Gelächter. Große Ringelwolken aus Tintenpulver, die sind über den Himmel geritten, und das Notenheft hat in meiner Gesäßtasche gesteckt. Dann ist aus den Feldern die Schule vor mir aufgestiegen mit all ihren gelb schimmernden Fenstern – noch so ein Haus mit hundert Fenstern. Aber diesmal war's anders, hinter einem von den Fenstern war Joe, und wie ich das gedacht hab, hab ich einen solchen Luftsprung vollführt, ich hätte mit dem Mond Kopfball spielen können. Francie Brady spielt für die Stadt, noch vierzig Meter bis zum Tor, noch dreißig Meter, noch zwanzig, noch zehn Meter – ein Weitschuß, und der Torwart greift daneben und – Tooooor! –, Francie Brady hat für die Stadt ein Tor erzielt, Francie hat ein Tor geschossen, der Mond hängt im Netz!

Ich hatte mich mehr als eine Stunde abgestrampelt, bis ich es endlich gesehen hab, und wie ich eben um die Ecke biege, was passiert? Die Lichter gehen aus. Futsch! jedes einzelne. He – was zum Teufel denkt ihr euch eigentlich dabei, einfach so die Lichter auszuknipsen? Laßt die gefälligst an! Wie soll ich sonst Joe Purcell finden? He! Habt ihr nicht gehört!

Dann hab ich plötzlich gedacht: Das hat doch wieder was mit Mrs. Nugent zu tun. Die hat spitzgekriegt, daß ich Joe besuchen will, und hat wieder so einen Plan auf Lager. Die hat den Priestern gesagt, sie sollen sämtliche Lichter ausschalten, damit sie sich in den Hinterhalt legen kann, und wenn ich endlich aufhöre, wie ein wildgewordener Handfeger im Gebäude rumzurasen und nach ihm zu suchen, dann wird sie aus dem Dunkel vortreten und sich lächelnd zu ihnen stellen: So, hast ihn wohl nicht finden können, was? Das ist aber schade, Francis, nicht, und da hab ich gewußt, das wäre das Ende, ich würde ihn niemals finden. Aber dann hab ich mich vor Lachen geschüttelt, so eine blödsinnige Vorstellung war das. *O nein,* hab ich gesagt, *diesmal wird mir Mrs. Nugent die Freude aber nicht verderben!*

Ich hatte mir ja schon allerhand ausgedacht, aber das war bisher das Blödsinnigste.

Ich hinten rum, und beinah wär ich gegen eine riesige Tonne mit Küchenabfällen gestoßen, man sollte meinen, ich als König der Schlempe hätt sie sehen müssen! Ich war hinter der Küche. Grrr, knurrt ein Hund.

Halt's Maul, sag ich, bin aber ganz gut an ihm vorbeigekommen. Ich konnte die Toilette rauschen hören. Rausch rausch – wir können dich sehen, Francis. Ich hab immer wieder nach meinem

Heft gefühlt und geprüft, ob's auch wirklich noch in der Gesäßtasche war. Wo bin ich gelandet, natürlich in einem Zimmer mit Fußballstiefeln und dem Geruch nach schweißigen Achseln. Verfluchte Scheiße, ich mußte noch mal von vorn anfangen. Tätäräta! Die Wand entlang. Keine Bewegung! Sechs Soldaten aus dem Nichts spannen den Gewehrhahn, marsch – gegen die Wand, haben wir Sie endlich, Mr. Brady! Nein, nichts dergleichen, nur schnarchende Priester und Mooksköpfe, aber wo stecken die bloß? Hier drin nicht, da ist nichts außer einem leeren Bett und einem Schränkchen mit Arzneifläschchen. Ich glaub, die schau ich mir mal an, hab ich gesagt und mir aus einer kleinen braunen Flasche ein paar bunte Pillen auf die Hand geschüttet. Schluck – runter damit. Was das wohl war? Keine Ahnung. Ssst – ich hab gedacht, ich hör jemand vom anderen Ende des Korridors schreien: Erst nach links, dann die nächste rechts, Francie, dann wirst du ihn ohne weiteres finden. Ich hab mich umgedreht, um mich zu bedanken, wer immer das war, aber da war keiner. Dann hat die Pille gesagt: Oh, das war nur ich, Francie. Pille, hab ich gesagt, du Drecksau! Aber, aber, Francie hat die Pille gesagt, dafür muß ich dir deine Füße erst mal in Schwämme verwandeln. Quitsch quatsch – die Kacheln entlang. Was ist denn das unter der Treppe, da hockt die größte Glocke von der Welt. Ich hab gesagt: Mrs. Nugent, falls Sie da hinter der Glocke sind, kommen Sie lieber raus. Ich weiß, daß Sie da drin sind, Mrs. Nugent, mich können Sie nicht reinlegen.

Dann hab ich angefangen zu lachen, ich konnte nicht anders. Es war kein gewöhnliches Gelächter, es war das Gelächter von den Moosköpfen, die lachen beim geringsten Anlaß, und der Rotz läuft ihnen aus der Nase, und die lachen noch, wenn der Witz schon längst zu Ende ist. Ich sag: Ich weiß, was ich tu, ich versetz der Glocke einen Schlag, mal sehen, was passiert. Ich schätze, die macht genügend Lärm, um die Moosköpfe in allen Internaten der Welt aufzuwecken, auch die, die stocktaub sind. Achtung, fertig – Scheiße! Wenn ich das tu, dann steigen die mir aber gewaltig aufs Dach und schmeißen Joe zu allem Überfluß womöglich noch raus. O nein, mit mir nicht, Pille, den ollen Francie hältst du mir nicht so leicht zum Narren. Pille, sag ich – benimm dir!

Vor lauter Gelächter war ich ganz aus dem Häuschen, ich konnte mich gar nicht mehr einkriegen. Hmm, sag ich, was Joe hier wohl so alles anstellt. Hangelt sich an zusammengeknoteten Bettlaken aus dem Schlafsaal und auf zu Mitternachtsfeten im Bootshaus – darauf möchte ich wetten! Ich sagt: Purcell, du Lump! Du bist mir ein gerissener Halunke! Meine Fresse! Möchte doch mal wissen, ob's hier irgendwelche Geheimgänge gibt. Da fällst du gegen einen Geländerknauf und gleicht geht's – aaaaaaaaaah! – einen schwarzen Schacht hinab voller Spinnweben und den Gerippen von toten Mooskopfjungs.

Ich die Treppe hoch, was ist denn das, eine Holztür – knarz knarz –, im Dunkeln erscheint aus dem Nichts am Kreuze hängend Unser Herr Jesus – hallo, ja, was kann ich für dich tun? Ich suche Joe Purcell, Jesus. Geradeaus bis zum Ende der Treppe. Alles klar, Jesus, danke.

Was ist denn das, hab ich gesagt, hundert schlafende Mooskšpfe! Aber nicht mehr lange. Wartet nur ab, bis ich und Joe in Aktion treten!

Tätärätä!

Knips – geht strahlend das Licht an, und alle machen Schlitzaugen und ziehen die Kleider enger zusammen: Was ist denn los, wer hat denn das Licht angemacht? Fast hätt ich gesagt: Na, ich natürlich – Algernon Carruthers!

Wie ich das gedacht hab, hab ich mich wieder krümmen müssen vor Lachen und nur noch gesehen, daß die mich alle angestiert haben. Den Aufsichtsschüler haben sie alle gefragt: Wer ist denn das, tu doch was, das ist doch deine Aufgabe und all so was. Aber der wollte auch nichts unternehmen, der hat genauso die Decke um sich geschlungen wie die anderen auch.

Ich hab mir mit dem zusammengerollten Notizbuch auf den Schenkel geklatscht: *Joe! Wo bist du, Joe Boy! Ich bin hier! Aufgesattelt! Wir reiten los!*

Ich hab lauthals geschrien, und dann hab ich noch mal geschrien für den Fall, daß er mich nicht gehört hat. Sowie ich das rausgebrüllt hatte, ist alles, worum ich mir jemals Sorgen gemacht hatte, davongeflattert wie Seidentücher in der Brise, und jetzt hab ich gewußt, ich brauch nur noch auf Joe warten, und dann sind wir fort, und diesmal für immer. Da hab ich mich so gut gefühlt, ich hab von neuem geschrien: Joe. Yamma yamma yamma! Yamma yamma yamma!

Dann hab ich gerufen: Hüah! Schafft sie nach Missouri, Männer!

Wir reiten in die Berge, Joe, da können wir tagelang Fährten suchen. Nachts können wir die Kojoten hören. Die Kojoten heulen den Mond an, weil die fühlen sich gut dabei, die heulen alles aus sich raus, was sie bedrückt. Da hab ich's einfach getan: A-uuh! A-uuh! Ich hab die Augen geschlossen und über die ganze Prärie hinweggeheult.

Dann hab ich aufgeschaut, und wer kommt da? Niemand anders als der Priester. Es war Vater Fuchs, nicht weil Fuchs sein richtiger Name war, sondern weil er eine lange Schnauze hatte und ein Hmm-wie-kann-ich-den-Kerl-wohl-überlisten-Gesicht. Hallo, Hochwürden Fuchs, sag ich, ich suche Joe Purcell. Du suchst *was*? sagt er, und ich konnte sehen, Vater Fuchs war gar kein so netter alter Fuchs, sein Gesicht hat sich verdunkelt, und seine Augen haben nicht mehr gesagt: Hmm, wie kann ich den Kerl wohl überlisten. Die haben gesagt: Noch ein Wort von dir, Freundchen, und ich nehm den Hemdkragen ab und vertrimm dich, bei Gott, das werd ich, und bild dir bloß nicht ein, daß ich's nicht tun würde. Hochwürden Fuchs, Sie erstaunen mich! Sagen Sie doch so was nicht!

Das hätte Algernon Carruthers gesagt. Aber ich hab's nicht gesagt.

Ich hab nur gesagt: Ich suche Joe, können Sie mir bitte helfen?

Was hat Fuchs da halb zu sich und halb zu den Mooskopfen gesagt: Ich kann's nicht fassen, ich kann es einfach nicht fassen! Er hat den Kopf geschüttelt, und wie die Mooskopfe das gesehen haben, haben sie's ihm nachgetan. Ich hab Türen schlagen hören und Gerangel und Gerenne auf der Treppe. Dann sind noch zwei Pfaffen reingekommen, und wen haben sie bei sich gehabt – Joe Purcell!

Joe! schrei ich, Herrgottsack!

Ich hab gewußt, das hätte ich lieber nicht rufen sollen, hab ich aber. Fuchs hat zum Schlag ausgeholt, aber ich bin weggetaucht. Er hat's noch mal versucht, aber genutzt hat ihm das auch nichts, ich bin ihm ausgewichen, und er hat sich nur blamiert. Jetzt brauchte ich nur noch geradewegs auf Joe zugehen, und das wär ich auch, wenn nur nicht direkt hinter ihm jemand gestanden wär – natürlich, Philip Nugent. Der war inzwischen größer und hat ein bißchen robuster ausgesehen, aber er war's wirklich, und die Haare haben ihm in die Augen gehangen. Er hat mich angestarrt, wie er es früher nie getan hätte – gerade in die Augen. Sobald ich ihn gesehen hab, ist alles schiefgegangen, weil mit ihm hatte ich nicht gerechnet. Nichts von dem, was ich alles sagen wollte, ist mir jetzt eingefallen, und dann hat der Priester Joe rübergebracht, und die Art, wie der mich angesehen hat, hat mir den Magen umgedreht, das war nicht Joe. Philip ist immer noch mit verschränkten Armen bei der Tür gestanden. Ich hab gewußt, was er ihnen erzählen würde, wenn alles vorbei ist: Daß ich einer von ihnen sein will und meiner eigenen Mutter in den Rücken gefallen bin. Dann würde er lachen und sagen: Stellt euch vor, der hat sich eingebildet, er könnte einer von uns sein!

Joe hat zu mir gesagt: Was willst denn du?

Nein, hat er nicht. Er hat gesagt: Was willst denn *du*?

Es hatte keinen Sinn zu sagen: Ich will, daß wir ausreiten, Joe, ich will, daß wir von den guten alten Zeiten reden, und was wir tun würden, wenn wir hundert Millionen Billionen Trillionen Dollar gewinnen würden, vielleicht in den Bergen Fährten lesen, ich weiß nicht, Joe. Es hatte keinen Sinn, das zu sagen, denn ich hab gewußt, das würde nicht richtig klingen, so hab ich denn gar nichts gesagt und bin nur dagestanden und hab ihn angeblickt.

Er hat mich wieder gefragt: Was willst du denn von mir? Bist du taub, oder was?

Dann hat er gesagt: Hörst du? Was willst du bloß von mir?

Ich hätte nie gedacht, daß Joe das fragen würde, ich hätte nie gedacht, daß Joe das würde fragen *müssen.* Hat er aber, oder etwa nicht? Und wie ich ihn das sagen höre, da hab ich gefühlt, wie ich langsam dahingeschwunden bin, ich konnte es nicht aufhalten. Je mehr ich's versucht hab, desto schlimmer ist es geworden, ich hätte zur Decke schweben können wie ein Zigarettenpapier. Bitte, Joe, komm mit mir, mehr wollte ich nicht sagen. Stumme haben Löcher in der Magengrube, und so ist es mir jetzt ergangen. Ich war die stummste Person von der ganzen Welt, der haben für nichts mehr Worte zur Verfügung gestanden. Jetzt hatte ich nur noch eins, und das war das Notenbuch. Es war völlig verknickt und hatte überall Schweißflecken. Ich sag: Keine Sorge, Francie, es wird schon werden. Ich hab's ein wenig geglättet und hab's ihm gereicht, aber irgendwie hab ich's fallen lassen, und als nächstes tritt er Priester zwischen uns und sagt: *Also, das geht mir nun wirklich zu weit! Ist dieser Kerl nun ein Freund von dir, oder ist er es nicht, Purcell?*

Ich hab Joe angeblickt. Bitte, Joe, hab ich gesagt, aber er hat mich nicht angesehen. Er hat nur gesagt: Ich bin müde, ich will wieder ins Bett, es ist drei Uhr früh.

Dann hat er bloß den Kopf geschüttelt und gesagt: Nein.

Daraufhin ist er gegangen. Beim Rausgehen hat er was zu Philip gesagt, und Philip hat gelächelt. Ich bin dagestanden und hab das Heft in den Händen gedreht, da hat der Priester gesagt: Ich glaube, es ist Zeit, daß Sie jetzt gehen, Mr. Brady. Ich hab gesagt: Jaja, Hochwürden, und sie haben mich ans Tor gebracht und gesagt, ich hätte großes Glück, daß sie nicht die Polizei gerufen haben. Ich hab ja gesagt, und erst wie ich in die Dunkelheit rausgegangen bin, hab ich gemerkt, daß ich das Fahrrad irgendwo hab stehenlassen, aber ich hab nicht gewußt, wo. Es war sowieso egal. Lauf ich halt zu Fuß. Mir war nach Laufen zumute. Das war nicht Joe, hab ich mir gesagt, ich weiß nicht, wer das war, aber Joe war's nicht, Joe ist weg, den haben sie mir weggenommen, und ich hab nur noch ein Paar dünner Lippen gesehen, die haben gesagt: Stimmt, den haben wir dir weggenommen, und du kannst nichts tun, um ihn dir wiederzuholen, stimmt's, Francis Schwein, du kleines rosa Ferkelchen, und ich hab gesagt: Ja, Mrs. Nugent, das stimmt.

Wie ich in die Stadt gekommen bin, waren sie alle am Rumrennen und haben gesagt: Das Ende der Welt ist gekommen. Als erstes hab ich Mickey Traynor gesehen, der hat auf einem Schubkarren ein Standbild der Muttergottes die Straße entlanggeschoben. Ja, hast du denn nicht gehört, sagt er, das Ende der Welt ist gekommen, gestern abend haben sie's in den Nachrichten gebracht, es ist alles aus und vorbei sagt er. Oh, ich weiß, sag ich, ich weiß es durchaus, das brauchen Sie mir nicht zu erzählen!

Was kratzt uns das, sagt er, sollen die's doch so bunt treiben, wie sie wollen, wir haben die Allerseligste Jungfrau Maria, uns zu beschützen, sie hat zu meiner Tochter gesprochen, sie sagt, sie erscheint bald, um ein Zeichen zu geben. Um Gottes willen, geh und hör auf sie, Jung-Brady, in diesen Zeiten muß sich ein jeder um seine unsterbliche Seele kümmern!

Er hat mich bei den Schultern gepackt und gesagt: Wirst du das für mich tun, Francie, ich hab deinen Vater gekannt.

Weiß ich, sag ich, er wollte wegen dem Fernseher zu Ihnen, ist er aber nicht, deswegen mußte ich doch los und mir den Kraken bei Nugents anschauen. Na dann, sagt Mickey, ich zieh lieber weiter, viel Glück auch, und schiebt ab mit seinem Schubkarren.

Ich hab ihm nachgeschrien: Ich nehme an, reparieren können Sie das Ding jetzt auch nicht mehr, Mickey – oder?

Er hat sich nicht mehr umgedreht, ich hab sowieso gewußt, das konnte er nicht, dafür war's schon zu sehr hinüber – nach dem Tritt, den Pa ihm versetzt hat. Der war erledigt, der Fernseher. Eigentlich hätte ich ihn auf die Müllkippe werfen sollen, denn im Kohlenschuppen hat er ja doch nur Platz weggenommen. Ich bin die Straße hoch, und wen seh ich da? Niemand anders als den besoffenen Burschen. Kommst du mit zur Tower Bar, sag ich, aber der hat nur den Kopf geschüttelt. Ich sag, was soll denn das heißen, und er sagt: Hast du denn noch nicht gehört, die Tochter von Traynor? Ich sag: Doch, schon, aber was zum Teufel kümmert mich die Tochter von Traynor, los, komm schon, und hab einen Fünf-Pfund-Schein gezückt. Nein, sagt er, nein, ich muß mich um meine Angelegenheiten kümmern, der Priester will mich sprechen, der sagt, ich darf keinen Ärger mehr kriegen. Ich hab genug Scherereien gekriegt, weil ich mich mit dir rumgetrieben hab. Ich muß Vater Dominic sprechen, der sagt, vielleicht hat er einen Job für mich. Entschuldigung, sagt er und drängt sich an mir vorbei und geht davon, und sein zerlumpter Mantel flattert hinter ihm drein. Dann geh doch, du buckliger Dreckskerl! ruf ich ihm nach, wie wir noch einen draufgemacht haben, war ich dir gut genug!

Ich bin rein und hab mir eine Schachtel Zigaretten gekauft und irgendwas, womit ich mein Sakko saubermachen konnte, aber die hatten nur Shampoo. Das tut's auch, sag ich. Wie ich rausgekommen bin, hab ich auf der anderen Straßenseite Mrs. Connolly mit einer Schale Blumen vorbeigehen sehen. Ich hab ihr zugewunken, aber die ist rot angelaufen und hat den Kopf gesenkt und so getan, wie wenn sie mich nicht sieht. Ein Lautsprecher hat gefiept und geprasselt, dann hat ein Choral eingesetzt. Der hat geheißen: *Der Glaube unserer Väter.* Ich hab eine Weile zugehört, aber den Choral haben die völlig verhunzt. Ich bin vor der Heimbäckerei gestanden und hab meinen eigenen Choral gesungen. Der hat von Matt Talbot gehandelt, meinem alten Freund aus der Zeit mit Vater Tiddly. Das klingt schon besser, hab ich gesagt, das ist wenigstens ein richtiger Choral!

Am liebsten sind mir meine Dielen
Trotz Regen, Frost und Kälte
Meinen lieben Kater füttre ich mit Hering
Am liebsten aber sind mir meine Ketten.

Ich hab noch ein paar Strophen über die beiden gesungen und hab zu ihm gesagt: Sollen wir dir eine Runde spendieren, Matt? Ach, fahr doch zur Hölle!

Darüber mußte ich ziemlich lachen. Ich hab auf der Mauer gesessen und allen, die vorübergegangen sind, zugerufen: *Matt Talbot for President!*

Dann hab ich weitergesungen. Ich hab mir die Haare angepappt und in einen Lutscherstiel hineingesungen:

Well it's one for the money!
Two for the show!

Erst hab ich das gesungen. Danach hab ich gesungen:

When you move in right up close to me
That's when I get the shakes all over me!

Ich hab noch mehr gesungen. Ich hab geschrien:

Francie Brady bei Radio Luxemburg!

Dann hatte ich keine Lust mehr zu singen. Scheißspiel, hab ich gesagt, Scheißgesang. Ich bin ins Café. Ach, du bist's, spricht er, was möchtest du denn? Ich sag: Würstchen, Speck, Bohnen in Tomatensoße, Pommes, Eier – die ganze Chose. Tut mir leid, wir schließen jetzt, tut mir leid, wir müssen jetzt zumachen. Da hab ich eine Tüte Kartoffelchips gekauft und bin zum Versteck. Ich hab versucht, mit dem Shampoo das Sakko sauberzukriegen, aber es hat nichts genutzt. Ich hab die halbe Flasche aufgebraucht, aber das hat die Sache nur noch schlimmer gemacht, da bin ich eingepennt.

Am nächsten Morgen bin ich aufgewacht und zum Schlachthof hin. Aber es war zu früh, ich hab fast zwei Stunden gewartet, bevor Leddy gekommen ist. Wie lange bist du denn schon hier, sagt er. Eine ganze Weile, Mr. Leddy, sag ich. Wird auch höchste Zeit, daß du dein Gesicht mal wieder zeigst. Wo zum Teufel hast du denn gesteckt! Oh, sag ich, ich bin nur so ein bißchen rumgestromert. Rumgestromert, sagt er, das kannst du in deiner Freizeit machen, rumstromern, Brady. Ich hätte nicht übel Lust, dich weiter auf der Straße rumstromern zu lassen. Na, sag ich, machen Sie sich mal keine Sorgen, jetzt hat sich's ausgestromert, bald ist alles vorbei. Er zupft an seiner Schürze und sagt: Beim Hotel haben sie eine halbe Tonne Scheiße rumliegen, die solltest du abholen. Die haben mir schon die Hölle heiß gemacht deswegen. Jetzt geh da heute hin und kümmer dich drum, verdammt noch mal. Jawohl, Mr. Leddy, hab ich gesagt.

Dann haben wir mit dem Schlachten angefangen und haben durchgearbeitet bis zur Mittagspause. Dann hat er sich die Hände an der Schürze abgewischt und gesagt: Ich mach jetzt Mittag, nimm jetzt den Karren. Und vergiß nicht, denen zu sagen, daß du nächste Woche pünktlich einsammeln kommst. Mach ich, Mr. Leddy, hab ich gesagt. Wie er in die Stadt ist, hab ich das Bolzenschußgerät vom Nagel genommen, wo's immer hängt, und hab den Wetzstahl geholt und das Messer aus dem Schubfach. An der Tür ist ein Eimer mit Schweinetrank und Spülicht oder so was gestanden, da hab ich alles reingetan und bin pfeifend mit dem Karren losgezogen. So, so, da hat Traynors Tochter also wieder mal mit Unserer Lieben Frau geredet, wie? Es hat ein großes Gerede gegeben, daß sie auf dem Platz erscheinen würde. Ich hab zwei alte Weiber davon reden hören. Wir sollten stolz darauf sein, sagt die eine, schließlich kommt die Muttergottes nicht jede x-beliebige Stadt besuchen. Wahrhaftig nicht, sagt die andere, was meinen Sie, gute Frau, wird's da auch Engel haben? Das wüßt ich nun nicht zu sagen, aber was macht's schon, ob's welche gibt oder nicht. Solange sie uns nur vor dem Ende der Welt errettet, was kümmert's uns? Sie sagen es, gute Frau, Sie sagen es. Wohin man auch gegangen ist: Es dauert nicht mehr lange.

Ich bin zu Doktor Roches Haus, das war über und über bemalt, und auf dem Rasen waren große Lettern aus blauem Pappkarton ausgebreitet: AVE MARIA! WILLKOMMEN IN UNSERER STADT! Ich hab überlegt, wie ich die umstellen konnte, damit's geheißen hat: DAS IST DAS HAUS VON DOKTOR ROCHE, DEM ARSCH, aber ich hab sie gezählt, und es waren nicht genug Buchstaben da, und außerdem waren's die falschen.

Sag Leddy, er soll die Schlempe pünktlich abholen, oder er hat zum letztenmal was von uns gekriegt, sagt der Küchenchef und steht da und glotzt mich an, als würd ich ihm was wegstehlen wollen. Mach ich, hab ich gesagt und angefangen, das Zeug in den Karren zu schaufeln. Ich hab geschaufelt und gepfiffen und dafür gesorgt, daß kein Fitzelchen zurückbleibt, damit's keine Klagen gibt. Dann bin ich wieder los auf meine Wanderungen. Mit einemmal waren alle ganz fromm, wir sitzen alle in einem Boot, wir Stadtleute. Die Moosköpfe haben vor den Frauen die Mütze gezogen, in Kinderwagen reingelinst und all so was. Die frommste Stadt von der Welt, hätten sie auf ein Transparent malen sollen.

Auf dem Platz ist ein schöner Altar gestanden. Darüber weg sind drei Engel geflogen, genau vor der Ulster Bank.

Die Stadt hat noch nie so gut ausgesehen. Die hat ausgeschaut wie die hellste, glücklichste Stadt in der ganzen weiten Welt.

Ich bin hintenrum gegangen und hab meinen Eimer geschwenkt. Ich hab gesehen, wie bei Nachbars der Vorhang geruckt ist. Pfeif pfeif – hallo, Frau Nachbarin, ich bin's, Francie, mit meiner Sonderzustellung für Mrs. Nugent. Da ist sie wieder weg vom Fenster, und ich hab bei Mrs. Nugent angeklopft, und in ihrem blauen Morgenrock ist sie zur Tür gekommen. Hallo, Mrs. Nugent, sag ich, ist Mr. Nugent da? Ich hab eine Nachricht für ihn von Mr. Leddy. Sie ist ganz blaß geworden und hat nur gestammelt: Tut mir leid, mein Mann ist nicht da, der ist zur Arbeit. Oh, hab ich gesagt, macht nichts, und hab sie mit einem raschen Stoß hineingeschubst, die ist irgendwo gegen geprallt. Ihr Gesicht war eine weiße Maske und ihr Mund ein kleines o. Jetzt wissen Sie, wie das ist für Stumme, die Löcher im Magen haben, Mrs. Nugent. Die versuchen zu schreien und können's nicht, wissen nicht, wie. Wie sie versucht hat, zum Telefon oder zur Tür zu kommen, ist sie gestrauchelt, und als ich die Scones gerochen und Philips Bild gesehen hab, da hab ich angefangen zu zittern und sie zu treten, ich weiß nicht, wie oft. Sie hat gestöhnt und gesagt: bitte, aber war mir doch schnurz, ob sie gestöhnt hat oder bitte sagt oder was sie sagt. Ich hab sie am Nacken gepackt und gesagt: Sie haben zwei schlimme Sachen verbrochen, Mrs. Nugent. Sie haben dafür gesorgt, daß ich meiner Ma in den Rücken gefallen bin, und Sie haben mir Joe weggenommen. Warum haben Sie das getan, Mrs. Nugent? Sie hat nicht geantwortet, aber ich wollte sowieso keine Antwort hören. Ich hab sie ein paarmal gegen die Wand geklatscht. An ihrem Mundwinkel hatte sie einen Blutfleck, und wie ich das Bolzenschußgerät gespannt hab, hat sie die Hand gehoben, um mich zu berühren. Ich hab sie mit einer Hand vom Boden aufgehoben und ihr den Bolzen direkt in den Kopf gefeuert. *Plop* – hat er gemacht wie ein Goldfisch, der in ein Glas plumpst. Wenn Sie jemand fragen, wie man ein Schwein schlachtet, wird er Ihnen sagen, daß man ihm die Gurgel nicht längs, sondern quer durchschneidet. Da lag sie nun mit hochgerecktem Kinn, und ich hab sie aufgeschlitzt, dann hab ich die Hand in ihren Magen gesenkt und an alle vier Schlafzimmerwände geschrieben: SÄUE.

Ich hab dafür gesorgt, daß sie gehörig mit Schlempe bedeckt war, davon gab's eine ganze Menge. Das würde denen nämlich gar nicht gefallen, mich zu sehen mit Mrs. Nugent im Karren. Dann hab ich ihn an den Stielen angehoben, und weiter geht's auf meinen Wanderungen. Es hat noch mehr Choräle gegeben und Ströme von Menschen, die sind mit Gebetbüchern den Church Hill rauf und runter gelaufen. Wem bin ich begegnet, natürlich dem Kerl mit dem Fahrrad und dem über die Lenkstange gestülpten Regenmantel. Diesmal war er ganz freundlich, der Mann, war richtig fröhlich. Unsere Liebe Frau erscheint, sagt er, treibst du immer noch Steuern ein? Nö, sag ich, das ist alles vorbei, jetzt schieb ich Schubkarren. Das hättest du dir aber nicht träumen lassen, daß du noch mal den Tag erlebst, wo die Muttergottes in diese Stadt kommt, eh? sagt er und sieht mich an, als wollte er sagen: Die ganze Sache hab ich höchstpersönlich eingefädelt. Nein, hab ich nicht, sag ich, eine Zeit der Freude für die Stadt, das will ich meinen. Eine freudenreiche Zeit, sagt er und langt in die Tasche, seinen Tabak hervorkramen – paff paff –, worüber sollen wir jetzt reden. Nichts, sag ich, na dann, alles Gute, ich muß jetzt zum Schlachthof. In Ordnung, sagt er, wer rastet, der rostet. Da haben Sie recht, sag ich, zur Ruhe kommt keiner, nur Mrs. Nugent in meinem Karren. Aber das hat er schon nicht mehr gehört.

Ich hab den Karren einen Augenblick stehenlassen und bin in den Laden, ein paar Kippen kaufen. Da sind die Frauen gestanden, drüben beim Zucker, aber ohne Mrs. Connolly. Ich hab mir die Kippen besorgt und zu den Frauen gesagt: Schade, daß Mrs. Connolly nicht hier ist, ich wollte mit ihr darüber reden, was ich neulich zu ihr gesagt hab. Ich hab doch bloß Spaß gemacht! sag ich. Wie sollte ich denn hingehen und ihr so was an den Kopf werfen! Ich und Mrs. Connolly, wir sind doch alte Freunde! Hab ich von ihr nicht mal einen Preis gekriegt für irgend so einen Tanz? Einen süßen, saftigen Apfel! Ich hab mir eine Kippe angesteckt und gepafft. Haha, haben sie gesagt, schon gut, zerbrich dir mal nur nicht den Kopf, Francie, haben sie gesagt, wir alle tun mal was, was wir hinterher bereuen, nicht wahr, die Damen. Ja, sag ich, besonders Mrs. Nugent, und hab durch den Rauch gelacht. Da sagen sie: Was? Aber ich sag: Ach, nichts.

Eine von denen hat den Riemen von ihrer Handtasche um den kleinen Finger gewickelt und gesagt, es hätt doch keinen Sinn, in einer ganz besonderen Zeit wie dieser nachtragend zu sein. Wie wahr, sag ich, da haben Sie ein wahres Wort gesprochen. Na dann, die Damen, sag ich, ich muß weiterziehen, die Bösen ruhen nicht. In der Tat nicht, Francie, sagt die Frau mit den drei Köpfen und lacht sich eins wie in alten Zeiten. Ich hatte die Kippe schon ausgeraucht, und der Laden war voller Rauch, so schnell hab ich gepafft, da hab ich mir doch gleich noch eine angezündet. Francie Brady – ich rauche hundert Zigaretten am Tag! Ja, das stimmt! Wenn Francie Brady es sagt! Nein, stimmt nicht. Nur wenn ich Mrs. Nooge herumkarre. Ich hab meinen kleinen Finger in die Luft gesteckt und an der Zigarette gezogen wie jemand im Film. Ich muß schon sagen, die Damen – guten Tag, hab ich gesagt, und da haben sie wieder angefangen zu lachen. Käpt'n Algernon Carruthers und sein Nugent-Karren. Also los, Nooge, reiten wir los, sag ich, die Francie-Brady-Totenkutsche ist vorgefahren. Der besoffene Bursche ist mit noch so einer Heiligen in einer Schubkarre vorbeigekommen, und wie er mich gesehen hat, hat er sich geduckt.

Haltet den Dieb! Komm sofort mit der Heiligen zurück! hab ich gesagt und wieder angefangen zu lachen. Haltet den Mann fest! Der will die Heilige gegen Schnaps eintauschen! Pfeifend bin ich weitergegangen: *My old man's a dustman, he wears a dustman's hat*. Ich weiß gar nicht, wo die ganzen Lieder hergekommen sind. *Well it's one for the money. Ich bin ein kleines Ferkelchen, daß ihr's nur alle wißt*. Ja, das ist die Ferkel-Show auf Raydeeoh Lux-em-Bourg!

Hallo, guter Freund. Schönes Wetter heut, nicht wahr? Was hatten Sie bestellt? Zwei Pfund Schultersteak?

Oder war's ein halbes Pfund Mrs. Nugent.

Tut mir leid, Herrschaften, Mrs. Nugent ist nicht zum Verkauf bestimmt! Sie geht auf große Wanderung mit ihrem alten Kumpel Francie Brady. Ich bin an Marys Süßwarenladen vorbeigekommen, da bin ich rein und hab mir ein Viertel Sauerdrops gekauft. Ich wollte nur mal meiner alten Freundin Mary hallo sagen, hab ich gesagt, wirst du je die alten Zeiten vergessen, Mary? Zwanzig Jahre in Camden Town! Wie findest du das! Was meinst du, sollen wir reingehen, und du spielst uns auf dem Klavier ein Liedchen vor?

Ich hab mir noch eine Kippe angesteckt und weiter drauflosgequasselt, aber Mary hat nichts gesagt, sondern mir nur mit einer Silberschaufel die Süßigkeiten in eine Tüte gefüllt. Dann hat sie die zusammengedreht, so wie sie Spin Twist getanzt hat, und da war's auch schon eine kleine, knorrige Tüte erstklassiger Sauerdrops, jawoll. Dann ist sie gegangen und hat sich wieder ans Fenster gesetzt, um auf den Platz rauszuschauen. Sieh dir das an, Mary! Die guten alten Sauerdrops! hab ich gesagt. Aber sie hat immer noch nichts gesagt, sondern nur gelächelt, falls man das ein Lächeln nennen konnte. Ich hab gewußt, an wen sie gedacht hat. Sie hat an Alo gedacht, an den hat sie gedacht. Keine Sorge, Mary, sag ich, deine Mühsal ist vorbei – Francie Brady, der Herr über die Zeit, ist hier!

Kaum hatte ich das gesagt, bin ich mir ziemlich dämlich vorgekommen, und ich hab versucht, mir was anderes einfallen zu lassen, was ich sagen könnte, aber mir ist nichts eingefallen, so hab ich mir denn die Süßigkeiten in die Tasche gestopft und bin raus, die Ladenglocke hat klingeling gemacht, und die Tür hat sich hinter mir geschlossen. Mary hatte dasselbe Gesicht, das Ma immer gemacht hat, wenn sie dagesessen und in die Asche gestarrt hat. Es war seltsam, dieses Gesicht, langsam ist es über das andere drübergewachsen, bis man eines Tages hingesehen hat, und die Person, die man gekannt hat, die war fort. Und statt dessen hat da ein halbes Gespenst gesessen, das konnte nur noch eins sagen: Alle schönen Dinge dieser Welt sind Lügen. Am Ende zählen sie überhaupt nicht.

Selbst wenn das zutrifft, so bin ich doch zu dem Weg gegangen, wo die Kinder waren. Das war womöglich meine letzte Chance, hab ich mir gesagt. In der Tat, da waren sie und haben ihr Spielzeugteegeschirr auf eine Apfelsinenkiste gestellt und sind in ihren riesigen Schuhen umhergestapft. Darf ich mitspielen, hab ich gesagt. Wie kannst du mitspielen, wo du doch ein Großer bist, hat einer von denen gesagt, hau ab! Da war ein junger Bursche, der hat mitten auf der Pfütze Flöße aus Lutscherstielen treiben lassen. Zu dem hab ich gesagt: Was würdest du tun, wenn du hundert Millionen Billionen Trillionen Dollar gewinnen tätst?

Ohne nachzudenken, hat er mich angesehen und gesagt: Ich würde mir eine Million Nappos kaufen. Menschenskinder, hab ich gelacht, dann bin ich weiter und hab ihn mit seinem Stock das Wasser aufwühlen lassen. Er hat eine Melodie dazu gepfiffen, die hat er sich beim Singen ausgedacht.

Wo zum Teufel hast du denn gesteckt, sagt Leddy, wie ich zum Schlachthof zurückkomme. Oh, bin nur ein bißchen rumgestrolcht, sag ich. Das kannst du in deiner Freizeit machen, sagt er, ich muß zum Geschäft hoch, du übernimmst jetzt den Laden. In Ordnung, sag ich, das paßt mir ausgezeichnet in den Kram, und hab den Karren neben der Magengrube abgestellt und Leddy gefragt, wo er den Kalk hingetan hat. Verzieh dich, Grouse! hab ich geschrien, und mit einem Strang Gedärme ist er durchs Tor davongerast. Ich hab mir die Schaufel geholt und den Sack Kalk aufgeschlitzt, meine Augen haben sich mit warmen Tränen gefüllt, weil für Mary hab ich nichts tun können.

Ich würde meinen, das war vielleicht eine Gaudi, wie Mr. Nugent Maltan Feinschnitt abends heimgekommen ist. Brr, ist das eine Affenkälte. Hu-hu! ich bin zurück, was gibt's denn zum Abendessen, Liebes? Liebe Güte, meine Frau ist vielleicht beschäftigt, die hört ja gar nichts. Der Geruch von Scones und die schwarzweißen Kacheln so blitzblank, daß man sein Gesicht darin spiegeln konnte. Ach, wahrscheinlich ist sie nur eben mal ins Geschäft, macht nichts, mal sehen, was es im Fernsehen gibt. Sie sehen die Nachrichten vom Tage. Nachrichten. Hm, ist es nicht still hier, seit Philip im Internat ist? Hm, ist es nicht still hier, seit meine Mrs. im Himmel ist, würde er bald sagen, aber das hat er ja noch nicht gewußt. Was es wohl zu essen gibt – vielleicht Eier mit Speck oder eine ihrer ganz besonderen Nierenpasteten? Aber der arme alte

Mr. Nugent, der würde lange warten müssen, bevor ihm so was wieder vorgesetzt wird. Ach ja, es war schon traurig. Und damit sind unsere Nachrichten vom Tage beendet. Hmm. Tick tock. Wo mag sie nur sein? Wo mag meine Frau nur sein? Hallo, Frau Nachbarin, haben Sie vielleicht meine Frau gesehen? Nein, um Ihnen die Wahrheit zu sagen, hab ich wahrhaftig nicht. Ach du meine Güte, sagt Mr. Nooge – tick tock – und läuft in der Küche rum, jetzt war die Stille nicht mehr so angenehm. Immer wieder: Ja, wo bleibt denn nur Mrs. Nugent, die unsichtbare Frau? Tick tock – und ich mach mir nichts mehr aus Maltan Feinschnitt, wo ist meine Frau? Seht euch nur den alten Mr. Nugent an und seine großen roten Augen! Maltan Feinschnitt ist der allerbeste – schluchz schluchz! Das würde sich im Fernsehen aber nicht so gut machen. Ob sie wohl oben ist? Glauben Sie, sie könnte nach oben gegangen und eingenickt sein, Frau Nachbarin? Aber ja, das könnte sein – oder nicht? Kommen Sie, wir gehen und schauen mal nach, ja? Gute Idee, sagt Mr. Nugent, und so gehen sie und nehmen zwei Stufen auf einmal, aber wie sie die Tür aufmachen, was sehen sie da überall an den Wänden? O nein, Mr. Nugent kann sich kaum auf den Beinen halten, und die Nachbarin – Schauen Sie nicht hin, schauen Sie nicht hin!

Na ja, hier ist sie jedenfalls nicht, haha, vielleicht weiß die Polizei was Näheres, weshalb rufen wir nicht an? Lassen Sie mich nur, Mr. Nugent. Schweißige Fingerabdrücke am Telefon. Hallo, ist das Wachtmeister Würstchen? Ich meine, ist da das Polizeirevier?

Ich hab so vor mich hin gepfiffen, da blick ich auf und sehe Würstchen und vier oder fünf Moosköpfe von Polizisten über den Hof kommen. Die hatte ich noch nie vorher gesehen gehabt, die waren nicht aus der Stadt. Einer von ihnen hat die ganze Zeit rübergestarrt und mich taxiert, der hat versucht, meinen Blick auf sich zu lenken, um mir zu sagen: *Beim Allmächtigen, jetzt geht's dir aber an den Kragen, mein Junge!*, aber ich hab einfach weitergehäutet und gepfiffen. Ich glaub, es war die Melodie aus der *Reise zum Grunde des Meeres.* Leddy ist im Eingang gestanden und hat sich mit dem Lappen die Hände abgewischt. Dann hat er mich angesehen mit einem kreidigen alten Gesicht. Ich hab den Wachtmeister sagen hören: *Die Nachbarn haben gesehen, wie er heute morgen hinten ums Haus rumgestrichen ist.*

Da verliert Leddy den Kopf. Ehe ihn der Wachtmeister noch zurückhalten konnte, hatte er mich gepackt und mir einen Stoß gegeben, daß ich gegen die Kühlschranktür gefallen bin. *Bei Gott, ich hoffe, du kriegst die Strafe, die du verdient hast! Du hättest mir nie ins Haus kommen dürfen, nur wegen deiner armen Mutter hab ich mich dazu überreden lassen!* sagt er, steht da und schüttelt die geballten Fäuste. Wieder hat er versucht, mir einen Stoß zu versetzen, aber ich hab seinen Arm zu packen gekriegt. Ich hab ihm gerade in die Augen geblickt, und der hat gewußt, was ich ihm sagen wollte: Mr. Leddy von der Schweineaufschlitzen-Universität, geben Sie lieber acht, wen Sie da schubsen. Von wegen Bangkok, Sie waren doch in Ihrem ganzen Leben nicht in Bangkok, und geben Sie lieber acht, was Sie da über meinen Vater sagen, daß er meine Mutter gevögelt hat, oder Sie kriegen noch dasselbe ab wie die Nugent. Würde Ihnen das gefallen, Sie Schwein, Leddy – Leddy, Sie Eber, verflucht, würde Ihnen das gefallen?

Da bin ich in Gelächter ausgebrochen, direkt in sein Gesicht – so geschockt war der. Der hat vielleicht doof ausgesehen, ich hab schon gedacht, gleich sagt er: Oh, bitte, Francie, es tut mir leid, eigentlich wollte ich das gar nicht sagen, es ist mir nur so rausgerutscht.

Was konnte ich schon sagen? Was für ein hirnrissiger Betrieb!

Mr. Nugent hat am ganzen Leib gezittert. Ich hab gewußt, der hat sich nicht getraut, mich anzusehen. Wo ist sie, hat Würstchen gesagt, und die Stiernacken-Mooksköpfe haben mich gegriffen, an jeder Seite zwei. Jetzt hatten sie mich, ich konnte nicht einen einzigen Muskel bewegen. Oh, sag ich, das muß das Ende der Welt sein. Ich hoffe, die Heilige Jungfrau Maria kommt mich retten!

Wo ist sie? fragt Würstchen erneut.

Maltan Feinschnitt – der einzig wahre! sag ich zu Mr. Nugent und krieg einen Rippenstoß verpaßt. Dann haben sie gesagt: Na schön, stellt alles auf den Kopf, und genau das haben sie auch. Sie haben alles auf den Kopf gestellt. Diese Mooskopf-Bullen. Auf ihren Nacken konnte man Speckschnitten braten. Wie viele Speckschnitten ergibt das? Vier. Ach nein – lieber zwei Speckschnitten und zwei Spiegeleier, wenn Sie nichts dagegen haben!

Ob sie wohl da hinter dieser halben Kuh steckt? Nein, da scheint sie nicht zu sein. Oder da unter dem Faulbehälter? Nein, keine Spur. Da sind sie hysterisch geworden. Mr. Nugent haben sie wegführen müssen. Was hast du mit ihr angestellt? Ich hab gesagt: mit wem, und da sind sie noch wütender geworden. Sie haben mir eine tüchtige Tracht Prügel verabreicht und sind mit mir in der ganzen Stadt rumgebraust. Die hatten doch tatsächlich das Hühnerhaus mit DIE STADT HEISST UNSERE LIEBE FRAU WILLKOMMEN verhangen. Ich hab ihnen gesagt: Die soll wohl auf dem Hühnerhausdach landen? Da haben sie das Auto mit quietschenden Bremsen zum Stillstand gebracht. Beim Allmächtigen, ich reiß dir deine gotteslästerliche Zunge mit meinen bloßen Händen aus dem Maul, sagt Würstchen. Hat er aber nicht, sondern es ist gleich weitergegangen. Wohin? Zum Fluß. Ist sie hier? Wer, hab ich wieder gesagt. Daraufhin haben sie mich auf die Polizeiwache gebracht und mir eine gründliche Abreibung verpaßt. Mittendrin sagt doch einer von den Stiernacken: Laßt mich auch mal ran, aus dem prügele ich sieben Sorten Scheiße raus!

Das hat mir den Rest gegeben. Ich hab's so ausgesprochen wie der: sieben Sorten Schiet! Herrgottsack!

Die machen das so, daß sie ein Stück Seife in einen Socken packen. Ich weiß nicht, wievielmal sie mich damit geschlagen haben – das hinterläßt nämlich keine Spuren. Aber sieben Sorten Scheiße aus einem rausprügeln, das kann man damit!

Wo ist sie, hat Würstchen bebend gefragt. Castlebar Würstchen sind die besten! hab ich gesagt. Hören Sie nur, wie die in der Pfanne brutzeln – sagt Wachtmeister Würstchen.

Da sind sie's leid geworden und haben gesagt: Schafft ihn in die Zelle, morgen kriegen wir's aus ihm raus. Ich konnte sie Karten spielen hören. Trumpf mumpf! und all so was. Das ist die beste Karte, die wo du heut abend gespielt hast! Ich hab das Ohr an die Wand gehalten, damit mir ja kein Wort entgeht. Ich hab sie sagen hören: Diesem hinterhältigen Schwein würde ich keine Sekunde lang den Rücken zuwenden.

Den ganzen nächsten Tag über haben sie mich in der Zelle behalten. Die haben auf einen Kriminaler aus Dublin gewartet. Auf der Straße konnte ich alle vorbeigehen hören. Komm her, du Dreckskerl, hab ich durch die Gitterstäbe zu dem besoffenen Burschen geschrien, du schuldest mir zwei Schilling sechs Pence. Aber der Saftsack rennt im Schweinsgalopp davon. Hallo, Mrs. Connolly, hab ich geschrien, sehen Sie nur, wohin die mich gesperrt haben! Der Kerl mit dem Fahrrad – ich ruf zu ihm rüber: Das habe ich davon, daß ich meinen Schweinewegzoll nicht bezahlt hab! Geschieht mir ganz recht!

Haha, sagt er und wäre mit seinem Fahrrad beinah gegen eine Mauer gedotzt. An meinem Zellenfenster zeigt sich niemand anders als Mickey Traynor und McCooey, der Wunderheiler. Junge, ich bete für dich, sagt McCooey. Er hatte den Karren mit Maria Goretti drauf gegen zwei Heuballen gelehnt. Er hat gesagt, bei der Erscheinung würde sie anfangen zu bluten. Dann sagt er: Ich höre, in den letzten Tagen hat's hier in der Stadt allerhand Ärger gegeben. Wie geht's dir, mein Junge, sagt er, ich bete für deine unsterbliche Seele, hab keine Bange. Durch das Gitter konnte ich die Goretti sehen, wie sie mit aneinandergelegten Händen in den Himmel gafft. Betrachte nur ihre schönen Augen, sagt McCooey, betrachte die schönen Augen der Heiligen, und da sind ihr zwei rot-rote Rubine Blut aus den Augen getreten und ihre weißen Wangen herabgerollt. Es ist schon traurig, Mr. McCooey, hab ich gesagt. Was denn, mein Sohn, hat er gesagt, dieses Jammertal, in dem wir alle nur Wanderer sind, die nach einem Zuhause suchen? Nein, hab ich gesagt, daß feiste alte Säcke wie Sie all die Tomatensoße vergeuden. O Jesus, Maria und Joseph, sagt Mickey und streckt die Hand aus für den Fall, daß er in Ohnmacht sinkt. Du bist ein schlechter, gottloser, verruchter Bursche und hast deiner Mutter das Herz gebrochen, bist nicht mal zum Begräbnis der armen Frau gegangen! Ich hab zu ihm gesagt: Was zum Teufel wissen Sie schon davon, Traynor, was wissen Sie schon? Sie konnten ja nicht mal den Fernseher reparieren – oder? Also, wovon reden

Sie überhaupt! Hören Sie mich, Traynor? Ich scheiß auf Sie! Ich scheiße auf Sie und Ihre Tochter und die Allerseligste Jungfrau! Das wollte ich eigentlich nicht sagen, aber Traynor hat mich provoziert. Die ganze Stadt hat mich gehört. Da sind sie alle stehengeblieben und haben gestiert und sich bekreuzigt: O Jesus, Maria und Joseph. Dann sind die Stiernacken und der Kriminaler reingestürmt, die haben mir noch eine Tracht Prügel verabreicht und haben gesagt: Wir machen gleich eine kleine Fahrt, und du machst besser dein Maul auf, Brady, oder, beim Allmächtigen, du kriegst, was dir zusteht. Danach bin ich in eine Art Halbschlaf versackt, und auf dem Platz draußen höre ich, wie Mrs. Connolly und all die andern den Rosenkranz für mich beten. Ich hab aufgeschaut und da sind Buttsy und Devlin gestanden und haben durch die Gitterstäbe gelinst. Bete lieber drum, daß *die* dich hängen, sagt Buttsy, denn was wir mit dir machen, wir knüpfen dich auf als das Schwein, das du bist. Erst war er ganz keß, aber dann fängt er an zu kreischen: *Was hast du mit meiner Schwester angestellt,* bis Devlin ihn wegführt. Ich hab gesagt: Die bin ich los, und hab in dem *Beano* gelesen, das hatte ich mir von einer der Gören in Marys Laden besorgen lassen. General Jumbo, der hatte vielleicht eine Armee, winzige kleine Roboter, die hat er kontrolliert, indem er an den Knöpfen auf der Konsole an seinem Handgelenk gedreht hat, die hatte sein Freund, der Herr Professor, ihm gebastelt. Ich hab dauernd gedacht: So eine Konsole zu haben, mit der man alle Leute in der Stadt kontrollieren kann, da hätte ich nichts dagegen. Ich würde sie alle zum Fluß marschieren und – klick! – genau am Rand haltmachen lassen. Und in dem Augenblick, wo sie sagen: Puh, das war aber haarscharf, beinahe wären wir reingefallen, würde ich – yippie! – auf den Knopf drücken: Rein mit euch, ihr Sackärsche. Aiih! und die ganze Bagage purzelt ins Wasser.

Das nächstemal ist Würstchen allein reingekommen, hat seine Mütze auf dem Schoß gedreht und mich mit diesen traurigen Augen angesehen: Warum muß es soviel Traurigkeit in der Welt geben, Francie, ich bin ein alter Mann, ich taug nicht mehr dafür. Wie ich dem seine Augen gesehen hab, hab ich mir gesagt: Das arme alte Würstchen, es ist wirklich nicht fair. Na gut, Würstchen, hab ich gesagt, ich zeig Ihnen, wo sie ist. Danke, Francie, hat er gesagt, wußte ich's doch. Es hat lang genug gedauert. Es hat genug Unglück und Elend gegeben. In der Tat, Herr Wachtmeister, hab ich gesagt.

Der neue Kriminalbeamte hat vorn im Wagen gesessen – Fabian von Scotland Yard hab ich ihn genannt nach dem Kerl im Kino –, und ich hab eingezwängt zwischen zweien von den Stiernacken auf dem Rücksitz gesessen.

Würstchen war ganz stolz drauf, daß die Sache sich so gut angelassen hat und er sich vor Fabian nicht blamiert. Bald ist alles vorbei, Francie, sagt er, du tust genau das Richtige. Ich weiß, Herr Wachtmeister, sag ich. Wie wir den Weg eingebogen sind, hat er langsam gemacht, um die Kinder nicht über den Haufen zu fahren. Was haben die gerade getan? Die haben auf einem Tisch Comics verkauft, das war ein Comics-Flohmarkt. Da sind sie gestanden und haben uns hinterhergeschaut. Ich hab gesehen, wie Bommelmütze auf mich gedeutet hat: Schau mal, Brendy, das ist er!

Am Hühnerhaus haben wir angehalten, und Fabian hat zu den Männern gesagt: Ihr zwei stellt euch hier draußen auf, nur für alle Fälle, man kann nicht vorsichtig genug sein. In Ordnung, haben sie gesagt, und ich und der Wachtmeister und er und die anderen beiden sind rein. Der Ventilator hat gesurrt, und ich bin ganz traurig geworden. Die Hühner haben wie immer vor sich hin gescharrt: Wer kommt denn da alles mit, Francie?

Wir sind durch Unmengen von Sägespänen gewatet, und ich hab ihnen gesagt: Es ist nicht weit, gleich da hinten. Fabian war nicht sicher, wo's langgeht, so zappenduster war's, und wie er gegen die Lampe gestoßen ist, wo vor seinem Gesicht gehangen hat, pendelt sie hin und her und malt riesige Schatten an die Wände und die Decke. Ich hab gedacht, die Hühner wissen schon, was gleich passieren wird, denn die haben angefangen, aufgeregt zu gackern. Ich hab gesagt: Verflucht, wer hat denn das dahin gelegt, und so getan, wie wenn ich stolpere und hinschlage. Gib acht, sagt Würstchen, es ist sehr dunkel, und wie Fabian auf mich zugekommen ist, um mir aufzuhelfen, hab ich auch schon die Kette in der Hand gehabt, die hat unter den Paletten gelegen, da wo sie immer liegt. Ich hab sie einmal geschwenkt, und Fabian hat aufgeschrien, aber mehr brauchte ich auch nicht. Ich bin in den hinteren Raum gerast und hab die Tür verriegelt. Ohne Zeit zu vergeuden, hab ich die Kette weggeschmissen, das Fenster aufgestoßen und bin rausgeklettert. Dann bin ich gerannt wie der Blitz.

Ich weiß nicht, wo die ganzen Greifer hergekommen sind, aber die haben von oben bis unten die ganze Gegend nach mir abgesucht. Ich konnte sehen, wie sie sich über die Felder bewegt und einander zugerufen haben: Schon was gefunden? und: Habt ihr schon die andere Seite von dem Wald abgesucht?

War ein Mordsspaß, das alles mitanzuhören. Von meinem Versteck aus konnte ich alles sehen, und das alte Würstchen – was hätte der sich in den Hintern gebissen, wenn er gewußt hätte, daß er zweimal direkt neben mir gestanden ist!

Sie haben noch mehr Polente rangeschafft. Man hat sie hören können, wie sie Tag und Nacht herumstochern, und die Spürhunde – wuff wuff – am Flußufer. Dem schreckenbringenden Francie Brady sein Frist ist abgelaufen! O nein, ist sie gar nicht, bloß für den stocksauren Fabian und seine Männer ist sie abgelaufen, denn das einzige, was sie gefunden haben, war eine tote Katze im Straßengraben, und die konnte man bei Scotland Yard wohl kaum vorzeigen. Gut gemacht, Inspektor Fabian! Brady haben Sie zwar nicht gefangen, aber dafür haben Sie diese – von Maden zerfressene alte Mieze gefangen! Glückwunsch!

Schließlich haben sie gemeint: Der muß im Fluß sein. Also sind die Froschmänner rausgeschwommen und haben ihn mit einem Schleppnetz abgesucht. Da waren Reporter und Buttsy und Devlin und die halbe Stadt – alles hat drauf gelauert, mich auftauchen zu sehen, mit Tang und Schlamm bedeckt, aber diesmal haben sie nur ein eisernes Bettgestell und eine halbe Matratze rausgefischt. Danach sind sie noch ein paarmal zurückgekommen, haben mit Stecken in den Büschen rumgestochert und vor sich hin gebrummelt: Scheiße, der ist uns entwischt. Dann haben sie sich langsam wieder entfernt, und dann waren da nur noch ich und der Fluß – rausch rausch. He, Fische! sag ich, habt ihr ein Schwein, daß ihr nichts verraten habt, ihr Ärsche! Dann bin ich auf die Hauptstraße raus, da war weit und breit keine Menschenseele zu sehen, und so bin ich zur Stadt – pfeif pfeif –, ich war wieder gefechtsbereit. Da war so ein alter Bauer, der hat vor sich hin gesummt und hatte sein Fahrrad im Straßengraben liegen. Tick tick tick – auf und davon, und sowie ich um die Ecke gebogen bin, bin ich – huiii! – im Freilauf den Hügel runter den Weg hinter den Häusern lang. Nichts wie rein – tätärätä! –, bin wieder daheim! Was hat Ma immer gesagt? Ich muß soviel putzen, ich weiß gar nicht, wo ich anfangen soll. Ich hab mir die Stirn gerieben und bin dagestanden, die Hände in die Hüften gestützt. Also, ich weiß nicht! Im Haus hat's vielleicht gestunken! Nicht nur Grouse Armstrong, jede dreckige Töle aus der Stadt war hier drin gewesen. Wohin man auch blickt, nichts als Hundekacke! In den Ecken, an die Wände geschmiert! Ich hab, soviel ich konnte, aufgelesen und alles mitten in die Küche auf einen großen Haufen getan. Na ja, hab ich gesagt, wenigstens ein Anfang ist gemacht! Aber jetzt – was ist mit diesen verschimmelten alten Büchern! Ich hab eins aufgehoben. Was ist denn das? *Die Blüte Griechenlands!* Für Benny 1949.

Ich hab ein paar Seiten umgeblättert, das Buch ist mir in den Händen zerfallen. Eins nach dem andern hab ich auf den Haufen geworfen. In der Ecke hat ein Stapel Wäsche gelegen. Aus der Tasche von Pas Al-Capone-Mantel ist eine Handvoll Ohrkneifer rausgefallen. Da haben Röcke gelegen, einzelne Schuhe und alles mögliche. Ich hab alles obenauf gelegt. Dann bin ich in die Spülküche gegangen, hab Teller und Messer geholt und alles, was sonst noch rumliegt. Ich hab mir die Hände abgewischt. Du liebe Zeit, das ist ja wirklich Schwerstarbeit, hab ich gesagt. Und dabei hab ich noch nicht einmal das Obergeschoß angerührt. Die Schubladen hab ich gar nicht erst durchforstet, die hab ich einfach ausgeleert. Da waren Briefe und Kalender und Rechnungen und lauter so Zeug drin. Dann bin ich nach oben gegangen und hab das Bettzeug geholt und alles, was sonst noch in den Schränken war. Und was ist mit uns? haben die Bilder an den Wänden gesagt. Huch, hab ich gesagt, ich Dummkopf! Euch hätt ich beinah vergessen, was?

Da war eins von Pa, wie er das Mundstück an die Lippen hält. Fort mit dir, sag ich. Dann das Herz Jesu mit zwei erhobenen Fingern und dem Dornenherzen, das außerhalb der Brust brennt.

Weißt du noch all die Gebete, die wir in den alten Zeiten hergesagt haben, Francie? fragt Er. Aber was denn, Herz Jesu, sag ich, als könnte ich die je vergessen! Möge der Fluch Gottes heut nacht über dich kommen, du gemeine Mistfotze – erinnerst du dich noch daran?

O ja, sagt Er und hebt die Augen zum Himmel, dann verschwindet er. Wie steht's hiermit, sag ich. John F. Kennedy höchstpersönlich. Was wird aus mir, sagt Papst Johannes der Dreiundzwanzigste, muß ich auch auf den Müll? Tut mir leid, Heiliger Vater, aber es muß sein, oder ich krieg Ärger mit den anderen, also fort mit dir, es dauert nicht mehr lange. Den Fernseher rüberschleppen war ganz schön schwer – ich wollte ihn obenauf haben –, aber ich hab's geschafft. Seine Eingeweide haben ihm immer noch rausgehangen, überall Drähte und Birnen. Die Schallplatten waren immer noch unter der Treppe, aber ich wollte nur eine, die anderen hab ich weggeworfen. Ich hab den Plattenspieler angeschlossen, der hat immer noch funktioniert, dann hab ich ihn in die Spülküche neben die Spüle gestellt. So, sag ich, jetzt kann's losgehen.

Dann hab ich das Paraffin aus dem Kohlenschuppen geholt und es überallhin geschüttet, aber das meiste davon auf den Haufen. Huii huii – dreht sich mir der Kopf von dem Geruch. Los geht's, sag ich, aber was ist denn jetzt wieder los?

Keine Streichhölzer! Verflucht noch mal, keine Streichhölzer! Verdammte Kiste! sag ich.

Wie ich auf die Straße bin, hab ich meinen Augen nicht getraut. Was geht denn hier vor sich, hab ich gesagt. Es war wie in *Vom Winde verweht*, wo sie die Stadt niederbrennen. Typen mit halben Beinen und andere mit gar keinem, nur so einem Stumpen. Traynors Tochter hat zwischen zwei Nonnen gehockt und Schaum vorm Mund gehabt. Der Besoffene hat eine neue Krawatte umgehabt und den Verkehr geregelt. *Hier entlang zur Muttergottes, liebe Freunde!* Die waren viel zu sehr damit beschäftigt, auf sie zu warten, als daß sie sich mit mir abgegeben hätten, wie ich nach Streichhölzern gerannt bin. Ich bin in den Laden gegangen. Vielen Dank, Mary, sag ich, ich fürchte, jetzt heißt's Abschied nehmen, aber sie hat nichts gesagt, sie hat nur dagesessen.

Wie ich ins Haus zurück bin, hab ich sämtliche Türen abgeschlossen, dann hab ich ein paar Hölzer angezündet. Sowie die auf den Haufen gefallen sind, ist er in Flammen aufgegangen – wusch! Ich hab die Platte aufgelegt, dann bin ich rein und hab mich auf den Küchenboden gelegt. Ich hab die Augen geschlossen, und es war ganz wie früher, wenn Ma vor sich hin gesungen hat.

Ich wohnt' in einer hübschen Stadt,
Ein Schlächterbursch' ins Bett mich bat,
Kaum daß er mich genommen hat,
Da wendet sich auch schon das Blatt.

Ich wollt', es wäre wie bisher,
Doch meine Kammer, die ist leer.
Und eher trägt an Kirschen schwer
Der Efeu, als ich Jungfrau wär.

Er stieg die Treppe, eng und steil,
Er brach die Türe mit dem Beil,
Er schnitt sie los vom rauhen Seil
Und las die Worte, Zeil' für Zeil':

Macht weit mein Grab, grabt tief mich ein,
Zu Kopf und Füßen Marmorstein,
Ein Turteltäubchen setzt hinein,
Das singt vom Tod aus Liebespein.

Ich mußte weinen, denn jetzt waren wir beisammen. O Ma, hab ich gesagt, das ganze Haus brennt uns ab, dann hat mir eine Faust aus Qualm einen Schlag auf den Mund versetzt. Jetzt ist alles vorüber, sagt Ma, jetzt ist alles vorbei.

Das könnte dir so passen! sagt die Stimme, und als ich aufblicke, wer ist es?

Verdammt und zugenäht! sag ich – Würstchen!

Ach, Francie, um Gottes willen, was treibst du denn da nur! sagt er und dreht seine Mütze in den Händen.

Hinter ihm ist Fabian gestanden, der hatte ein zugeschwollenes Auge und hat mir einen bösen Blick zugeworfen, mal sehen, wie du diesmal da wieder rauskommst!

Jedesmal, wenn ich aufgewacht bin, ist ein anderer Stiernacken am Bett gestanden.

Ich war böse zugerichtet, daran gab's keinen Zweifel. Ich hab in den Spiegel geguckt.

Was ist denn das? sag ich.

Man hat nichts als Bandagen gesehen, ich hab ausgesehen wie *Der Unsichtbare*.

Auuu! sag ich. Also nun bitte, sagt die Schwester, *bitte!* oder ich muß den Krankenpfleger rufen.

Nach einer Weile haben sie mir zwei Krücken gegeben. Ich bin drauf rumgehumpelt, da sagt dieser Mooskopf im Morgenmantel zu mir: Was ist denn mit dir passiert? Dein Gesicht ist ja ganz *verbrennt*!

Da hab ich ihm die ganze Geschichte von dem Waisenhaus erzählt, wie wir mitten in der Nacht aufstehen mußten und alle Kinder sich in Sicherheit bringen konnten außer einem kleinen Jungen. Ich konnt das Geschrei nicht mehr ertragen, hab ich gesagt, wir konnten ihn alle am Fenster oben stehen sehen: Helft mir, so helft mir doch!

Da bist du wieder rein, um ihn rauszuholen! fragt er mit hängender Lippe.

Ich hab nur die Achseln gezuckt. Nein, erzähl, nun erzähl doch, sagt er, da hab ich ihm erzählt, wie ich mit dem kleinen Jungen vom obersten Stockwerk runtergesprungen bin und all so was. Wie ich fertig war, haben ihm Tränen in den Augen gestanden. Der war so versessen, mir eine Zigarette zu geben, daß ihm ein paar auf den Boden gefallen sind. Wie er mir die Kippe anzünden wollte, konnte er kaum die Hand stillhalten. Paff paff – durch die Bandagen, man hat nur die Kippe gesehen und zwei Augen, die rausschauen. Der Mooskopf, der konnte mir gar nicht genug Kippen geben. *Und dann?* hat er mit offenem Mund gefragt.

Dann ist eines Tages Fabian reingekommen, der hatte einen

Gang drauf wie John Wayne, und daran, wie er mich angesehen hat, hab ich gemerkt, der meint's ernst. Los jetzt, du Hurensohn, beweg dich, wir reiten los. Jawohl, Mr. Fabian, Sirrr!

Wir also los, ich und Würstchen und Fabian von Scotland Yard. Ich hab gesehen, Würstchen auf dem Vordersitz war kreidebleich, falls ich ihn wieder zum Narren halte. Hab ich aber nicht, denn ich hab gewußt, das war doch genau, was dieses Pokergesicht Fabian wollte, sich aufspielen können und Würstchen zur Sau machen. Leddy hatte das Schlachthaus verrammelt und verriegelt, aber der Dunghaufen war noch warm von der Schlachtung am Vormittag. Hier ist es, sag ich, und Würstchen sagt: Los, grab! und gibt mir die Mistgabel. Wie kann ich mit diesen Händen graben, Herr Wachtmeister, und heb meine umwickelten Stumpen in die Höh.

Beinah hätte er gesagt: Deine Hände sind völlig in Ordnung, du tust doch nur so, aber dann hat er gesehen, daß Fabian ihn angestarrt hat, mit diesem *Also-worauf-wartest-du-noch-du-Landei*-Gesicht, also hat er in die Hände gespuckt und selbst angefangen, mit der Forke zu graben. Jetzt hat's mir leid getan, daß ich sie mit Kalk bestreut hatte. Ich hatte Angst, falls sie verschwunden wär, würden sie mir nicht glauben, und die ganze Chose würde wieder von vorn losgehen. Nun komm schon, Francis, wir *wissen* es doch und all das. Aber es gibt keinen Grund zur Beunruhigung, denn nach einer Weile hab ich dem Wachtmeister angesehen, daß er auf etwas gestoßen ist, und tatsächlich, wie er die Forke rausgezogen hat, hat an den Zinken ein Stück Bein gesteckt, und an dem hat Mrs. Nugents Pelzstiefel gehangen. Da war Fabian aber nicht mehr so forsch. O Gott! sagt er – *bwoagh!* – und kotzt seinen Fuß voll.

Hinkebein, der Typ vom Gericht, ist sich furchtbar wichtig vorgekommen, ist auf und ab gehumpelt: Erzähl mir dies, erzähl mir das. Ich werd Ihnen einen Scheißdreck erzählen, hab ich gesagt. Oh! mehr war von der Galerie nicht zu hören. Was hat mich das gejuckt, war mir doch egal, sollten sie doch. Aber nachdem Würstchen mir gesagt hat, ich würde gewaltigen Ärger kriegen, wenn ich noch mal so was sag, da hab ich's halt gesagt. Und wie er gefragt hat: Hast du dies getan, hast du das getan, hab ich gesagt: Ja, hab ich. Und ich wär ja auch dabei geblieben, wenn er nur nicht von den Moneten angefangen hätte. Kommt er doch dicht an den Zeugenstand: Das war ein kaltblütiges, vorsätzliches und wohlüberlegtes Verbrechen – heimtückisch geplant und bedacht, vor allem aber der Mord, verübt aus dem niederträchtigsten und nichtswürdigsten aller Motive – in der Absicht des Raubes und des Diebstahls! Ich hatte nicht übel Lust, auf ihn loszugehen, wie er das gesagt hat, aber ich konnte sehen, wie Würstchen zu mir rüberblickt: Nein, tu's nicht, Francie. So hab ich nur gesagt: Was wissen Sie schon davon, Hinkebein, Sie wissen ja gar nicht, wovon Sie reden. Den Nugents habe ich nicht ein Fitzelchen gestohlen, das einzige, was ich je an mich genommen hab, waren Philips Comics, und die wollte ich ihm zurückgeben, das schwöre ich. Sie können Joe fragen. Würstchen hat mir die Zeitungen gezeigt: *Schweinischer Mord – Sensation im Gerichtssaal!*

Da war eine Zeichnung von mir, wie ich dasteh, und darunter: *Francis Brady ist ein Schwein.*

Scheißspiel, sag ich, jetzt machen schon die Zeitungen mit, aber da war auch noch die andere Hälfte, die hatte ich nicht gesehen: *Francis Brady ist ein Schweineschlächter in einem Schlachthof am Ort.*

Zu Würstchen hab ich gesagt: Werden die mich aufhängen? Ich hoffe, die hängen mich auf.

Da sieht er mich an und sagt: Tut mir leid, Francie, aber die Todesstrafe ist abgeschafft. Wie, keine Todesstrafe mehr? sag ich. Herrgottsack! Was soll aus dem Land noch werden?

Aber Würstchen hatte recht, es hat keine Todesstrafe mehr gegeben, und ein paar Wochen später sind wir alle wieder los, ich und der Wachtmeister auf dem Rücksitz – wwmm wwmm – die Straße entlang zu *wieder* einem andern Haus mit hundert Fenstern. Aber diesmal gab's kein Hoho hähä, da werden sie dir aber Manieren beibringen oder so ein Zeug. Wir haben nur von Ma und Pa gesprochen und von den alten Zeiten in der Stadt, und wie wir auf der Treppe Wiedersehen gesagt haben, da hat er zu mir gesagt: Es gibt eine Menge trauriger Dinge auf dieser Welt, Francie, und das hier ist eins davon.

Wiedersehen, Wachtmeister, hab ich gesagt. Also dann, haben

Fabian und die Stiernacken gesagt und sind in ihrem Streifenwagen die Auffahrt runter, und das war das letztemal, daß ich meinen alten Freund Wachtmeister Würstchen gesehen hab.

Sie haben mir die Kleider abgenommen, diese beiden Arschgeigen hätten sie mir beinah vom Leib gerissen. Schnell, schnell, haben sie gesagt. Dann haben sie mir so ein weißes Ding gegeben, das man auf dem Rücken zuschnürt. Was soll das denn, sag ich, Notaufnahme, Station zehn?

Einer von denen gibt mir einen Stoß in die Rippen und sagt: Bild dir bloß nicht ein, daß du hier eine Lippe riskieren kannst, hier hast du's nicht mehr mit alten Frauen zu tun, Brady.

Ich weiß, sag ich, dann konnte ich mich von ihm losmachen: Mich könnt ihr nicht verarschen! hab ich geschrien. Ihr versucht mich zu verscheißern! Ihr wollt mich in die Irrenanstalt stecken!

Er ist ein bißchen rot unter den Augen geworden, und ich konnte sehen, wie er die Faust geballt hat. Da hab ich gelacht: Schon gut, hab ich gesagt, Herrgottsack, ich mach doch nur Spaß!

Das ist alles schon lange her. Zwanzig, dreißig oder vierzig Jahre, ich weiß es nicht. Ich bin lange Zeit allein gewesen, ich hab nichts anderes getan als *Beano* lesen und auf den Rasen starren. Dann haben sie zu mir gesagt: Es hat keinen Sinn, daß du ganz allein auf dem Flügel da festsitzt. Ich glaub ja nicht, daß du dein humanes Betäubungsgerät an einem von unseren Patienten ausprobieren willst – oder?

Humanes Betäubungsgerät! Ich glaub, Mrs. Nugent wär nicht sehr erfreut, Sie so reden zu hören, Doc, sag ich. Aber, aber, sagt er, das ist doch alles längst vorbei, das mußt du alles vergessen, nächste Woche ist deine Einzelhaft zu Ende, na, wie findest du das, hmm? Mir war danach, ihm ins Gesicht zu lachen: Wie kann meine Einzelhaft je zu Ende sein? Das ist der größte Witz aller Zeiten!

Hab ich aber nicht. Ich hab nur gesagt: Ist ja prima, und in der folgenden Woche hat er mich diesen ganzen Mooskopfen vorgestellt, die haben Körbe gemacht und dicke Teddybären. Brauchst du irgendwas, sagt der Doc. Ja, sag ich, das *Beano*-Jahresheft und eine Trompete. Hier bitte, sagt er am nächsten Tag. So kommt's, daß ich eine Trompete hab, und jetzt sollten Sie mich mal sehen: Wenn ich in meinem Al-Capone-Mantel rumlaufe, sehe ich genauso aus wie Pa. Manchmal haben sie im Saal Gemeinschaftssingen und bitten mich um ein Liedchen. Ach, sing doch! sagen sie, du bist so ein prima Musikant! Du bist der Junge, der singen kann. Dann leg ich los, und es dauert nicht lange, da machen sie alle mit, nur feste weiter so! *Der Schlächterbursche,* Mann o Mann!

Amüsiert ihr euch auch alle gut, fragt der Doktor. Ja, sag ich und führe meinen Torftrotteltango auf. Den Hintern rausgestreckt, die Nase hochgereckt!

Eines Tages kommt einer von denen auf mich zu, ich war gerade dabei, an dem Eis von der großen Pfütze hinter der Großküche rumzuhacken, und sagt: Was ist denn hier los, was machst du denn da an dem Eis? Ich denke nach, was ich mit der Million Billion Trillion Dollar machen soll, die ich gewinnen werde, sag ich. So, du gewinnst wohl eine Million Billion Trillion? sagt er. Haargenau, sag ich. Da beugt er sich zu mir und flüstert: Also, wenn du auf meinen Rat hören willst, dann erzähl das bloß keinem von den Sackärschen hier. Die tischen dir bloß einen Sack voll Lügen auf, und dann lassen sie dich im Stich.

Oho! sag ich, nur keine Sorge, mich läßt keiner mehr im Stich!

Mich auch nicht! meint er, du sagst es!

Dann sagt er: Gib mir mal ein Stück von dem Stecken da, sei doch so gut, und unter dem Apfelsinenhimmel haben wir zwei angefangen, gemeinsam herumzuhacken. Er hat mir gesagt, was er tun würde, wenn er sein Geld gewinnt. Dann hab ich gesagt, es wäre höchste Zeit, auf Fährtensuche in die Berge zu ziehen. So sind wir denn losgezogen und haben unsere Fußabdrücke im Schnee gezählt, er mit seinem knochigen Arsch – klick klack – und ich mit meinen Tränen, die sind mir übers Gesicht gelaufen.